EVIL RIDE

Du même auteur chez

addictives

Dark Ride
Last Ride
Vicious Ride
The Dominant

Luv

À corps brisés

ANA SCOTT

EVIL RIDE

addictives

« On rencontre sa destinée
souvent par des chemins
qu'on prend pour l'éviter. »

Jean de La Fontaine, *Fables*, « L'horoscope »,
livre huitième, fable XVI

NOTE DE L'AUTEURE

Ce roman n'est pas à mettre entre toutes les mains : il contient des scènes à caractère sexuel et violentes pouvant heurter la sensibilité, elles sont donc réservées à un public averti. Si vous n'aimez pas les histoires de bikers, ni le langage cru ou ordurier, les connards arrogants, les clichés, les flingues, si vous aimez les descriptions de dix pages, où les sentiments s'étalent comme du beurre au soleil, si vous n'aimez pas les scénarios où il se passe beaucoup de choses, passez votre chemin !

Car oui, ce livre est bourré de clichés : il est beau, elle est belle, et ils s'aimeront pour la vie. Mes bikers, mes héros, tout gros durs qu'ils sont, savent aimer une femme, la femme, celle qu'ils ont choisie pour être leur régulière. Elle sera traitée comme une princesse, elle deviendra la femme la plus importante du monde, et celle qu'ils ont choisie pour porter leurs enfants ; ils la protègent, et feraient n'importe quoi pour elle, parfois au péril de leur vie.

C'est, je trouve, ce qui les rend attachants.

Pour les autres, j'espère que ce quatrième opus comblera vos espérances.

GLOSSAIRE

OutlawRiders : gang fictif de bikers hors la loi, fondé par Douglas Travis, grand-père d'Aaron.
BlackAngels : nom du club d'Aaron, chapitre des OutlawRiders, situé entre Kingsville et Corpus Christi, dont Aaron a pris la présidence.
MC : moto-club.
Chapitre : nom générique donné aux différents clubs de chaque État, avec des lois et un règlement indépendant.
Chapelle : salle de réunion où se retrouvent les bikers pour discuter ou prendre des décisions soumises au vote.
Club-house : bâtiment où est installé le club, comportant le bar, la Chapelle, les chambres ou les appartements, des garages et des ateliers. Il est protégé par un haut mur d'enceinte et des grilles.
Blouson sans manches : vêtement traditionnel des bikers, en cuir, orné du nom du club mère, du club propre, de la fonction dans la hiérarchie du club, et d'écussons montrant les différentes appartenances. Ce blouson est un symbole pour les bikers. En cas de départ du club, ils doivent l'ôter et il est brûlé.
1 % : inscription portée sur les blousons signifiant l'illégalité d'une partie des affaires, donc l'appartenance aux hors-la-loi.

Prospect : nouvelle recrue qui doit faire ses preuves avant d'appartenir pleinement au club. Il n'assiste pas aux réunions, ni aux prises de décisions.
Régulière : femme ayant le statut de compagne légitime du biker, qu'il l'ait épousée ou non. La plupart du temps, les régulières vivent en dehors du club, dans des maisons où, entre autres, elles élèvent les enfants. Parfois, elles participent à la vie du club, et travaillent pour le club, comme ici. Elles sont conviées, ainsi que tous les enfants, lors des barbecues.
Brebis : ou encore « chaudasses », filles faciles gravitant autour des bikers célibataires, en self-service. Elles s'occupent également des tâches ménagères et des repas, et doivent se montrer respectueuses envers les régulières.
Président (prés') : leader du club. C'est lui qui possède le marteau de réunion, symbole de son pouvoir absolu. Même si les décisions au sein des OutlawRiders sont prises par vote, il a la possibilité de passer outre et d'agir selon sa volonté.
Vice-président (VP) : second du président, deuxième rang dans la hiérarchie. Il est classiquement assis à la gauche du prés', et remplace ce dernier lorsqu'il est absent.
Nomads : bikers appartenant aux OutlawRiders, en permanence sur la route, et qui vont de chapitre en chapitre au gré de leurs envies, ou de leur besoin.

Principaux membres du club

Charlie Miller : personnage principal.
Aaron Travis (Trav) : président du club, marié à Cassandra Taylor.

Stanley Cooper (Stan): vice-président et meilleur ami d'Aaron, marié à Julia Rodriguez.
Elliott Smith: troisième membre du club. Marié à Louisa Thompson, avocate, meilleure amie de Cassandra (Cassie).
June Allen: fille de Benjamin Allen (Ben), tué dans l'attentat qui a causé la mort du président Jack Travis, le père d'Aaron.
Kurt Evans: le pro en informatique du MC.

1

June

7h30...

La sonnerie de mon portable résonne dans la chambre.

Qui peut m'appeler à cette heure, un dimanche ?

Qui que ce soit, il va m'entendre. Sans même regarder d'où provient l'appel, je prends la communication, en m'apprêtant à pousser un coup de gueule.

– Allô ?!

– Mademoiselle Allen ?

Je me redresse, maintenant parfaitement réveillée, en reconnaissant la voix de l'infirmière du service où est hospitalisée ma mère.

– Oui ?

– Il faut venir, mademoiselle. Au plus vite ! C'est la fin.

Sa voix est triste, et aussitôt des larmes emplissent mes yeux.

Je m'attendais à ce moment, je savais que tôt ou tard il arriverait, et je m'étais fait une raison depuis plusieurs mois déjà, mais est-on jamais préparé à la mort ? À perdre un être cher ? À perdre sa maman, la personne qui compte le plus dans notre vie ; la personne qui nous a donné la vie, qui nous a accueillis dans ce monde, élevés, consolés, pardonnés, aimés sans restriction – comme devrait le faire chaque mère qui se respecte ? Je ne crois pas.

– J'arrive, dis-je, d'une voix à peine audible, en coupant la communication.

Je saute de mon lit, bien décidée à ne pas me laisser aller et à rester forte. Je pleurerai plus tard, quand tout sera fini. Je dois la soutenir, l'aider du mieux que je peux, comme je l'ai fait pendant les cinq années qu'a duré sa maladie. Cinq années terribles, à espérer, puis à désespérer, car malgré la chirurgie, les nombreux traitements, cette saloperie l'a envahie ! Son cancer s'est généralisé. Au début cantonné au sein gauche, il a touché le sein droit puis a métastasé ; le foie, et maintenant le cerveau.

Ne pas pleurer, ne pas pleurer, rester forte, il le faut.

Je ne cesse de me répéter cette phrase, tout en marchant à grands pas vers la station de métro, et en m'engouffrant dans une rame. Ce n'est qu'une fois assise que je m'autorise à réfléchir à l'impact que la mort de ma mère aura sur mon avenir. Nous avons évoqué le sujet plusieurs fois. Dès qu'elle s'est sue condamnée, elle a tout planifié dans les moindres détails : son incinération, les cendres qui iront rejoindre celles de mon père et de mon frère. Pas de fleurs. Pas d'annonce dans les journaux. Elle veut partir comme elle a vécu, dans la discrétion.

Je vais devoir retourner là-bas. À Kingsville. Dans la ville de mon enfance.

Je regarde par la fenêtre, le bide tordu par l'angoisse, le cœur étreint par un poing sans pitié. Je regarde le noir derrière la vitre, aussi sombre qu'une nuit sans lune, alors que le métro file à toute vitesse.

Ma petite maman… mon Dieu… comment vais-je faire sans toi ?

Ne pas pleurer. Ne pas pleurer. Elle a besoin de moi. Elle a besoin que je sois forte.

Malgré moi, une larme silencieuse coule le long de ma joue.

Je descends sur le quai juste avant que les portes ne se referment, et je me mets à courir, l'urgence au cœur et la peur au ventre d'arriver trop tard.

2

June

Après m'être annoncée auprès de l'infirmière du service d'oncologie, j'entre sans faire de bruit dans la chambre, et m'assois à côté du lit où repose ma mère. Je prends sa main dans la mienne.

– Je suis là, maman.

En entendant ma voix, elle ouvre les yeux et tourne vers moi son visage creusé par des mois de lutte acharnée contre la maladie. Un visage décharné, sans presque plus une once de vie. Ses yeux sont enfoncés dans leurs orbites, délavés par la souffrance et les larmes, ses lèvres sont devenues fines et ses pommettes saillantes.

– Oh, ma June. Tu es venue ?

Sa voix est faible, son souffle irrégulier.

– Ça va… aller, reprend-elle. Ne t'inquiète pas… pour moi. Je suis prête… depuis… longtemps.

Pas moi ! ai-je envie de crier.

Ne pas pleurer, ne pas pleurer. Rester forte, l'accompagner. Jusqu'au bout.

Je pose ma tête sur son épaule. J'ai fait ce geste tellement de fois, mais aujourd'hui, elle n'a plus la force de lever la main pour venir caresser mon visage.

– Tu as besoin de quelque chose ? murmuré-je doucement.

– Non, June. J'ai tout… ce qu'il me faut puisque tu… es là. Je… t'attendais.

Sa respiration devient de plus en plus difficile.

Je serre sa main.

– Oui, je suis là, maman, je ne t'abandonnerai pas.

– Je sais. Tu as toujours été là, j'ai toujours pu compter sur toi. Tu es mon rayon de soleil, ma puce. Je vais enfin… les… retrouver…

Sa voix est entrecoupée de râles, son souffle de plus en plus rauque. Je sais qu'elle se laisse glisser vers la mort, qu'elle a lâché prise.

Je redresse la tête et je la regarde ; je me noie dans ses yeux infiniment tristes qu'une étrange lumière traverse.

Elle tente un geste.

– Je les vois… ils sont là… ils m'attendent…

J'aimerais lui crier que, moi, je suis bien vivante. Lui crier qu'elle ne peut pas m'abandonner, pas maintenant, pas déjà, mais qu'au contraire, elle doit continuer à se battre, pour moi, pour le seul enfant qu'il lui reste, parce que j'ai besoin d'elle, besoin de ma maman près de moi, mais je sais que c'est peine perdue. Elle ne m'écoutera pas. Elle a toujours vécu dans le passé, avec ses morts, qui finalement avaient plus d'importance que moi. Elle a baissé les bras depuis longtemps et ne se battra pas pour moi. Je suis incapable de la raccrocher à la vie, et je ne devrais pas lui en vouloir, elle est malade ; elle ne peut pas se battre, elle ne peut plus. C'est foutu depuis longtemps, et ce mois n'a été qu'une longue et lente agonie. J'ai mal. La douleur est si intense que j'en perds le souffle.

Je caresse son visage, je la supplie de ne pas me laisser seule, car sa mort me remplit d'effroi, mais elle semble déjà si loin. Loin de moi. Tellement loin.

– Maman… non… maman…

Elle me regarde, semblant enfin me voir, et elle esquisse un magnifique sourire.

– Je t'aime, ma June… et je te… demande… pardon… j'aurais… voulu avoir plus de… temps, mais…

– Moi aussi, je t'aime, maman.

– N'épouse… jamais… un biker… ils… n'apportent… que… le… malheur…

Sur ces derniers mots, son corps se tend. Elle exhale un soupir. J'attends le suivant, en sachant pertinemment qu'il ne viendra jamais, puis les appareils se mettent à biper. Je continue de l'appeler, de la secouer, pour finalement m'effondrer sur son corps privé de vie.

C'est fini. Elle est morte.

Je ne réalise pas. Tout me semble irréel. Tout : cette chambre, ce lit, elle dans ce lit, ce bip continu qui me traverse le crâne.

Dites-moi que c'est une saloperie de cauchemar, et que ce n'est pas réel…

Soudain, tout se brouille devant mes yeux, une boule enfle dans ma poitrine, me coupe le souffle, les larmes dévalent sur mes joues. Je voulais être forte, courageuse. Je ne le suis pas. Je pleure tellement, tout en serrant sa main dans la mienne, les yeux rivés sur son visage, dans l'attente d'un mouvement, d'un infime mouvement me prouvant qu'elle n'est pas morte, que je suffoque. Je secoue sa main, et je continue de l'appeler, mais elle ne m'entend plus. Elle ne m'entendra plus jamais. Je pleure toutes les larmes de mon corps ; de gros sanglots franchissent mes lèvres. Je pleure sans discontinuer, jusqu'à ce qu'une infirmière vienne me prendre par les épaules pour m'inviter à me lever.

Je résiste, j'ai envie de crier, de hurler ma douleur. Je ne veux pas. Je ne peux pas la laisser partir, c'est au-dessus de mes forces, ça ne peut pas finir comme ça.

– Nous allons nous occuper d'elle, mademoiselle. Vous pouvez rester le temps que vous voulez. Vous avez de la famille à prévenir ?

Je la laisse m'emmener jusqu'au fauteuil situé dans l'encoignure de la chambre, sous la fenêtre. Ce fauteuil sur lequel j'ai passé tant d'heures à lire ou à lui faire la lecture.

De la famille ?

– Non. Je n'ai… je n'ai plus personne.

Elle s'agenouille devant moi et prend mes mains.

– Vous n'avez aucune famille ici, à Philadelphie ?

Une fois de plus, je secoue la tête.

– Nous avons un service d'assistance et de psychologues, des personnes qui peuvent vous aider si vous le désirez.

Non, c'est hors de question, je ne veux pas de leur pitié. Je me débrouillerai seule, comme je l'ai toujours fait.

– Non, ça va aller. C'est gentil, mais j'ai… j'ai un travail, un appartement, et un… un petit ami. Il va venir me chercher, je vais l'appeler.

– Très bien, mademoiselle. Prenez votre temps, dit-elle encore, en se redressant.

Je prends mon portable, les mains tremblantes. Je fais défiler mes contacts, pour appuyer sur le nom de Tim, parti en voyage d'affaires. Je laisse sonner, et je recommence, plusieurs fois, pour me rendre à l'évidence : il ne répondra pas. Il n'est jamais là quand j'ai besoin de lui. Il ne m'écoute pas, ne m'entend pas. Il ne me demande jamais comment je vais, si je suis fatiguée, si mon travail n'est pas trop dur, si je supporte la maladie de ma mère, ou même si j'ai besoin de quoi que ce soit. Seuls comptent son job et le paquet de fric qui va avec. C'est un loup, un jeune loup. Un trader. Aux dents longues et à l'ambition démesurée.

Je renonce à lui laisser un message. À quoi bon ! Il est loin et le fait que ma mère soit morte est le cadet de ses soucis. Je regarde d'un œil hébété les infirmières débrancher les instruments de surveillance et d'assistance qui reliaient ma mère à la vie, et j'éclate en sanglots, la tête dans les mains.

Je n'avais plus qu'elle, et maintenant, je suis seule au monde.

Alors, j'envoie un texto au prés' des OutlawRiders, le MC qui m'a vue grandir et dans lequel j'ai passé toute mon enfance, et j'appelle la seule personne qui compte pour moi, Kate, ma meilleure amie, mon amie d'enfance.

3

Charlie

Je regarde mes frères assis autour de la table.

La chapelle est étrangement calme, et chacun semble plongé dans ses pensées. Il me semble même entendre quelques ronflements. Nous avons tous la tête dans le cul, et même s'il est dix heures du matin, j'en connais plus d'un qui rêverait de regagner son lit où l'attend certainement une régulière ou, pour certains, une brebis.

C'est mon cas.

Quitter mon lit a été compliqué. D'un, parce que j'ai une gueule de bois carabinée, ainsi qu'un pivert qui s'amuse à frapper du bec contre ma boîte crânienne à un rythme frôlant l'hystérie et, de deux, parce que j'ai laissé une acharnée du cul terminer sa nuit sans moi. Je ne me souviens pas de tout, sauf de l'avoir baisée une quantité de fois. Je n'ai jamais eu une brebis si vorace et j'avoue que je commence à m'en lasser.

Je frotte mon visage pour en chasser la fatigue. Je devrais arrêter de boire comme un trou dès que l'occasion se présente.

Hier soir, c'était pour la bonne cause, et je ricane tout seul en pensant que, tous autant que nous sommes, nous avons toujours une bonne raison pour picoler. Mais là, c'était vraiment le cas : l'un de nos frères s'est marié. Et pas l'un des moindres : *Elliott*.

Le numéro trois du MC.

Je le regarde. Comme bien souvent.

Putain, je hais ce type.

Je l'ai toujours haï.

Dès le jour où il est entré dans nos vies, comme un putain de polichinelle sortant de je ne sais quel tiroir, j'ai su qu'il allait foutre le bordel et me pourrir la vie. Benjamin Allen, « Ben », le père de Rick, mon meilleur ami, l'a pris sous son aile, l'a fait entrer au MC comme prospect, alors que moi, j'attendais depuis des mois que mon père le fasse. Plus le temps passait, plus je me préparais à l'idée de ne pouvoir être exaucé, car mes parents, je l'avais compris depuis peu, avaient d'autres ambitions pour moi : ils voulaient que j'entre à l'université, que je fasse des études, que j'apprenne la finance pour décrocher un job dans une grosse boîte et quitter Kingsville. Pour me construire un avenir loin du club, loin des gangs, des règlements de compte, des trafics en tous genres. Loin de la violence.

Mais moi, je ne voulais rien de tout ça. Moi, je voulais entrer chez les BlackAngels des OutlawRiders du Texas, parce que tous mes potes y étaient : Rick, Stan, Aaron. Je voulais avoir la même vie qu'eux. Je voulais ressembler à mon père. Je voulais devenir biker, avoir ma bécane, mon blouson, un flingue.

Putain, j'en rêvais la nuit.

Puis tout a basculé, et mes chances d'entrer au club ont été réduites à néant : Rick s'est tué à moto puis, quelques mois plus tard, Ben a trouvé la mort dans l'attentat qui a coûté la vie à Jack Travis – le prés' et père d'Aaron –, ainsi qu'au père de Stan.

Tout le monde pensait que le club était fichu, mais Samuel Taylor a remplacé Jack à la tête du club et a su le maintenir à flot. Aujourd'hui, c'est Aaron Travis, « Trav », le fils de Jack qui est au commandement, et tout roule !

Et surtout… surtout, j'ai pu entrer au club, pour remplacer mon père, tué par les Tchétchènes il y a tout juste un mois. Convaincre Aaron et Stan n'a pas été chose aisée, ma mère était contre, mais je n'ai rien lâché ; au contraire, je me suis acharné et j'ai réussi.

Oui, tout roule !

Les finances sont florissantes et les ennemis ont tous été éliminés. Nous avons voté à l'unanimité la sortie progressive du trafic d'armes, pour nous consacrer à nos activités légales : garages, boutiques, investissements dans le parc de loisirs et, prochainement, ouvertures d'une agence matrimoniale ainsi que de plusieurs autres boutiques de fringues et de Harley, à Corpus Christi.

Plus que quelques livraisons, et c'en sera fini de l'illégalité.

Trav nous a convoqués pour planifier l'une de ces livraisons, dans laquelle nous serons associés aux Diamonds, qui sont dans l'incapacité de répondre à la demande d'un gros client irlandais. Il y a un max de pognon à la clé. Comme d'habitude, en tant que membre à part entière, je serai présent, mais sans prendre part aux bastons. Je resterai en retrait, en observateur, car ma formation n'est pas finie ; je ne dois prendre aucun risque sur le terrain, ni en faire courir aux autres. J'ai été heureux de ne pas passer par la case « prospect », et de ne pas faire les merdes du club, mais toute médaille a son revers.

Trav, le prés', se redresse d'un bond sur sa chaise en entendant son portable sonner. Une lueur d'inquiétude traverse son regard car, tout comme Stan, son rejeton ne devrait plus tarder à naître, à en croire les ventres prêts à exploser de leurs régulières. Depuis plusieurs jours, les deux futurs papas sont sur des charbons ardents, et un rien les énerve.

J'écoute d'une oreille distraite, tout en fixant Elliott, assis en face de moi.

Le jeune marié bâille, les yeux fermés, en luttant visiblement pour ne pas s'effondrer.

J'adore me foutre de sa gueule et le provoquer, mais que pourrais-je inventer aujourd'hui pour le faire sortir de ses gonds ? Ce connard a tout.

Tout ce que je n'ai pas !

Une femme superbe, qui l'aime et qui l'accepte comme il est. Une avocate. Comme elle supervise la création de la nouvelle activité, ainsi que des boutiques, nous sommes amenés à échanger régulièrement sur les finances du club, et je dois dire que j'apprécie énormément cette femme : belle, intelligente, dévouée, gentille.

J'entends Trav dire :

– Salut, Sam. Quoi de neuf ? Angela va bien ?

Samuel Taylor, l'ancien prés', se la coule douce en Italie. La mort de mon père, qui était son ami et le plus vieux membre du club, l'a beaucoup affecté. Puis sa femme, Angela, a été enlevée et blessée par Alejandro Dominguez, son taré de demi-frère devenu mafieux, qui abusait d'elle dans leur adolescence. Elle a pris la balle qui était destinée à Sam et a perdu l'enfant qu'elle attendait. Ils ont décidé de se retirer des affaires et de s'exiler, pour avoir la paix. Ils ont bien eu raison, car si aujourd'hui tout est redevenu calme, qu'en sera-t-il demain ?

Le prés' écoute les réponses, puis fronce des sourcils.

– OK, je m'en occupe, Sam, et je veillerai à ce que tout se passe bien pour elle, tu peux compter sur moi.

Il raccroche.

– Mes frères, Janet, la régulière de Ben Allen, vient de mourir. June va avoir besoin de nous.

Je laisse échapper le stylo avec lequel je jouais, et je sens soudain le regard d'Elliott sur moi. Comme à l'époque quand il passait son temps à me défier et à me faire chier, pensant que je lui avais pris June, alors que c'est lui qui me l'a prise.

June était à moi. Depuis toujours. Bien avant qu'il ne débarque dans nos vies. Je l'ai eue avant lui !

Alors ce serait plutôt à moi de lui en vouloir, nom de Dieu !

Je rêve ou il me met en garde ?!

Qu'est-ce que ça peut lui foutre ? Dix ans ont passé, il vient de se marier, alors il y a prescription, non ?

Nos regards se défient ; il rompt le contact.

J'aime mieux ça.

Maintenant que nous sommes dans le même bateau, nous devons mettre de côté nos dissensions, dans l'intérêt du club. Trav et Stan me l'ont fait promettre lorsque je suis entré au MC, et je n'ai pas l'intention de les décevoir. Je suis plutôt quelqu'un de modéré, mais qu'en est-il d'Elliott ? Pour lui aussi, l'eau a coulé sous les ponts et il semble s'être assagi.

Je le mate toujours tandis qu'il répond oui à la question du prés', en me rendant compte, un peu surpris, que je ne le hais finalement plus autant qu'avant.

– Charlie ?

Je sens ses yeux sur moi, ainsi que ceux de tous mes autres frères. Comme bien souvent, j'ai une bouffée de fierté : mes frères, mon club… Je fais enfin partie de cette belle famille. La seule que je désire. La seule que je voulais. Ma famille. Mon clan. Et Elliott en fait partie.

– Je marche, prés'.

Je pense à June.

Putain, je n'ai jamais pu l'oublier ; cette fille hante encore ma mémoire. Elle vient de perdre sa mère, elle est maintenant seule au monde ; que va-t-elle devenir ? Quelle a été sa vie depuis qu'elle est partie de Kingsville ? Depuis dix ans ? Comme bien souvent, je me pose la question, alors que je me suis fait un point d'honneur, toutes ces années, de ne pas me renseigner, pour ne surtout pas savoir.

Je reporte mon attention sur mes frères, en repoussant de toutes mes forces le souvenir de cette fille qui a été si importante dans ma vie. Sans surprise, le club vote à l'unanimité l'aide pour June ; elle touchera une belle somme : cinquante mille dollars.

– Revenons au but de cette réunion, mes frères. La livraison d'armes aux Irlandais.

– Combien pour la livraison ? demandé-je, après avoir ramassé mon stylo.

– Un million de dollars.

Des sifflements se font entendre autour de la table.

Putain, ça fait une sacrée somme !

– En deux versements, car il y aura deux livraisons.

– Ils sont solvables ?

– Bob Diamonds m'a assuré que oui.

– Tu as confiance en lui ?

Il se renfonce dans son fauteuil.

– Nous avons eu quelques soucis dernièrement, car son second voulait le doubler, mais il a résolu le problème et depuis tout baigne. Nous ne pouvons pas passer à côté d'une telle aubaine, Charlie.

– Je comprends. Je voulais juste savoir où nous mettons les pieds.

Je suis étonné qu'Elliott ne dise rien.

Je m'attendais à un truc du genre : « Contente-toi de faire ton boulot et de t'occuper des chiffres. Laisse faire les grandes personnes. » Mais il se contente de m'écouter.

– Nous avons suffisamment d'armes ?

– Tu penses bien que si je me suis engagé, et si j'ai engagé le club dans cette affaire, c'est que oui.

– Elles sont toutes là ?

– Elles arrivent, répond-il laconiquement.

Je gigote sur ma chaise.

Suis-je le seul à ne pas être très à l'aise avec cette affaire ? Trop d'intermédiaires, trop d'incertitudes. Pourquoi ne pas traiter directement avec les Irlandais ?

– Comment ça, elles arrivent ?

Toutes les têtes font des allers-retours entre Trav et moi, et je suis persuadé que je pose les questions que bon nombre de mes frères se posent, sans oser les formuler.

– J'ai demandé l'aide des clubs de l'Arkansas et d'Austin, en accord avec mon VP.

Stan opine du chef.

– Des clubs dont vous êtes sûrs, bien évidemment ?

Je prends des notes.

– Bien évidemment ! répond Aaron.

– Combien percevront-ils ?

– Vingt pour cent chacun.

– De la totalité de la vente ?

– Oui.

– Pourquoi pas au prorata de ce qu'ils apportent ?

– Effectivement, prés', ce serait plus logique, renchérit Elliott.

Le prés' a un sourire.

– Ça fait plaisir de voir que vous êtes enfin d'accord sur quelque chose, mes frères, mais si je voulais des armes, il fallait que je sois attractif. Ils en apportent beaucoup moins que nous, c'est sûr, mais seuls, nous ne pouvions pas répondre rapidement à la demande, alors il est normal qu'ils aient un juste retour sur investissement. En plus, ils nous livrent jusqu'ici, alors que demande le peuple ?

Je ris, et les autres en font de même.

– Le peuple est plus que satisfait, prés'. Il nous restera encore six cent mille dollars. De quoi voir venir pour un bout de temps.

– Vous aurez une prime exceptionnelle, mes frères. Je verrai avec Charlie, mais je pense que nous passerons de superbes fêtes de Noël.

Nos frères frappent sur la table en gueulant, pour montrer leur contentement.

Vu l'état des finances, je pense qu'une prime de cinq mille

dollars chacun sera possible. Nos frères vont être contents. Et moi aussi. Je vais enfin pouvoir faire un apport important pour acheter l'appartement de mes rêves.

Aaron frappe du marteau, mettant fin à la séance, et les bruits de chaises raclant le sol s'élèvent.

Je ferme mes dossiers, et m'apprête à me lever moi aussi, lorsque la voix du prés' me retient.

– Charlie, j'ai à te parler.

Il ferme la porte et vient s'asseoir à côté de moi.

Il fait pivoter le fauteuil.

– Que s'est-il passé avec June ? Exactement ?

– Que sais-tu ?

– Tu n'as pas perdu cette vieille habitude de répondre à des questions par d'autres questions.

– Comme tu vois.

– Il y a dix ans, tu étais déjà un p'tit con ! Tu n'as pas changé.

Je ris.

– Pas plus que toi, mon frère. Je dirais même qu'avec les meufs, tu me dépassais largement.

Il mêle ses rires aux miens.

– C'est vrai. C'était le bon vieux temps.

Je le regarde, un peu étonné.

– Tu regrettes le temps où tu tirais tout ce qui bouge ?

– Non, pas du tout. Je regrette seulement ma jeunesse, et l'insouciance qui allait avec.

Pourtant, je n'ai pas rêvé, son regard s'est troublé.

Que nous cache-t-il ?

Je n'ai pas le temps de me poser la question qu'il enchaîne.

– Alors ? Pour June ?

– Je l'ai voulue, je l'ai eue, je n'ai rien compris à ce qu'il s'est passé ensuite. Fin de l'histoire.

– Comment ça ?

– Je suis vraiment obligé de tout te raconter ? Dans les moindres détails ?

– Oui. Je dois savoir. Je suis ton prés' !

Peut-être, mais je ne veux pas passer pour un con…

– J'étais jeune, je voulais encore tirer des meufs, beaucoup de meufs, alors j'ai fait comme si rien ne s'était passé. Ce qui semblait lui convenir, car pas plus que moi elle n'avait envie de se caser.

Il me sonde.

– Ce n'est pas ce qu'Elliott nous a dit.

– C'est normal, il la voulait, alors il m'a fait passer pour le méchant de l'histoire. June n'est pas celle que vous croyez.

Je serre les poings.

Non ! Elle n'était pas l'oie blanche que tout le monde croyait, et elle cachait bien son jeu.

– Tu as eu de ses nouvelles pendant toutes ces années ?

Je l'ai fuie et lorsque j'ai voulu la revoir, pour exiger des explications, je l'ai trouvée dans les bras d'un autre. Putain. Malgré les années, je ressens encore au plus profond de ma chair ce qu'il s'est passé ce soir-là. Le sentiment de jalousie qui m'a terrassé, comme un pieu enfoncé dans mon cœur.

Ensuite, longtemps après, très longtemps après, est venue la colère.

Elle était avec lui, nom de Dieu ! Et elle s'est bien foutue de ma gueule avec ses grands yeux candides. Elle me regardait comme si j'étais le roi du monde. Et putain, comme j'aimais ce regard sur moi.

– Non, me contenté-je de répondre.

– Et avec Elliott ?

– Quoi, Elliott ?

– T'en es où ?

– Il vient de se marier, il a l'air heureux, amoureux, je crois que la question de June ne se pose plus.

– Exact. Mais je compte sur vous deux pour oublier le passé. Elle va avoir besoin de nous, de notre soutien, et je ne veux pas ajouter à sa souffrance. Elle fait partie de la famille, Charlie.

– Je sais, et tu peux me faire confiance. Quant à Elliott, je crois que sa femme est de taille à lui remonter les bretelles si besoin.

– Tu as parfaitement raison, ricane-t-il, pour ensuite se saisir de son portable. Oui, bébé ?

Je le vois changer de couleur.

– Tu es sûre ?

J'entends la voix de Cassie, et il me fait un sourire, suivi d'une grimace.

– Crie pas, bébé, je te crois ! Calme-toi. J'arrive tout de suite.

Il se lève, un peu perdu.

– Ma femme, mon fils… bégaie-t-il.

Je me lève à mon tour, pour l'enlacer et lui taper dans le dos.

– Va vite, mon frère, elle t'attend. Courage !

– Putain, ouais, je vais en avoir besoin. Je vais demander à Stan de m'accompagner, nous ne serons pas trop de deux pour calmer ma petite furie. Nous vous laissons le club.

– Pas de problème. Tu peux compter sur nous. Pars tranquille.

– Putain, j'y crois pas. Je vais être père !

Il pourrait sauter partout, tellement il est excité. Excité, mais visiblement mort de trouille.

– Tu es heureux ? je demande.

– Très !

– Alors tout baigne ?

– Ouais, mon frère. Tout baigne. Je t'aime.

– Je t'aime aussi, prés'. Allez, file ! Et embrasse ta femme de ma part.

– Je n'y manquerai pas, répond-il, en franchissant le seuil de la chapelle.

Il revient sur ses pas, passe la tête par la porte.

– Mets dix mille dollars comme prime de Noël !

Puis il s'enfuit, et je l'entends dire à tue-tête : « Mon fils est en route, mes frères ! »

Des applaudissements et des cris s'élèvent du bar, où tous doivent déjà être occupés à boire.

Je devrais les rejoindre, mais, au lieu de ça, je me rassois, les mains soudain moites, tandis que des images reviennent à ma conscience. Des images que je préférerais oublier. Des images que je me suis efforcé de repousser tout au fond de mon cerveau pendant dix ans. Mais il a suffi que j'entende son prénom, pour que tout vole en éclats.

4

Charlie
Dix ans plus tôt

Je respire un bon coup avant de frapper à la porte de la maison de June. Je sais qu'elle sera surprise de me voir, mais j'en ai marre de me poser toutes ces questions.

Je veux des réponses.

J'ai suffisamment attendu.

Trois mois, c'est assez, non ?

Trois mois à ruminer comme un taré, jusqu'à en devenir fou.

Quand je l'ai enfin possédée, quand je suis entré dans son corps, j'ai ressenti une telle plénitude que j'ai cru ma tête sur le point d'exploser ; ensuite mon cœur, lorsque j'ai plongé dans son regard levé sur moi, puis lorsque je l'ai fait jouir, et lorsque j'ai joui à mon tour. Une jouissance absolue, magnifique, incroyable. Ou alors était-ce parce que j'avais rêvé de cette fille toute mon adolescence, la pensant intouchable ?

La petite sœur d'un pote, ça se respecte !

Rick vivant, jamais il ne m'aurait autorisé à la toucher, car il savait quel connard j'étais avec les meufs, mais il est mort, alors je me suis autorisé, ce soir-là, à imaginer qu'entre nous deux, quelque chose était enfin possible.

Je ne m'attendais pas à ça. Je ne m'attendais pas à être séduit de la sorte, tenté, presque envoûté. Je voulais la baiser, seulement la baiser, parce que je la désirais depuis des mois. Que dis-je, des années ! Je ne m'attendais pas à ce cataclysme émotionnel.

Ce soir-là, elle me voulait, elle avait envie de moi, au moins autant que je pouvais la désirer, et je n'étais pas assez bourré pour ne pas me rendre compte que j'étais son premier amant, alors pourquoi avoir couché avec Jacob juste après moi ?

Pourquoi, nom de Dieu ?

Je l'ai fait jouir, elle m'a serré contre elle, j'ai même cru apercevoir quelques larmes. Elle était heureuse. Incroyablement heureuse, comme je l'étais. Avant ça, nous nous sommes dragués, approchés, elle a joué avec mes nerfs, et putain, j'ai adoré ! Rien avec elle n'était acquis. Ce qui m'a changé de mes coups d'un soir. J'étais fasciné. Et je crois que, après l'avoir possédée, j'aurais pu jurer de l'aimer pour toujours, et d'avoir envie de passer ma vie à lui faire l'amour.

Quelle salope !

Comment a-t-elle pu me jouer cette comédie ?

Finalement, je me suis bien fait avoir !

Elle voulait juste m'avoir sur son carnet de chasse, comme un trophée, pour je ne sais quel pari fait avec ses copines. Ou pour se faire le plus de mecs en une soirée. Je sais que les filles font ça, qu'elles en sont capables. Kate, ma sœur, cette dévergondée, a dû l'entraîner, je ne vois pas d'autre explication.

Je dois savoir.

Putain, j'ai besoin de savoir.

Pour l'oublier, et pour avancer. Car depuis… depuis, plus aucune fille ne m'attire. Putain.

Je frappe, mais personne ne vient.

Je tourne la poignée et j'ai la surprise de sentir la porte céder.

C'est son anniversaire, sa mère est absente, je le sais, et si tout se passe bien, si nous arrivons à avoir une discussion d'adultes et à peut-être nous pardonner, je lui donnerai le bijou que j'ai acheté pour elle. Je me dévoilerai, je dévoilerai mes sentiments, enfin… mon désir d'être avec elle, de vivre une histoire avec elle, et je le lui offrirai. J'imagine déjà son sourire, la lumière dans ses yeux, comme lorsque j'étais en elle, et que la lueur du ciel étoilé se reflétait dans ses iris. Elle prenait du plaisir, un plaisir immense ; elle m'a demandé d'accélérer, de la prendre avec encore plus de force, de ne rien retenir, allant au-devant de mes désirs, et bordel… ma queue n'en pouvait plus. Elle était enflée, gorgée à bloc. Mon dos brûlait, ma queue brûlait, j'étais tout près de la jouissance, mais je voulais l'emmener au plaisir ; pour la première fois de ma vie, je pensais à ma partenaire avant de penser à moi.

J'entends encore sa voix dans mon cou : une voix rauque, chaude, terriblement sensuelle. Je ressens la morsure de ses ongles dans ma peau. Je ressens encore son sexe serré autour de moi, comme s'il avait été créé pour moi ; j'en ressens encore la chaleur, la moiteur.

Nom de Dieu…

Je fais un pas, je referme la porte, puis je traverse le vestibule, pour m'arrêter. Des voix me proviennent de la cuisine.

J'avance prudemment, puis soudain, je les vois.

Elle, assise sur la table, les jambes écartées, la jupe relevée sur ses cuisses magnifiques ; et Elliott, quasiment soudé à son bassin. D'ici, on pourrait croire qu'ils baisent, mais lorsqu'il se détache de son corps, je vois qu'il n'en est rien. Ils rient, se sourient, et quand je le vois lui offrir un pendentif, et lui accrocher autour du cou, j'ai envie de casser tout ce qui se trouve autour de moi. Il se colle dans son dos, lui susurre des trucs à l'oreille, et elle se laisse aller contre lui. Puis elle se retourne, et l'enlace.

Il la prend sous les fesses, monte l'escalier menant aux piaules, sans se douter que je suis là, à quelques mètres, planqué dans l'ombre.

Quelques minutes plus tard, j'entends ses soupirs.

5

June
De nos jours

Assise à la table de la cuisine, je tiens mon billet d'avion entre mes doigts.

Philadelphie/Austin.

Quasiment trois mille kilomètres.

Suis-je prête à retourner là-bas ?

Non, bien sûr que non. Car retourner dans la ville de mon enfance, c'est revivre le passé. Inlassablement. Un passé que je voudrais oublier. Que je me suis forcée à oublier. Pendant dix ans.

Pourtant, il le faut bien : j'ai promis à ma mère d'emmener ses cendres près de celles de ses chers disparus et je vais en profiter pour vendre la maison. Quinze jours devraient suffire. Et s'il le faut, je demanderai un congé supplémentaire, car je ne veux pas partir de Kingsville avant de l'avoir vendue.

Je triture mon portable puis j'appuie sur le nom de Tim, que j'essaie de joindre depuis que ma mère est morte, mais comme d'habitude, il ne répond pas. Je me décide cette fois-ci à lui laisser un message écrit.

Je ne sais pas s'il le lira, mais au moins, il saura que je m'absente.

[Ma mère est décédée.
Je pars pour Kingsville
déposer ses cendres
auprès de mon père
et de mon frère,
et vendre la maison.
Appelle-moi ! June]

Je balance mon portable sur la table, puis je prends entre mes mains l'urne dans laquelle reposent les cendres de ma mère. Une fois de plus, j'éclate en sanglots. Ça fait presque une semaine qu'elle est morte et je n'arrive toujours pas à remonter la pente. Je ne fais que pleurer et pleurer encore.

J'ai pleuré sur elle, sur sa vie de merde, puis sur moi, sur la mienne, qui ne vaut guère mieux, et ce n'est pas en retournant à Kingsville que je vais arranger les choses.

« Promets-moi de ne jamais épouser un biker… »

Ses dernières paroles ne quittent pas mes pensées. Pourtant, je suis sûre qu'elle aimait mon père et qu'elle a été heureuse avec lui, au début, elle ne l'a même jamais remplacé, alors pourquoi me dire une chose pareille ?

En tout cas, rassure-toi, ma petite maman, ce n'est pas à l'ordre du jour, je ne compte pas épouser qui que ce soit, et encore moins un biker.

J'avais besoin de parler à quelqu'un, d'entendre la voix de

Kate, alors je l'ai appelée tous les jours ; sa bonne humeur, sa joie de vivre, son humour m'ont fait du bien, mais qui dit parler avec Kate, penser à Kate, dit penser à Charlie.

Son frère.

Certaines personnes traversent notre vie, et nous marquent, d'une manière indélébile.

Des personnes qui, quoi que nous fassions, s'inscrivent dans notre chair si puissamment, si passionnellement, qu'elles nous habitent à tout jamais.

C'est vrai en amitié ; ça l'est encore plus en amour.

C'est mon cas : une personne m'a marquée. À vie. Et cette personne, c'est Charlie Miller, le pire connard de la Terre. Je l'ai aimé toute ma vie, et d'aussi loin que remonte ma conscience, il a toujours fait partie de mon univers et de mon quotidien. Nos pères étaient membres du même club de bikers, les BlackAngels des OutlawRiders du Texas, basé entre Kingsville et Corpus Christi, et nos mères, amies ; il était ami avec mon frère, moi avec sa sœur, et nos maisons n'étaient séparées que de quelques mètres, alors je le voyais quasiment tous les jours.

Le voir était indispensable à mon bonheur, et sa vue suffisait à me rendre heureuse, même si lui ne semblait pas me voir.

J'avais deux ans de moins, alors pour lui, j'étais un bébé.

Oui, je le voyais quasiment tous les jours de la semaine, mais également le week-end. Nos mères, en tant que régulières, étaient conviées à tous les barbecues, ainsi que nous, les enfants. J'avoue que voir mon père et « ses frères », comme il les appelait, crier, rire, se taper dans le dos, débiter des histoires salaces et, pour certains – les célibataires, mais pas seulement ! –, peloter des brebis et boire jusqu'à rouler par terre, avait de quoi m'impressionner, mais j'avais appris à vivre avec. J'aimais l'ambiance du club, j'aimais la musique, j'aimais les voir rire et s'amuser, j'aimais ce qui existait entre eux, mais étant de nature timide, réservée et solitaire, la plupart du temps, je me réfugiais dans l'une des chambres du club-house mise à la disposition des bikers de passage, pour lire ou rêver, et j'évitais, autant que possible, les jeux bruyants ainsi que la compagnie des autres enfants.

Pourtant, même si je m'isolais, même si je ne me mêlais pas aux autres, même si je restais dans mon coin, je n'aurais loupé une soirée pour rien au monde, car je savais que Charlie serait présent, et je m'arrangeais toujours pour l'avoir en ligne de mire. Pour pouvoir l'admirer discrètement.

Ce soir-là, je m'étais installée sur la branche d'un arbre, d'une assez bonne hauteur, pour le regarder jouer au ballon avec les autres garçons, et courir après les filles en les faisant hurler comme des bécasses.

Il était venu tourner autour de l'arbre avec cette pimbêche de Mandy, sans savoir que j'étais à moins d'un mètre d'eux, mais elle avait réussi à lui filer entre les doigts. Il avait ensuite décidé d'uriner contre le tronc. Lorsque je l'ai vu sortir son… enfin sa… bref, son truc, j'en ai été tellement surprise que j'ai basculé, en laissant échapper un grand cri. Je n'ai pas pu faire autrement que de me retenir à lui, puis je suis tombée sur les fesses. Surpris, lui aussi, presque autant que moi, sinon plus, il a continué d'uriner… sur ma robe.

Quelle humiliation !

Je ne me doutais pas, à ce moment-là, que ce serait la toute première d'une très longue liste.

6

June
Quinze ans plus tôt

– Qu'est-ce que tu fous là, Blondie ?

– Charlie, tourne-toi, tu es en train de me pisser dessus.

– Oui, ben… Attends, j'ai presque fini.

– T'es dégueulasse, je vais le dire à ta mère.

– Et moi, je dirai à la tienne que tu aimes me regarder pisser.

Paniquée, humiliée, mais également en colère, je ne peux détourner mon regard de cette douche dorée qui m'arrive dessus.

– N'importe quoi, je ne regarde pas !

– Si, tu regardes !

Je détourne les yeux, mes joues aussi rouges que ma robe.

– Bon, t'as fini ?

– J'ai bu beaucoup de bière.

– À 14 ans, ça promet ! ronchonné-je.

– Qu'est-ce que tu dis, je n'ai pas entendu ?

– Rien.

– Répète !

Il me tend la main. Après un instant d'étonnement, je m'en saisis, et il me tire si brusquement que j'atterris contre son thorax.

Aussitôt, il me ceinture.

– Dis-moi !

– Non !

– Dis-le moi, ou je te chatouille jusqu'à ce que ce soit toi qui te pisses dessus.

– C'est vrai que c'était ton jeu préféré lorsque nous étions petits.

– Tu t'en souviens ?

– Bien sûr, Charlie, je me souviens de tout. De chaque minute passée avec toi.

Mes joues rougissent de plus belle.

Bordel, je ne peux pas me taire ! Il va croire que je pense à lui tout le temps. Ce qui est vrai, mais il n'est pas obligé de le savoir.

– Alors ?

– Alors quoi ?

– Qu'est-ce que tu as dit sur les bières ?

– J'ai dit que tu buvais trop.

Il rit.

– Je tiens très bien l'alcool, c'est dans mes gènes.

– Si tu le dis ! Tu veux bien me lâcher, je dois y aller.

À mon grand étonnement, il s'exécute et m'emboîte le pas. Je n'en reviens pas qu'il ne se sente pas gêné de m'avoir uriné dessus !

Il ne s'est même pas excusé.

Ce garçon n'a aucune éducation, aucune manière, il est exaspérant, une vraie tête à claques, et il est le garçon que je déteste le plus au monde, mais qu'est-ce qu'il est beau !

– June, tu as vu l'état de ta robe ?

– Ce n'est rien maman, j'ai…

– C'est ma faute, Janet, répond Charlie, en me faisant un clin d'œil discret. J'ai renversé ma…

– Son jus de fruit, maman. C'est collant, mais ça ira.

– Oui, bon, Charlie… À l'avenir, fais un peu attention ! Et toi, ne laisse pas les garçons t'approcher de trop près, me dit ma mère.

– Ou tu auras des ennuis, renchérit Sue, la mère de Charlie. Et plus tôt que tu ne le crois, ma pauvre chérie.

Elles nous tournent le dos, et reprennent leur discussion favorite, à savoir se plaindre de leurs bikers de maris, toujours absents.

– Tu viens jouer avec nous ? demande Charlie en s'éloignant.

– Oui, pourquoi pas ? Vous jouez à quoi ?

– On pourrait jouer au papa et à la maman, répond-il avec un clin d'œil. J'adore ce jeu.

On se demande bien pourquoi…

Je souris bêtement, jusqu'à ce qu'il réduise tous mes espoirs à néant.

– Je serais le papa, Mandy la maman, et toi, notre bébé ?

Je reste la bouche ouverte, tandis qu'il part dans un grand éclat de rire.

Connard !

7

June
De nos jours

Je ne lui ai jamais pardonné cet affront. Malheureusement, il y en a eu d'autres. Une quantité d'autres, comme s'il se faisait un malin plaisir à m'humilier, à me narguer, à me tenter, pour mieux m'ignorer. Ce qui me rassurait, c'est qu'il se comportait comme ça avec toutes les filles, surtout avec Mandy qui était amoureuse de lui, ce qu'il savait pertinemment… et il en jouait.

En vérité, il jouait avec toutes les filles.

Et il n'a jamais cessé de jouer.

Après le coup de l'arbre, quand Mandy nous a vus ensemble, elle en a été si jalouse qu'ensuite, à l'école, elle a monté toutes les filles contre moi ; plus une seule ne me parlait. Elle se moquait de moi : de mes cheveux trop blonds, de mes yeux trop grands, et de mes jambes trop maigres. Je n'avais que la peau sur les os, alors qu'elle commençait à être formée, ce qui était normal, vu qu'elle avait deux ans de plus que moi.

Elle a appris que Charlie me surnommait « Blondie », alors elle s'est octroyé le droit d'utiliser ce surnom. Ces années collège ont été les pires de mon existence. Je vomissais tous les matins avant d'aller à l'école, en me demandant quelles horreurs elle et ses pétasses de copines allaient encore inventer pour me torturer. Je ne disais rien, ne répondais pas, ou très rarement, en me disant qu'elles finiraient par se lasser, et qu'un jour, je trouverais le moyen de me venger.

Je ne répondais pas, je ne voulais pas m'abaisser à ça, ni leur montrer que leur attitude me blessait. C'était Kate, la sœur de Charlie, qui le faisait à ma place, car elle restait mon amie, malgré Mandy qui ne cessait de la harceler pour qu'elle me tourne le dos.

Lorsque Kate m'invitait chez elle après les cours, je m'arrangeais pour m'éclipser avant que Charlie débarque avec ses potes. Plus les années passaient, plus son comportement en ma présence me déroutait et j'avais du mal à comprendre : soit il m'ignorait, soit il me bouffait littéralement des yeux, sans un mot. Son regard, à ces moments-là, me donnait incroyablement chaud.

Je ne savais jamais à quoi m'attendre avec lui.

Quand je le croisais en ville, sur sa moto, toujours accompagné d'une fille, il me dévorait du regard, s'attardait sur ma poitrine – qui avait fini par devenir avantageuse –, sur mes jambes, pour finalement planter ses yeux dans mon propre regard. Un sourire retroussait ses lèvres, qu'il léchait de façon suggestive et excitante. Eh oui, il m'excitait, je ne pouvais le nier, autant qu'il me donnait envie de le gifler. Il ne pouvait pas ignorer ce qu'il m'inspirait, ce qu'il déclenchait dans mon corps, car même si je m'évertuais à le cacher, la rougeur subite de mes joues, la raideur de ma nuque, mes poings serrés parlaient pour moi.

Mon portable vibre sur la table.

Kate…

J'ai un sourire, et je m'empresse de répondre.

– Salut, toi !

– Salut ma belle. Alors, tes valises sont prêtes ? Depuis que je sais que tu débarques, je ne tiens plus en place !

– J'ai plusieurs heures de vol, des changements, je dois ensuite trouver un bus pour Kingsville. Je vais mettre une éternité.

Je soupire, fatiguée d'avance. Depuis que j'ai pris la décision de retourner à Kingsville, je dors mal et Charlie s'immisce de plus en plus souvent dans ma tête.

– Quelle idée, aussi, d'aller vivre à l'autre bout du pays ! ronchonne-t-elle, comme bien souvent, pour me faire enrager, car elle sait pertinemment que je n'ai pas choisi Philadelphie.

Ma mère l'a fait pour moi, pensant que sa famille la soutiendrait, mais il n'en a rien été. Elle était partie depuis trop longtemps. Ses propres parents étaient morts, et ses frères et sœurs ne voulaient plus entendre parler d'elle, ni de moi, nous pensant encore liées à ce gang de hors-la-loi que sont les BlackAngels. Ce qui est un peu vrai, finalement, car ma mère est restée en contact avec le prés' pendant toutes ces années. Au début, je pensais que je ne pourrais pas survivre loin du club, loin de mes amis, loin de tout ce qui avait été ma vie depuis ma naissance. Loin de *lui*, même si m'éloigner était une nécessité pour me protéger de lui, pour tenter d'oublier le mal qu'il m'avait fait, et continuait de me faire, en m'ignorant, puis en partant pour l'université. Puis les années ont passé. Je suis quand même restée en contact avec Kate, de loin en loin, en lui faisant jurer de garder pour elle mes secrets.

Tous mes secrets.

– June, tu es là ?

– Oui, Kate.

– Je vais venir te chercher à l'aéroport, et tu t'installeras chez moi.

– Je ne voudrais pas te déranger, je…

– Tu ne me déranges pas, bien au contraire. Tu verras, on va s'éclater !

– Kate, ma maman vient de mourir, murmuré-je, la gorge serrée. Je… je ne crois pas que j'aurai envie de m'amuser.

– La vie continue, ma belle. Laissons les morts où ils sont !

Sa réaction ne m'étonne qu'à moitié ; elle a un fort caractère, elle se bat contre l'adversité, et ne regarde pas en arrière. Jamais. Elle a cette capacité, mais hélas, je ne suis pas comme elle.

Oui… la vie continue. Si seulement c'était aussi simple !

– C'est très gentil à toi, je suis heureuse de ne pas me retrouver seule.

– C'est normal. Tu es ma meilleure amie.

Elle renifle, et je suis prête à fondre en larmes moi aussi.

– Au fait, Tim t'accompagne ?

– Non. Il est en voyage d'affaires et ne répond pas à mes appels, et pour tout te dire, je n'en suis pas plus contrariée que ça.

– Si tu veux mon avis, un peu de distance te fera du bien.

Pour comprendre s'il compte vraiment pour moi. S'il me manque.

– Tout à fait. Et toi ? Où en es-tu avec… euh… comment déjà ? Il y en a tellement.

Elle se met à rire.

– Hé, je ne suis pas une croqueuse d'hommes tout de même.

– Si ! Excuse-moi de te le dire, et de te mettre face à la réalité, mais pour ma part, j'ai arrêté de faire le compte.

– Pourquoi se contenter d'un seul, alors que plein d'autres attendent ? Tu te rends compte de tous les malheureux que je ferais ? Les grandes histoires d'amour, très peu pour moi. Contrairement à toi, je n'y crois pas.

– Peut-être parce que tu n'as jamais rencontré le bon. Celui qui fait battre ton cœur. Celui qui, lorsque tu croises son regard, te fait comprendre qu'il n'y a que lui, et qu'il n'y aura jamais que lui. Celui que tu ne peux pas voir sans avoir envie de le laisser te posséder, encore et encore.

– Putain, tais-toi ! J'ai des fourmis partout sur le corps. Tu penses encore à lui ?

– Non. Bien sûr que non.

– Menteuse.

– Bon, je dois te laisser, ou je vais finir par être en retard. À demain, ma belle.

– À demain, sœurette. Bon voyage.

Sœurette…

Je coupe la communication. Elle n'a fait que raviver de douloureux souvenirs.

8

June

J'ai dormi dans l'avion. Dormi et beaucoup réfléchi, pour arriver à la conclusion que je devrais profiter de ce voyage pour m'amuser, me changer les idées, et rencontrer du monde.

Et il y a quand même une personne que j'aimerais revoir. Pour m'excuser. Car je me suis mal comportée avec lui.

Par contre, je suis bien décidée à ne pas m'attarder. Je vends la maison, et je me tire.

Après avoir récupéré ma valise, je prends la direction du hall principal, en regardant partout autour de moi pour repérer Kate. Soudain, une magnifique jeune femme brune me fait de grands signes, puis court vers moi. Je lâche ma valise, et je m'élance. Nous tombons dans les bras l'une de l'autre, en larmes. Avec des cris de joie et des torrents de pleurs, nous tournons sur nous-mêmes, faisant se retourner sur nous toutes les personnes présentes.

Elle me repousse à bout de bras, me regarde des pieds à la tête.

– Tu n'as pas changé ! Tu es toujours aussi bien foutue, aussi blonde, tu n'aurais pas pu devenir un immonde boudin ? Tu vas encore me faire de l'ombre et tous les mecs vont vouloir te foutre dans leur lit.

Je me mets à rire.

– Je ne suis pas ici pour trouver un mec, je te le rappelle.

Voilà ! Le ton est lancé.

Avec Kate, il est impossible de ne pas parler « mecs », son sujet de prédilection. Cette fille est incorrigible. Mais elle m'a manqué. Bon Dieu, comme elle m'a manqué.

– Que tu dis ! Un beau mâle, ça ne se refuse pas, reprend-elle. Depuis combien de temps n'as-tu pas joui, June ?

– Bordel, Kate ! C'est marqué sur ma figure ?

Elle rit de plus belle.

– Oui, tu parais encore plus coincée qu'avant.

Je lui pince la taille, la faisant rire de plus belle.

– Je t'interdis de te moquer.

Elle ouvre ses grands yeux parfaitement maquillés.

– Ce n'est pas moi qui ai inventé que Tim est nul au pieu, c'est même toi qui me l'as dit !

– Veux-tu te taire ! Tout le monde nous regarde !

Elle baisse d'un ton.

– Alors ? Depuis combien de temps ?

Bien décidée à ne pas répondre à cette question indiscrète et dérangeante, je la prends sous le bras, je récupère ma valise, qu'elle me prend des mains, et nous nous dirigeons vers la sortie.

– Tu me raconteras tout !

Je soupire.

– Oui. Promis.

Elle m'embrasse sur une joue, et je ne peux m'empêcher de sourire. Un vrai sourire. Comme je n'en ai pas eu depuis longtemps. Depuis des années, très certainement.

Elle met ma valise dans le coffre de sa petite voiture, une Mini Cooper cabriolet noire – une petite merveille –, et elle m'ouvre la portière. Les trois heures de route passent comme par enchantement, et le babillage incessant de Kate m'empêche de me laisser aller à la mélancolie, ma compagne habituelle. Elle me raconte sa vie, son job (elle possède un magasin de vêtements à Kingsville qui fonctionne plutôt bien, d'après ce que je sais), ses rencontres et ses histoires sans lendemain, et je lui raconte la mienne ; le peu de choses que j'ai à en dire car, comparé au sien, mon quotidien est triste à pleurer et, surtout, mon mec ne me fait pas planer.

Mais est-ce si important ?

– Bien sûr que c'est important ! Tu ne peux pas envisager ta vie avec un type pour lequel tu ne ressens rien.

– Je n'ai pas dit que je ne ressentais rien, c'est juste que… j'ai l'impression que mon corps est… mort.

– Nom de Dieu, ne me dis pas que… ?

Se rendant compte de mon regard triste fixé sur la route, elle prend ma main et serre mes doigts.

– Tu mouilles quand tu le vois ?

Elle me sort ça avec une telle candeur, une telle fraîcheur, que je ne peux qu'éclater de rire.

– Tu es vraiment incorrigible !

– Contente-toi de répondre !

– Non. T'es contente ?

– Oui. Et non.

Elle se tait, visiblement à court de mots.

Nous entrons dans Kingsville, et je regarde partout.

Je veux tout voir : les magasins, les gens… l'ambiance générale. Je ne reconnais rien mais, d'une certaine manière, rien n'a changé.

En passant devant le Rider's Motorcycle Pub, mon cœur manque un battement, car c'est là que tout a commencé.

9

June
Dix ans plus tôt

La soirée barbecue bat son plein et, comme à mon habitude, je me réfugie dans l'une des chambres non occupées pour lire au calme. J'entends soudain des voix dans le couloir, et mon corps se raidit en reconnaissant celle de Charlie. Il entre dans la pièce, les lèvres collées à celles de Mandy. Aussitôt la porte fermée, il la plaque contre le mur et remonte sa robe.

Nan… ils ne vont quand même pas baiser ici ?

Je regarde désespérément autour de moi pour trouver une planque, mais à mon grand désarroi, il n'y en a aucune.

Je toussote, pour révéler ma présence.

Charlie est le premier à me repérer. Un éclair de surprise traverse son beau regard, rapidement suivi par autre chose que je ne saurais définir.

– Blondie ?

Je lève la main, avec un petit sourire contrit.

– Salut, Charlie.

– Va m'attendre dehors, dit-il à l'intention de Mandy qui, vexée, me retourne un regard assassin.

– Pourquoi ?

– Parce que je te l'ordonne. Barre-toi !

Elle ouvre la bouche pour riposter.

– Ta gueule. Fais ce que je te demande.

C'est vraiment un connard ! Jamais aucun homme ne me parlera sur ce ton !

Il claque la porte dans son dos, et vient s'asseoir à côté de moi, en soupirant.

– T'es vraiment un salaud, tu sais ça ?

Il me fixe un instant de ses immenses yeux noirs.

– Les nanas aiment les mecs qui en ont.

– Qui ont quoi ?

– Des couilles.

Il soutient mon regard sans ciller. On a vraiment cette discussion ? Maintenant ? Pitié… Je décide de ne pas me laisser déstabiliser par son incroyable beauté, par ses magnifiques yeux noirs à la profondeur exaltante. Comme à son habitude, il a les cheveux ébouriffés, une légère barbe ; son tee-shirt noir rehausse l'ovale parfait de son visage, ses traits fins et harmonieux.

– Tu crois ?

– Je ne crois pas. J'en suis sûr.

Une fois de plus, son regard me transperce.

Vantard.

La proximité de son corps m'affole, et je me lève pour mettre de la distance entre nous. J'ai fait vite, mais son parfum est arrivé jusqu'à moi. Une senteur qui me rend dingue. Cette odeur, c'est lui ! Il y a le parfum dont il s'asperge généreusement, et il y a son odeur, intime, ancrée dans ma mémoire et que je reconnaîtrais entre mille. Lorsque je suis chez lui avec Kate, et qu'il est absent (c'est-à-dire la plupart du temps !), j'arrive toujours à entrer dans sa chambre en douce pour respirer ses fringues. Je plonge mon nez dans l'un de ses tee-shirts et j'inspire en l'imaginant contre moi. Dernièrement, j'ai même réussi à lui en dérober un, que je planque sous mon oreiller, et la nuit, lorsque je ne dors pas et que je pense à lui (c'est-à-dire tout le temps !), je l'allonge sur moi, tout contre ma peau.

Je suis une grande malade, une vraie toxico, une droguée en manque, et je m'en veux.

Je me reprends, en colère contre moi-même d'être aussi accro et faible, face à ce qu'il m'inspire, pour le toiser, bien décidée à lui dire ma façon de penser.

Quelle arrogance ! Je n'en reviens pas.

– C'est que tu n'as encore rien compris aux filles, ou que tu n'as rencontré qu'une certaine catégorie, et sans doute pas la plus intéressante.

Il lève un sourcil, comme s'il me découvrait sous un autre jour. Pourtant, nous discutions souvent.

Avant.

Avant qu'il ne devienne ce parfait connard avec les filles.

– Détrompe-toi, je sais tout ce qu'il y a à savoir sur les filles. Et je sais le plus intéressant…

– C'est-à-dire ?

Il plonge ses yeux dans les miens, avec cette petite lueur que je lui vois depuis quelque temps, lorsqu'il me mate sans la moindre gêne, me donnant l'impression d'être une petite souris entre les pattes d'un prédateur.

– Comment les faire jouir.

Hein… ?

C'est bon, j'en ai assez entendu. En plus d'être un connard, il est sacrément sûr de lui, et ne doute pas une seule seconde de lui ou de ce qu'il inspire aux filles.

Tu sais parfaitement comment il se comporte avec les filles, me tance une petite voix dans ma tête.

Oui, je le sais.

Mais malgré ça, je ne peux pas m'empêcher d'être amoureuse de lui. Il y a l'apparence, évidemment, il m'a toujours fait craquer, mais il y a aussi, je ne sais pas… cette petite flamme dans le regard, cette expression qui parfois adoucit ses traits quand il croit que personne ne le regarde, ou lorsqu'il parle de quelque chose qui l'intéresse. Il est sûr de lui, mais c'est ce qui fait sa force. Je ne veux pas d'un mec torturé ou compliqué, ou qui a vécu je ne sais quoi de traumatisant, ma vie est bien assez triste et difficile comme ça. Je veux un mec qui me fasse rire, rêver, un mec qui ne doute pas, qui est bien avec lui-même, qui a des objectifs et de l'ambition. Alors oui, Charlie est un connard, un vantard, mais il est aussi drôle, fidèle en amitié, et il a une sacrée force de caractère. Je me dis que lorsque l'on est aimée par un tel mec, la vie doit être merveilleuse.

Une question se pose : Charlie est-il capable d'aimer ? Véritablement ? Et de m'aimer, *moi* ?

Je ne l'ai jamais vu avoir une relation stable, durable, ni s'afficher avec aucune de ses copines. À croire qu'après les avoir sautées, elles n'existent plus à ses yeux, ce qui est très certainement le cas.

Perdue dans mes pensées, je reste plantée au milieu de la pièce, ne pouvant détacher mon regard de son visage. Il saute sur ses pieds, et me surprend en m'arrachant mon livre des mains. Je tends le bras, mais il est plus rapide que moi. Tout en cherchant à m'éviter à travers la pièce, il lit le résumé et me regarde, le sourire aux lèvres. Il s'arrête subitement, et lève la main très haut pour m'empêcher de récupérer mon bien.

Je gronde, en colère :

– Donne, Charlie !

Il me toise, un sourire en coin.

– Tu n'es pas un peu jeune pour lire ce genre de roman ?

Quoi ? J'ai 17 ans, je ne suis plus une gamine !

Je sens mes joues devenir de plus en plus brûlantes.

Il feuillette au hasard et lit, le livre à bout de bras :

– « *Elle sentit une onde de chaleur parcourir son corps, un désir intense assaillir ses reins. Peut-être avait-elle bu trop de vin, ce soir, mais elle aurait aimé qu'il retrousse ses jupes…* »

Je suis scotchée au sol, incapable de bouger.

Sa voix est divinement rauque, sexy, et pénètre chaque fibre de mon corps. J'ai toujours aimé sa voix, comme j'aime ses lèvres, sa bouche… J'aime tout chez lui, tout me plaît.

Le coup d'œil qu'il me lance et le sourire dont il m'enveloppe font monter la chaleur dans mon propre corps, comme dans celui de l'héroïne de mon roman.

Je prends de la distance.

Il se racle la gorge, et reprend avec emphase et beaucoup de sérieux, comme s'il jouait devant un public :

– Hum… « … *qu'il retrousse ses jupes, qu'il la pénètre, la prenne fougueusement, comme dans les rêves enfiévrés qu'elle faisait, parfois, la nuit. Il lui semblait presque sentir ses mains sur sa peau, la chaleur de son corps contre le sien, son odeur enivrante et le goût de ses lèvres.* »

Il ferme le livre, regarde la couverture, passe sa main dans ses cheveux, me donnant l'envie irrésistible d'en faire de même.

– *Le prétendant des Highlands*. Julia London, éditions Harlequin… nom de Dieu. C'est plutôt instructif, et très détaillé. Tu me le prêtes ? demande-t-il, avec un clin d'œil.

Bon Dieu, qu'il est beau.

Avec ce sourire en coin, cette lueur dans le regard ; s'il prenait ma main, là, maintenant, pour m'emmener, je le suivrais jusqu'au bout du monde. Et ce qu'il a lu, d'une voix si rauque, si chargée de désir, jouant le rôle à la perfection, c'est exactement ce que je ressens à son contact. Et je sais, je le comprends, avec une telle acuité que je chancelle sur mes jambes : j'ai envie qu'il me touche, qu'il me fasse toutes ces choses. Je veux découvrir l'amour dans ses bras.

J'entre dans son jeu :

– Si tu veux, j'en ai plein d'autres.

Il rit.

– Tu plaisantes ?

– Non, c'est la vérité. Je passe mon temps à lire.

– Moi qui pensais que tu étais coincée. Tu caches bien ton jeu.

– Je ne lis pas que ça, j'aime aussi les auteurs étrangers, les romans de cape et d'épée, les belles histoires de chevaliers…

– Si j'en crois la couleur de tes joues, ta respiration saccadée…

Il s'approche dangereusement, jusqu'à me faire reculer contre le mur. Il glisse une mèche derrière mon oreille, la retient entre ses doigts. Je ne réponds rien. Je laisse les sensations, si nouvelles pour moi, m'envahir et prendre possession de mon corps. J'ai rêvé ce moment toute ma vie ; celui où il se rendra compte que j'existe.

– Tu aimes ce genre de littérature. À moins que ce ne soit parce que je suis dans la même pièce que toi ?

Je me retiens pour ne pas laisser parler mon envie, et le plaquer contre moi, tant sa proximité met le feu à ma tête.

– Tu te donnes du plaisir en lisant ?

Je reste muette, tandis qu'il approche encore.

– Imagine que c'est moi qui te fais toutes ces choses.

Bordel…

– Ça te plairait, Blondie ?

J'ai perdu le fil...

– Pardon ?

– Ça te plairait que je te fasse ce qui est écrit dans ton bouquin ? Tout ce qui est écrit, car je suppose que ça, ce n'est que le début.

– Tu supposes bien.

– Tu as tout lu ?

– Presque.

– Alors ?

– Qu'aurais-tu envie de me faire ? demandé-je, en me mordillant la lèvre.

Je prends des risques, le risque qu'il me trouve ridicule, inexpérimentée, et qu'il finisse par se moquer de moi, mais tant pis.

Je suis prête.

Prête à le laisser prendre les rênes, et me guider.

Une chaleur prend naissance entre mes cuisses et me donne envie de me frotter à lui. Très rapidement, ce besoin devient presque irrépressible. Je retiens un gémissement en sentant son souffle dans mon cou, et c'est encore pire lorsque j'entends sa voix. Il a la plus belle voix du monde ; et chaque mot est une douce mélopée à mes oreilles. Une musique enchanteresse.

– Je baisserais ce jean qui te fait un cul parfait, j'arracherais ta petite culotte, et je te baiserais contre ce mur.

Mon souffle se fige.

Je glisse mes mains sur son thorax, je m'agrippe à son tee-shirt, pour l'empêcher d'avancer, ou l'attirer à moi, je ne sais pas.

Je le sens frissonner sous mes doigts.

– Ce n'est pas très romantique, murmuré-je.

– Je ne suis pas quelqu'un de romantique.

Il appuie son bassin contre le mien. Mon cœur s'emballe et mon souffle se fige un instant en constatant qu'il bande. Visiblement, je lui fais de l'effet, *moi*. Je suscite enfin son intérêt. Enfin il se rend compte que j'existe, *lui*, le type qui me fascine depuis toujours. J'exulte, mon cœur explose de bonheur, mais je m'attends à tout moment à ce qu'il me sorte un truc débile du genre « Tu la sens, poupée ? Tu sens comme elle est dure ? Tu sens à quel point tu me plais ? ».

Ce serait tellement son genre.

– Je le sais, tu ne m'apprends rien.

Il a à nouveau ce sourire qui me fait fondre.

– Je vois que ma réputation n'est plus à faire. Alors ? Ça te tente, Blondie ? Je suis sûr que tu en meurs d'envie.

Je tente de le repousser, mais il résiste.

Je commence à avoir chaud, vraiment très chaud. Être contre lui est une torture, même si c'est une douce torture.

– Tu es d'une arrogance ! Qu'est-ce qui te fait croire que je voudrais de toi pour mettre en pratique ce que je lis ? Tu n'es pas le seul beau mec du club !

– Si !

– Non !

– Qui est plus beau que moi ?

– Elliott !

J'ai répondu sans réfléchir.

Il se renfrogne aussitôt, et s'éloigne de quelques centimètres.

– Ce taré ?

– Il est loin d'être taré, c'est un mec sensible, qui aime lire, comme moi, et...

– Vous avez baisé ?

Je le dévisage, estomaquée.

– Je ne crois pas que ça te regarde. Qu'est-ce que tu as contre lui ?

– Je ne l'aime pas, c'est tout.

Je le regarde se passer les doigts dans les cheveux, soudain nerveux. Et brusquement, je comprends.

– Tu es jaloux de lui ?

Il me retourne un regard noir.

– Certainement pas !

Je me rapproche à mon tour, et je mets un doigt sur sa poitrine.

– Si, tu es jaloux ! Pourquoi ?

Il gronde, me fait à nouveau reculer contre le mur, et il place ses deux mains à plat de chaque côté de mon visage.

– On s'en fout. Je suis meilleur que lui au pieu, point !

– T'as pas les chevilles qui enflent ?

– Pas du tout, je ne dis que la vérité. Et il ne tient qu'à toi de voir si ce que je dis est vrai, ou si ma réputation est usurpée.

Il reprend l'une de mes mèches entre ses doigts.

– Dis-moi oui, Blondie.

– Oui à quoi ?

– Oui à tout ! Mais pour commencer, accompagne-moi au ciné en plein air.

Je plonge mes yeux dans les siens.

– Il y aura qui ?

– Mes potes.

– Pas de filles ?

– Non. En général, nous trouvons sur place.

Je voudrais lui demander « Pourquoi moi ? ». Mais je n'en fais rien. Il glisse ses mains le long de mon cou, puis il englobe mon visage.

– Viens.

Sa voix n'est qu'un souffle, qui caresse mes lèvres. Je ferme les yeux. Lorsque je les rouvre, il me regarde si intensément que mon cœur s'arrête un instant ; il me veut. Au moins aussi fort que je peux le vouloir.

– Je… je ne sais pas, Charlie, je…

Ses pouces caressent mes joues. Ma bouche s'entrouvre malgré moi, appelle ses baisers. Ses lèvres sont si proches. J'ai envie de les goûter. D'en découvrir la douceur. Je rêve de ce moment depuis que je suis toute petite. Évidemment au début, ce n'était pas de l'amour physique, mais une sorte de fascination.

Oui, c'est ça, il m'a toujours fascinée. Fascinée et envoûtée. Je l'ai toujours trouvé beau, incroyablement beau, avec ses grands yeux noirs, cette bouche si charnue, ses lèvres pleines, et ce corps… ses abdos, que je sens frémir sous mes doigts, ses pectoraux, ses biceps.

Tout me rend dingue.

– Ça fait longtemps que j'ai envie de faire ça…

Lorsqu'il pose ses lèvres sur les miennes, lorsque sa langue vient caresser la mienne, je perds tous mes repères. Je réponds à son baiser, timidement. Sentant ma réticence, il se détache de moi, et me regarde.

– Ne me dis pas que tu n'as jamais embrassé un garçon ? Une belle fille comme toi, tous les mecs doivent te tourner autour en frétillant de la queue.

Euh, non… pas exactement, je crois que je leur fais peur.

Il me trouve belle ? réalisé-je subitement.

Le feu me monte une nouvelle fois aux joues.

Bien sûr que j'ai déjà embrassé un garçon, mais jamais comme ça. Jamais avec cette sensation de manquer d'air, d'être au bord d'un gouffre dans lequel je peux tomber à tout moment, d'avoir tant besoin de ses lèvres sur moi qu'elles deviennent indispensables à ma survie. Jamais avec l'envie que ça dure, et dure encore ; je ne veux jamais cesser de l'embrasser. Je veux sa langue dans ma bouche, et je veux son sexe en moi.

C'est pulsionnel, plus fort que tout.

Oui, je le veux.

Ce soir, maintenant, tout de suite.

Je ne réponds rien, mais je l'attire par son tee-shirt, pour reprendre ses lèvres. Violemment. Passionnément. Si violemment et passionnément que nos dents s'entrechoquent. S'il est surpris par l'assaut, il n'en montre rien ; il me plaque contre lui et un gémissement rauque sort de sa gorge lorsque sa langue vient reprendre possession de la mienne. Je glisse mes doigts dans ses cheveux et je tire, le faisant se tendre et se presser encore plus contre moi, tandis qu'un feu prend naissance entre mes cuisses. Je sens mon sexe devenir humide, se lubrifier, en demande de plus. De beaucoup, beaucoup plus.

– Rejoins-moi vers ma bécane, gronde-t-il dans mon oreille, après avoir quitté mes lèvres, à bout de souffle lui aussi.

– Je doute que ma mère accepte.

– Alors ne dis rien, continue-t-il, en lutinant mon cou, me mettant au supplice. Ou dis-lui que tu dors chez moi avec Kate, ce ne serait pas la première fois.

– Ta sœur est rentrée depuis longtemps. Mais je… je vais trouver une solution.

Il prend mon visage en coupe.

– Alors, tu viens ?

– Oui, Charlie, je viens.

Il m'embrasse.

– Tu ne le regretteras pas, Blondie, je peux te le promettre.

Non, je ne le regretterai pas. Jamais. Je le veux, et peu importe ce qu'il se passera ensuite, cette nuit, Charlie sera à moi, et à personne d'autre.

10

June
De nos jours

Je tourne la tête, au bord des larmes. Revoir le pub est douloureux. Extrêmement douloureux, car j'ai cru… j'ai cru que ce que nous avions vécu était le début de quelque chose. De quelque chose de beau. Je ne pensais pas qu'il me briserait le cœur aussi vite. Je ne l'ai eu à moi que quelques heures. Quelques heures où il a fait de moi la plus heureuse des femmes.

Il m'a fait jouir comme jamais je n'ai joui depuis. Avant cela, il a été attentionné, attentif à la moindre de mes réactions.

J'aurais presque pu le croire amoureux, si je m'étais laissée aller à rêver.

Je me trompais.

Charlie ne sait pas aimer. Du moins à l'époque. Il consommait, sans modération. C'est tout !

Kate se gare à quelques rues, devant un immeuble cossu de briques rouges à la façade impeccablement entretenue.

Je sors de la voiture, et je lève les yeux.

– Dernier étage, ma belle.

– Waouh, ça a l'air de marcher pour toi !

– C'est le cas. Le magasin fonctionne bien.

Elle prend à nouveau ma valise et pousse la porte d'entrée. Elle me guide jusqu'à l'ascenseur.

– Tu as pu t'absenter sans problème ?

– J'ai demandé à mon employée de se débrouiller pendant quelques jours. D'ailleurs, nous irons te dénicher deux ou trois petites choses, dit-elle, en regardant d'un air maussade mon chemisier et mon gilet sans manches.

Alors qu'elle est parfaite. Jusqu'au bout des ongles. Classe, et chic. Talons hauts, jean moulant. Kate a toujours été au top de la mode, alors que moi, c'est le cadet de mes soucis.

– Tu trouves que je fais vieille ? maugréé-je.

Elle se penche.

– Non, pas que vieille. Tu fais instit ! Une vieille instit à la retraite. Coincée du cul !

Je lui mets une claque sur les fesses.

– Tu vas voir ce qu'elle va te faire, la coincée du cul ! OK, je te laisse le soin de me transformer.

Elle bat des mains.

Elle a toujours aimé m'habiller, me maquiller, me coiffer, c'était son passe-temps préféré.

L'ascenseur nous monte jusqu'au dernier étage.

Elle ouvre la porte de son appartement, et me tient la porte.

J'entre, pour découvrir un magnifique loft, sur deux étages, ultramoderne. D'immenses baies vitrées donnent sur une terrasse. Je tends le bras.

– C'est un spa ?

– Eh oui, ma belle. Tu as apporté un maillot de bain ?

À ma tête, elle comprend que non.

Euh… à Philadelphie, il fait moins vingt.

– Ce n'est pas grave, j'ai ce qu'il faut à la boutique.

Elle me guide jusqu'à une chambre d'amis, ouverte sur la terrasse. La brise fait s'envoler les rideaux blancs aux motifs géométriques, assortis au couvre-lit. Tout est beau : les tissus, les matières, les meubles, en bois blanc eux aussi. Il y a même un petit bureau et un canapé avec, devant, une petite table basse, en plus d'une commode, d'un lit et d'une armoire.

Une vraie chambre de poupée.

Je me laisse tomber sur le lit, les bras en croix, et Kate s'assoit à mes côtés.

– J'espère que tu te sentiras bien, ici.

Je me redresse tout en me rapprochant d'elle.

– C'est parfait. Merci, Kate.

Elle m'enlace.

– Je suis tellement contente que tu sois là. Je ne réalise toujours pas.

– Je voulais te dire, commencé-je, le ton grave.

– Oui ?

– J'aurais voulu venir pour… pour ton père, mais ma mère n'allait déjà pas très fort, et je ne voulais pas la laisser seule.

– Je comprends. Ne t'inquiète pas pour ça.

– Toi, ça va ?

Elle se lève, mais j'ai le temps d'apercevoir ses yeux humides.

– Je vais bien. C'est la vie.

Kate n'aime pas s'épancher sur ses sentiments. Elle préfère aller de l'avant et ne pas s'appesantir sur ce qu'elle ne peut changer. Et encore une fois je l'envie : elle a une force de caractère que je n'ai pas.

– Je te propose de manger un bout puis d'aller à la boutique. Tu me laisses choisir tes tenues ?

– Est-ce que j'ai le choix ?

– Non, s'esclaffe-t-elle. Tu me connais.

– Oh oui !

– Tu m'as donné carte blanche, souviens-toi.

Elle prend ma main et m'entraîne vers le coin cuisine pour m'inviter à m'installer devant le bar. Elle sort deux assiettes du réfrigérateur, puis deux bières. Nous mangeons en silence quelques instants, puis je la questionne sur sa boutique, qu'elle a ouverte il y a trois ans, et qui marche du feu de Dieu. Elle me raconte des anecdotes sur ses clientes, et ne cesse de me faire rire. Nous parlons de tout, sauf de ce qui est important, et à chaque fois qu'il y a un temps mort dans notre conversation, j'ai envie de lui poser la question qui me brûle les lèvres, mais je m'abstiens.

Je ne veux pas savoir.

Tout en n'ignorant pas que tôt ou tard, elle lâchera quelque chose, car, parfois, je sens son regard insistant sur moi, et je sais qu'elle attend que je lance la conversation sur *lui*. Elle prend alors une grande inspiration, comme si elle se préparait à me faire mal, et qu'elle en était consciente… mais ne dit rien. À chaque fois, j'ai le sentiment que mon cœur s'arrête de battre. Pour repartir, encore plus torturé.

Je n'aurais pas dû revenir. C'était une mauvaise idée.

Une très, très mauvaise idée.

***

Plusieurs heures plus tard, je me regarde dans la psyché de sa chambre.

La vache !

– Ça te plaît ?

Je l'enlace.

– Tu es une vraie fée.

– Avec ça, si tu ne fais pas craquer tous les mecs, je ne m'appelle pas Kate Miller !

– J'ai déjà un petit ami, Kate, depuis peu et absent la plupart du temps il est vrai, mais qui a le mérite d'exister, rétorqué-je de nouveau.

– Qui ne te fait pas planer, je te le rappelle, alors où est le mal ? Tu auras au moins un moyen de comparaison.

Je n'insiste pas. C'est peine perdue.

– En tout cas, j'adore. Encore une fois, merci, dis-je, en me tournant face au miroir.

– Je le savais, cette blouse de soie bleue fait ressortir tes yeux.

Je la caresse du bout des doigts ; le tissu est extraordinairement doux.

Tout me va parfaitement : les sous-vêtements, le jean noir scintillant, les bijoux.

– Tu me diras combien je te dois.

Même si je doute que ce soit à la portée de ma bourse.

– Rien. Je t'en prie, ça me fait plaisir.

Je l'enlace une fois de plus, au bord des larmes. Jamais personne n'a jamais fait autant pour moi.

– Je t'aime, Kate.

– Je t'aime aussi, ma belle. Bien, où veux-tu aller ?

– Au Rider's.

Elle me regarde comme si j'étais un fantôme.
– Tu es sûre ?
– Oui.
– Tu aimes te faire du mal, chérie !
Peut-être… peut-être aussi pour ne pas me sentir tout à fait morte à l'intérieur.

***

Quand Kate pousse la porte du pub, je fais un pas en arrière.
En sentant mon désarroi, elle prend ma main et m'entraîne vers une table du fond. La décoration a changé, la disposition des tables est différente, pourtant, c'est dans cet endroit, exactement, que nous nous étions installés ce soir-là.

11

June
Dix ans plus tôt

Quelques minutes plus tard, collée contre son dos, sur sa moto, j'ai l'impression de rêver.

De rêver, et de voler, même si je suis morte de trouille. Je me suis contentée d'envoyer un texto à ma mère. De toute façon, depuis la mort de mon frère, plus rien ne l'intéresse et je pourrais bien coucher sous les ponts qu'elle ne s'inquiéterait pas outre mesure. Habituellement, j'en aurais éprouvé de la peine, pas cette nuit. Cette nuit, cette liberté d'action me va. Quant à mon père, il doit déjà cuver dans une des chambres de la maison, ou être en train de baiser une brebis, car la seule riposte qu'il a trouvée pour oublier sa souffrance, c'est de boire, et de sauter d'autres femmes que la sienne. Leur couple n'allait déjà pas très fort, mais c'est pire depuis que mon frère a eu cet accident de moto qui lui a coûté la vie.

Charlie prend la direction du centre de Kingsville, pour s'arrêter devant le Rider's Motorcycle Pub, l'un des repères des bikers. Vu le nombre de motos garées sur le trottoir, ainsi que sur le parking attenant, le pub est bondé, comme tous les samedis soir. Je descends et j'attends qu'il se mette debout à son tour pour retirer le casque et le lui tendre. Il s'en empare, le pose sur le guidon, puis il me surprend en prenant ma main. Nous allions monter les marches menant à l'établissement, lorsqu'un type en sort pour se pencher par-dessus la balustrade, et vomir ses boyaux.

Charlie le rejoint rapidement, pour mettre sa main sur sa poitrine pour le soutenir.

– Ça va, Ty ? Tu as besoin de quelque chose ?

– Ça va aller, Charlie, t'inquiète, répond l'autre en se redressant et en essuyant sa bouche d'un revers de manche.

Charlie lui frappe l'épaule.

– Arrête de boire. Et ne prends pas ta bécane, je ne voudrais pas perdre encore l'un de mes meilleurs potes.

Il a raison, alcool et moto ne font pas bon ménage, et je sais qu'il parle de mon frère ; sa mort l'a beaucoup affecté. Rick buvait beaucoup. Beaucoup trop. Davantage encore lorsqu'il est entré dans le club comme prospect. Ma mère n'a jamais pardonné à mon père de l'avoir entraîné dans cette vie. Selon elle, il aurait dû le protéger, le surveiller d'un peu plus près, et l'empêcher de boire. En tout cas, lorsqu'il était hors du club et à moto.

– Ouais, ça marche, t'inquiète je te dis. Je gère !

– Ouais, c'est ça. Reste près de moi, et méfie-toi de Jacob, Blondie, reprend Charlie, en s'emparant à nouveau de mes doigts, qu'il noue aux siens.

Sentir sa paume contre la mienne fait frémir mon cœur.

– Pourquoi ?

– Il va essayer de te draguer. Il drague toutes mes meufs, sans exception.

Sa meuf… Je suis vraiment sa meuf ?

Je me secoue. Je me suis promis de ne pas me laisser aller au sentimentalisme. Je sais ce qu'il est.

– Je ne suis pas ta meuf, Charlie, je crois bon de lui rappeler, pour que les choses soient claires.

Il m'attire à lui.

– J'ai mis ma langue dans ta bouche, et j'avais envie de te baiser dans cette chambre tout à l'heure, alors si, tu es ma meuf. Au moins pour cette nuit.

Je me disais aussi…

Mon cœur se serre.

Oui, je sais qui il est, ce qu'il est, et je l'accepte, même si j'avais espéré qu'il se comporte avec moi différemment.

Je décide de ne pas lui montrer ma déception.

– Ça me va !

– Prête à entrer dans l'antichambre de l'enfer ?

– Pourquoi tu dis ça ? Ça ne doit pas être pire qu'au club, brebis à moitié à poil, alcool, sexe…

Il me regarde, surpris.

– Non, c'est vrai. J'ai tendance à oublier que tu viens du même monde que moi, tu es tellement…

– Oui ?

– Tellement différente.

J'allais lui demander en quoi j'étais si différente lorsque, après un dernier baiser, il pousse la porte du bar, pour m'entraîner dans son sillage. Il repère ses potes, avance jusqu'à leur table et donne des poignées de mains.

– Les mecs, je vous présente Blondie, ma meuf.

– June… dis-je, en m'avançant sous la lumière.

L'un des types siffle d'admiration.

– Waouh, Charlie, une vraie bombe, ça change de d'habitude.

– Ta gueule ! Blondie, voici Will, Tobias, Caleb, et le connard de service, Jacob.

Je serre les mains, à l'énoncé des prénoms.

Le dénommé Jacob s'empare de ma main tendue et la garde dans la sienne, plus longtemps que nécessaire.

Je sens Charlie se tendre à mes côtés.

– Ne l'écoute pas, jolie June, il passe son temps à saper mon image, à croire que je lui fais peur.

Charlie enserre mon poignet.

– Lâche-la !

J'ai l'impression qu'un combat de coqs s'engage. Un combat dont je suis l'enjeu. Visiblement, les deux garçons ont un lourd passif, et doivent certainement en venir aux mains plus souvent qu'à leur tour.

– C'est bon, messieurs, rétorqué-je. Je crois que la plaisanterie a assez duré ! Si vous voulez vous défier, choisissez un autre moyen.

– Comme quoi ? demande Jacob, en levant un sourcil.

– J'en sais rien, moi, celui qui a la plus grosse bite en érection ?

Il se met à rire et me lâche enfin.

– C'est déjà fait, mademoiselle. Une autre idée ?

– Celui qui…

– C'est bon, on voit l'idée, m'interrompt Charlie.

– Tu dis ça parce que tu perds à chaque fois ? me moqué-je.

Avec un grognement sourd, il s'empare de mes lèvres pour me faire taire, sous les huées et les rires de ses potes.

– Elle me plaît, ta meuf, Charlie, dit Jacob.

Charlie l'ignore.

– Tais-toi, gronde-t-il à mon oreille, après avoir quitté mes lèvres.

Les battements de mon cœur accélèrent. J'ai peur d'être allée trop loin et de l'avoir mis en colère. Je glisse ma main dans ses cheveux, en espérant le radoucir, et je me rapproche de lui, pour dire de la même façon.

– Sinon, quoi ? Tu vas me priver de cinéma ?

– Non. Te priver de ma queue !

J'allais lui répondre vertement que ce n'est pas comme ça que l'on parle aux filles, lorsqu'il m'en empêche en se laissant tomber sur la banquette, et en m'attirant sur ses genoux. Je pousse un petit cri, tout en cherchant à me dégager. Mais il me retient fermement, et prend à nouveau mes lèvres pour me faire taire, une main sur ma nuque.

– Tais-toi, et je t'interdis de bouger, gronde-t-il à nouveau. Cette nuit, tu es à moi.

Je me raidis.

J'ai compris : si je désobéis, je n'aurai pas ce que je suis venue chercher, mais qu'est-ce qui m'empêche de le provoquer ? Juste pour m'amuser, et le faire enrager. Je sais comment il fonctionne, et je sais parfaitement comment le faire sortir de ses gonds. Il me désire au moins autant que je le désire, alors il va devoir faire un effort, et me donner un peu plus que des ordres dignes d'un homme de Cro-Magnon.

Jacob met son menton dans sa main, et me regarde attentivement.

– Alors, jolie June, dis-moi tout. D'où viens-tu ?

Eux, en tout cas, ne doivent pas être de Kingsville car je ne les ai jamais vus auparavant. J'allais répondre, lorsque j'en suis empêchée par Ty, qui revient s'asseoir avec des bières pour tout le monde. Jacob pousse la sienne en direction de Charlie.

– Ce soir, je ne bois pas, je vous raccompagnerai, ou bien nous dormirons sur place, j'ai ce qu'il faut dans mon pick-up.

– Très bien, ça me va, répond Charlie, en plongeant ses yeux dans les miens.

Il s'empare d'une bière, me la tend.

– Et toi, Blondie ?

– Ça me va aussi, Charlie.

Ses yeux s'agrandissent.

Il m'attire à lui, murmure :

– J'aime quand tu prononces mon prénom comme ça.

– Comment ?

– Comme si tu avais ma queue à l'intérieur de toi.

Je le regarde intensément, me réjouissant de le voir se troubler une nouvelle fois. Puis mes lèvres longent sa joue, jusqu'à son oreille. J'aime ce petit jeu, je ne vais pas le nier. J'aime le tenter, le séduire, et au fil des heures, il semble prendre plaisir à être avec moi. À chaque fois qu'il pose les yeux sur moi, j'ai l'impression qu'il me découvre, et qu'il aime ce qu'il voit, ce que je déclenche en lui, ce que je lui fais ressentir.

Je me plaque plus étroitement contre son thorax, et j'enroule mes bras autour de son cou. Aussitôt, il m'enlace et me serre contre lui. Sa main remonte sous mes cheveux, déclenchant des milliards de petits frissons sous ma peau. J'ai le sentiment que plus rien d'autre n'existe, et que nous sommes seuls au monde. Les garçons discutent autour de la table, rient, et semblent s'être désintéressés de nous.

Nous sommes dans notre bulle.

Une bulle rien que pour nous.

Après lui avoir embrassé le cou, je soude mes iris aux siens.

– Quand tu seras en moi, Charlie, ce n'est pas comme ça que je prononcerai ton nom, crois-moi.

Ses doigts se crispent sur ma nuque.

– Non, tu crieras, Blondie, et tu en voudras encore.

– Vantard !

– Allumeuse !

Je ris.

– Ose dire que ça ne te plaît pas.

– Ça me plaît. Tu me plais. De plus en plus. Maintenant, trinquons.

Il me donne mon verre de bière. Je m'en empare, et il vient le choquer avec le sien.

– À notre première nuit, Blondie.

Mon ventre se serre au son de sa voix rauque et sensuelle.

– À nous, Charlie.

Après m'avoir regardée si intensément que mon bas-ventre se tord d'une envie subite, il boit sa bière d'un trait, et j'en fais de même.

Au bout de la troisième, ma vue se trouble, et je suis de plus en plus euphorique. Je parle beaucoup. Beaucoup trop. Et je les fais rire. Enfin, tous sauf Charlie, qui se contente de me caresser, d'un air absent. Au bout d'un moment, il me prend par la taille et me repositionne sur ses genoux.

Une fois de plus, il se penche pour me parler à l'oreille.

– Fais comme si je n'étais pas là.

Je pique un fard.

Comment le pourrais-je ?

Je sens très clairement son sexe sous mes fesses, et je réprime un sursaut lorsque ses grandes mains englobent mes cuisses, puis se faufilent entre. Je les serre par réflexe, mais un petit claquement de langue se fait entendre derrière moi et, malgré moi, je lui donne ce qu'il veut. J'écarte les cuisses. Largement. Un peu plus largement. Trop. Suffisamment en tout cas, pour l'entendre gronder, de contentement cette fois.

Je ne le pensais pas si dominant. Je ne pensais pas avoir envie de lui céder si facilement. Mais le fait est là : je veux lui céder. En tout. Je ferai tout ce qu'il lui plaira. Moi qui me pensais indépendante et peu encline à écouter un homme. Je me leurrais. Cet homme peut tout me faire, tout me demander, tout obtenir.

Je n'entends plus rien. Seules comptent ses mains sur mes cuisses, entre mes cuisses, et sa main droite qui se rapproche dangereusement de mon entrejambe. Les conversations se mêlent dans une cacophonie confuse, les rires s'élèvent, de plus en plus forts, à mesure que les bières se succèdent. Les garçons se racontent des blagues ou leurs dernières sorties avec des filles, en riant et se moquant, comme si je n'étais pas là, comme si une fille n'était pas en train de les écouter. Je m'en balance. Alors que leurs propos m'auraient révulsée en temps normal, là, je m'en fous, mais alors… royalement ! Ils pourraient décrire leur façon de les baiser que ça ne me choquerait pas. Je suis hors du temps et de l'espace, mon esprit concentré sur les doigts de Charlie, et sur ce qu'ils déclenchent en moi.

Il appuie sur mon dos pour que je me penche, et déséquilibrée, je pose mes coudes sur la table. Il me force à me cambrer, et place ses mains sur mes hanches. Puis il commence à bouger, sous moi, tout doucement, très doucement, m'entraînant malgré moi dans sa danse.

Personne ne peut se rendre compte de ce que nous sommes en train de faire, la lumière est tamisée, si l'on fait abstraction de l'abat-jour à franges au-dessus de la table, et il y a beaucoup de bruit : les voix, la musique, les rires. Mais j'ai l'impression que ce que je suis en train de vivre, ma première véritable expérience sexuelle, est marqué sur mon visage, et que tout le monde peut voir que je suis prête à jouir sous les doigts de Charlie, en l'imaginant en moi. Je cherche à lui échapper lorsqu'il appuie sur mon clitoris. Nouveau claquement de langue. Puis il referme un bras autour de ma taille, m'empêchant de le fuir.

Mon souffle s'accélère.

Je suis persuadée que si j'avais été en robe, il m'aurait baisée. En tout cas, il aurait plongé ses doigts dans mon sexe.

À cette seule pensée, je m'agite.

Que fait-il de moi ?

Nous sommes dans un lieu public, bordel, et devant ses potes. Qui en ont certainement vu d'autres, vu ce qu'ils se racontent, mais ce n'est pas une raison. Je suis proche de la jouissance, pourtant, il ne m'a pas touchée.

Pas véritablement.

Qu'est-ce que ce sera lorsque je l'aurai en moi ?

Me sentant proche du point de non-retour, Charlie arrête soudainement ses caresses, me laissant affamée. Je pourrais hurler en le sentant s'éloigner. Hurler, tellement j'ai envie de lui.

– Je n'en ai pas fini avec toi, bébé, ce n'est que le début, me rassure-t-il. Bon, les mecs, on s'arrache ?

– T'es pressé ? ricane Jacob.

– Charlie a raison, dit Will. Nous devrions partir maintenant si nous voulons avoir de bonnes places.

Après avoir payé nos consommations, Jacob nous conduit à son pick-up. Will et Tyler montent dans la benne, Tobias à côté de lui, alors que Charlie me pousse sur la banquette arrière.

– Tu me diras combien je te dois, Jacob, pour les consos ?

– Ne t'inquiète pas pour ça, June.

– Ce soir, c'est lui qui paye. Il a perdu un pari, ajoute Charlie.

– Quel genre de pari ?

Charlie se met à rire, en passant un bras autour de mes épaules.

Il m'attire à lui.

– Je ne voudrais pas blesser tes chastes oreilles, Blondie.

Les deux autres, à l'avant, se marrent.

Il se fout de ma gueule ?

Je crois lui avoir prouvé, jusque-là, que je suis loin d'être la fille coincée qu'il imagine, alors, qu'est-ce qu'il me fait ?

– Je ne me fais aucun souci pour elle, Charlie, renchérit Jacob. D'après ce que j'ai vu, ta meuf n'a pas froid aux yeux.

Merci Jacob…

– Faites comme si je n'étais pas là ! bougonné-je. De toute façon, ça ne m'intéresse pas.

Je pose ma tête sur l'épaule de Charlie et je ferme les yeux, me désintéressant de leurs conversations, qui tournent, évidemment, sur ce qui se trouve sous leur ceinture.

Je souris malgré moi.

Bon, OK, la bière m'a désinhibée, et demain, je rougirai certainement en repensant à ce que j'ai fait, ou dit, mais ça, il n'est pas obligé de le savoir. Cette nuit, je peux jouer un rôle : celui de la fille super émancipée et super libérée.

Et le sentir contre moi, dans cette voiture, me rend encore plus fébrile.

Je mets ma main sur son entrejambe, le sentant se raidir, et prendre de l'ampleur sous mes doigts. Je le caresse, puis je lève la tête, pour regarder son visage. Il a les yeux fermés, la bouche ouverte. Son souffle se fait court. Il halète, se foutant complètement que les autres l'entendent. Puis soudain, il ouvre les yeux, et pose sa main sur la mienne, pour imposer son propre rythme. Il prend mes lèvres, et je crois que je vais mourir.

– Regarde-moi, ordonne-t-il.

Alors, je le regarde.

– Regarde ce que tu me fais.

Il tressaute contre ma paume, et je le presse un peu plus fort, le faisant se tendre un peu plus. Il retient ma main.

– Je t'ai fait mal ?

Sa bouche vient caresser ma peau, tout près de mon oreille.

– Non, mais c'est en toi que je veux jouir, Blondie.

– Oh…

Il fourre sa langue dans ma bouche, avalant mes soupirs.

12

Charlie
De nos jours

Je pousse la porte du pub d'une main rageuse, en traînant dans mon sillage Chrystal, qui ne cesse de me prendre la tête depuis plus d'une heure. Elle veut rentrer au MC pour s'adonner à son passe-temps favori : s'occuper de ma queue. Alors que moi, je veux boire. Boire pour ne plus penser. Boire jusqu'à m'écrouler par terre. Kurt et Lohann sont au courant et ont pour mission de me coucher si je ne tiens plus debout. Je lâche sa main, prends ses joues entre mes doigts, et je serre.

Elle a un sursaut.

– Je ne t'ai pas obligée à venir, c'est toi qui l'as voulu, alors maintenant, ferme-la !

Elle baisse les yeux d'un air soumis.

– D'accord, Charlie, tout ce que tu voudras.

Je préfère ça… bien que… à tout bien réfléchir, elle me gave. Tout est trop facile avec elle. C'est le problème avec les brebis.

Je repère mes frères, installés à notre table habituelle, et je me dirige vers eux à grandes enjambées, sans m'occuper des regards des meufs sur moi. Je suis habitué. Dès que j'entre quelque part, c'est le même topo, et j'avoue que ce que je lis dans leurs regards me plaît. D'habitude.

Mais pas ce soir.

Putain, ce soir, j'aurais besoin d'une bonne bagarre !

Pour virer cette adrénaline et tout ce mal-être qui flambent dans mes veines.

D'un mouvement de menton, je fais comprendre à Chrystal de s'asseoir en face de moi. Je ne veux pas qu'elle me colle, encore moins qu'elle me touche. Je ne veux pas sa main sur ma queue, car c'est ce qu'elle ne manquera pas de faire dès que nous serons installés, pensant me tenter. Mais ce n'est pas de sa chatte dont j'ai besoin.

Aussitôt assis, je bois la bière qui arrive comme par magie entre mes mains, puis encore une autre.

Il me faut quelque chose de plus fort !

Je n'aurais pas dû venir. Putain !

Je viens souvent, j'en ai besoin, mais ce soir, la donne a changé. Ce soir, je ne pense qu'à *elle*. Ce soir, *elle* habite toutes mes pensées, encore plus que d'habitude.

Pourquoi, nom de Dieu ?

Après ce qu'elle m'a fait, pourquoi je pense à elle avec autant d'acharnement ?

J'ai envie de m'arracher le cerveau.

Je fais un signe à la serveuse, qui se dirige vers moi, tout sourire.

– Qu'est-ce que je peux faire pour toi, Charlie ?

Ce n'est pas ce que tu crois, poupée…

J'imagine sa bouche autour de moi, pour me rendre compte que je ne la désire pas. Comme je ne désire pas Chrystal. Elles sont toutes insipides comparées à elle.

Fais un effort, Charlie, bordel !

Cette meuf te veut, c'est écrit sur son visage, et ce ne serait pas la première fois que tu la baiserais derrière le pub, vite fait, alors… qu'est-ce que tu attends, bordel de Dieu ?

Je sens le regard de Chrystal sur moi, mais j'en ai rien à foutre.

– Apporte-moi une bouteille de whisky.

Kurt se marre, tandis que Lauren fait demi-tour en faisant la gueule. Une de plus qui rêve de me mettre la laisse autour du cou, mais vous pouvez toutes aller vous rhabiller, mes chéries, Charlie Miller n'est pas un cœur à prendre. Charlie Miller n'a plus de cœur ! Quelqu'un s'est chargé de le détruire.

– Vas-y mollo ! J'aimerais ne pas être obligé de rentrer dans dix minutes. Pas tant que je n'ai pas trouvé une brebis pour la nuit.

Il fait le tour du pub des yeux pour trouver sa proie, tandis que la serveuse apporte ma bouteille. Je me désintéresse de leurs cas, pour boire une grande rasade, en laissant mon regard éteint errer sur l'assemblée. Même Lohann qui fait le pitre auprès d'une meuf ne m'arrache pas un sourire.

Ce soir, il m'en faudrait plus pour me dérider.

Malgré moi, mes pensées reviennent toujours au même stade : nous deux, ici, à la table du fond, que je n'ai pas regardée en arrivant, alors que je le fais toujours.

Elle sur moi.

Mes mains sur ses cuisses.

Mes doigts entre ses cuisses. Elle était à deux doigts de jouir, et moi aussi. J'étais loin d'imaginer, à ce moment-là, que j'étais le premier à la toucher de cette manière. Ce n'est que plus tard que je l'ai compris, et comme elle ne souhaitait visiblement pas en parler, j'ai fait comme si de rien n'était, comme si je ne m'étais rendu compte de rien. Je ne voulais pas l'embarrasser. C'est fou, j'ai toujours eu un comportement différent avec June.

Peut-être parce que je la connaissais depuis toujours, et que sans le savoir… j'étais…

Putain…

Je bois une autre rasade.

L'alcool me brûle la gorge, se répand dans mon corps, sans m'apporter d'apaisement, bien au contraire. Je sens une onde de colère flamber dans mon cerveau.

– C'est pas ta sœur, là-bas ?

– J'en sais rien, Kurt. Ça fait longtemps que je ne m'occupe plus de ses fesses, elle est suffisamment grande pour savoir ce qu'elle fait.

– Ta frangine est déjà canon, mais la blonde qui l'accompagne, bordel, elle est carrément belle.

Je n'ai jamais vu Kurt autant emballé par une meuf, et je l'écoute, d'une oreille distraite, m'en faire une description détaillée, tandis que, quelque part dans ma tête, une petite lumière s'allume, que je me force à ignorer.

N'y tenant plus, je me retourne.

Je repose la bouteille sur la table, lentement, pour ne pas risquer de la faire tomber.

La distance semble se réduire, les conversations se taire.

Je n'entends plus rien, je ne vois plus rien, et dans ma tête, c'est le bordel. Je me fais violence pour ne pas me lever, lui prendre la main ou la charger sur mon épaule, pour la revendiquer.

Elle est si belle, putain, encore plus belle que dans mon souvenir.

Je me détourne de cette vision qui me met au supplice.

Il faut que je lui parle… il faut que je lui parle…

Cette petite phrase n'arrête pas de tourner en boucle dans ma tête, jusqu'à me rendre dingue.

Je me retourne face à Kurt.

– Alors, t'en penses quoi ?

Je me penche par-dessus la table et je le prends par son blouson, pour grogner :

– Pas touche, mon frère.

– Nan ? C'est la meuf dont tu m'as parlé ? Celle qui… ?

– Ta gueule !

Je croise le regard de Chrystal posé sur nous. Visiblement, elle n'a rien loupé de notre échange, et lorsqu'elle regarde derrière moi, je déteste son regard : c'est celui d'une tueuse.

D'une tueuse prête à tout pour marquer son territoire et garder son mâle.

13

June

Depuis que Charlie est entré dans le bar, j'ai le sentiment d'être hors du temps. Je m'attendais à le croiser un jour, je m'étais préparée mentalement, mais je ne pensais pas si tôt, pas ici, pas dans ce lieu si important pour moi, où sont concentrés tous mes souvenirs. Des souvenirs plutôt agréables, avant que la suite ne vienne tout bousiller.

Oui, j'étais prête…

Mais pas ce soir, pas déjà.

– Putain, Kate, tu aurais pu me dire qu'il était de retour !

J'ai cru que j'allais m'évanouir et j'en veux à Kate de ne pas m'avoir prévenue. J'aurais pu… Non, c'est faux, rien n'aurait pu me préparer à la tornade d'émotions qui a ravagé mon cerveau à la minute même où mes yeux se sont posés sur lui.

Elle se retourne et, ayant vu son frère, elle me fait son regard de chien battu qui me fait fondre.

– Je suis désolée, je ne savais pas comment te l'annoncer.

– Il est là depuis longtemps ?

– Trois mois et il est entré au MC.

– J'ai vu !

Dès qu'il est entré, j'ai remarqué son blouson de cuir sans manches qui lui va à la perfection et lui donne un air de mauvais garçon qui m'a aussitôt fait craquer ; ainsi que les inscriptions dans son dos : OutlawRiders, Texas, lorsqu'il s'est assis.

– Il a pris la place de notre père, ajoute-t-elle, alors que je ne l'entends plus.

Je ne vois que lui ; il m'attire comme un aimant. Il n'a pas regardé dans notre direction, il ne m'a pas vue. Peut-être a-t-il tout oublié de notre histoire ; ce que j'ai ressenti dans ses bras, ici même. Certainement ! Car Charlie ne faisait pas l'amour, Charlie *baisait*, et je me suis laissé berner par son attitude et ses belles paroles cette nuit-là.

Quelle conne !

Mon état a empiré en remarquant qu'il n'est pas venu seul. Une blondasse l'accompagne, mais visiblement, il y a de l'eau dans le gaz, et je retiens un sourire en le voyant lui prendre les joues et gronder quelque chose à son oreille.

Monsieur dominant est de retour !

Elle baisse les yeux, en parfaite brebis soumise. Je me souviens de sa voix. J'ai toujours aimé l'entendre, et cette nuit-là, je l'ai laissée me pénétrer et m'envoûter, prendre possession de mon corps, tout comme je l'ai laissé me posséder, lui, le garçon que j'aimais le plus au monde, et qui était enfin à moi. Moi aussi, je me suis soumise : à son désir, à ce qu'il m'ordonnait, mais c'était pour mon propre plaisir, car il répondait à mon propre désir, et je ne voulais pas que ça s'arrête. Jamais. Je le voulais, lui, plus que tout. Quel qu'en soit le prix. Et le prix, je l'ai payé !

– C'est qui cette fille ? demandé-je à Kate.

Sous-entendu : elle est importante pour lui ? Elle partage sa vie ?

– Une grognasse blonde.

– Ça fait longtemps qu'il est avec elle ?

– On s'en fout d'elle, June. Qu'est-ce que tu ressens, là, maintenant ?

Putain, j'en sais rien, j'ai le cerveau à l'envers, et je suis incapable de réfléchir sereinement à la situation, ni d'analyser mes sentiments.

– Tu veux ouvrir un cabinet de psycho ?

Elle pouffe.

– Non, la psychologie, très peu pour moi.

Je ne cesse de jeter des petits regards dans sa direction.

Il a les cheveux courts, et ça lui va bien. Plus que bien, même. Mais j'aimais beaucoup ses cheveux en bataille. Je me souviens parfaitement ce que j'ai ressenti lorsqu'il avait le visage entre mes cuisses, et la bouche sur mon sexe, et qu'il m'embrassait, encore et encore, jusqu'à me rendre folle ; ou lorsque je les ai tirés, au sommet de la jouissance, en lui mordant la lèvre une fois de plus. Je voulais tout de lui : son sperme, son sang, sa vie ; je voulais me fondre dans son être, et faire partie de lui, fusionner avec lui. Je le voulais pour moi seule. Je l'aimais tellement. J'ai eu un peu de son sang dans ma bouche lorsque je l'ai mordu, le rendant acharné, pour mon plus grand plaisir, mais je n'ai pas eu son sperme, car évidemment, il a éjaculé dans une capote, et sa vie, il m'en a privée.

Putain, je vais être malade.

Je m'oblige à ne plus le regarder, en fermant mon cœur à triple tour.

Mais, malgré moi, mes yeux dévient constamment sur lui. Il n'a pas l'air bien, il gigote, s'agite, et ne cesse de boire à même le goulot une bouteille d'alcool qu'une serveuse lui a apporté il y a quelques minutes, en le bouffant des yeux, en attente d'autre chose. Je suis sûre qu'il l'a baisée, ça se voit.

Quel salopard !

La voix de Kate me ramène au temps présent, et je me force à me concentrer sur ses paroles, pour détourner mes pensées du beau brun que je n'ai jamais pu oublier et que la vie vient de faire réapparaître comme par magie devant mes yeux.

– Tu vois le type en face de lui ?

– Hein ? Qui ? Le barbu ?

– Oui, c'est Kurt, et…

Elle se tait et je la regarde, surprise.

– Et ?

– Il… enfin… il me rend folle.

– Il te plaît ?

Elle se redresse et fronce des sourcils.

– Oui. Plus que ça même. Le jour de l'investiture de Charlie, nous nous sommes embrassés et il allait, enfin, nous allions baiser, lorsqu'il m'a prise pour une brebis. Je l'ai envoyé balader, et depuis qu'il sait qui je suis, il m'évite.

– Pourtant, il n'arrête pas de regarder dans notre direction.

– Ah bon ?

– Puisque je te le dis !

Je le détaille ; il est plutôt pas mal, et je comprends que Kate craque pour lui, bien que je sois sûre que ce qui plaît tant à ma meilleure amie, c'est qu'il lui résiste.

Elle soupire.

– Bref, ça aussi on s'en fout. Parlons de toi et de mon frère ! Qu'est-ce que ça te fait de le revoir ?

Soudain, Charlie se retourne, et nos yeux se croisent, pour ne plus se lâcher. Tout devient flou. Je ne vois plus que lui. Une lueur traverse ses iris, mais je serais bien en peine de savoir à quoi il pense, là, maintenant. Quant à moi, c'est encore plus le bordel dans ma tête.

Putain, je vais vomir !

– Excuse-moi.

Avant que Kate ait le temps de faire un geste, je traverse le pub en courant, pour rejoindre la sortie.

14

June

Je me penche par-dessus la balustrade, tandis qu'une terrible douleur me vrille l'estomac.

J'entends la porte s'ouvrir dans mon dos et, par réflexe, je jette un coup d'œil.

C'est pas vrai…

Je dévale l'escalier, pour m'enfuir dans la rue. Je marche aussi vite que je peux, mais assez rapidement, je n'en peux plus. J'ai trop bu, je suis fatiguée, et je suis malade. Le revoir me rend malade. Il me rattrape rapidement et s'empare de mon bras, que je lui arrache.

– Ne me touche pas ! Retourne d'où tu viens !

– Je veux juste te parler, June.

– Je n'ai rien à te dire !

– Merde !

Il sort son portable de la poche de son blouson.

– Ouais ?

J'entends la voix de Kate :

– Tu as vu June ?

– C'est bon, elle est avec moi, répond-il. Je m'en occupe, je la raccompagne chez toi. OK, je… T'inquiète pas…

Je profite de la diversion pour lui fausser compagnie. J'entends des jurons dans mon dos, puis de nouveau, il me talonne.

Je m'arrête net, et lui fais face. Mon cœur s'emballe et un vertige me saisit ; les dix dernières années s'évanouissent comme par enchantement : de près, il est encore plus beau, plus attirant, plus séduisant. Ses cheveux courts mettent en valeur son visage, l'arête déterminée de sa mâchoire, ses yeux noirs. Je bloque sur ses lèvres charnues que j'ai tant aimé sentir sur moi, puis je longe son corps…

Putain, reprends-toi, June !

– Qu'est-ce que tu veux, Charlie ?

Ma voix est rauque, écorchée, tout comme mon cœur en le sentant si près, bien trop près pour sa sécurité.

– Je te l'ai dit. Parler.

– De quoi, nom de Dieu ? Qu'est-ce que tu pourrais bien dire pour ta défense ?

Il me dévisage, semblant complètement perdu, et il se passe les deux mains dans les cheveux, signe chez lui d'une grande nervosité.

– Alors ? J'attends !

Il ouvre la bouche, la referme.

Putain, il se fout de ma gueule ! Il voulait à tout prix me parler, et maintenant que je lui en donne l'opportunité, il reste muet comme une carpe, à croire qu'il n'a aucun souvenir de cette nuit-là.

– Je…

– Oui ? Tu ?

Une voix s'élève derrière nous, aiguë, désagréable au possible.

– Charlie, je veux rentrer. Je suis fatiguée.

Je me retourne d'un bloc, pour découvrir à seulement quelques mètres la fille qui l'accompagne, visiblement agacée.

– Va m'attendre au pub ! J'arrive, dit-il, sans faire attention à elle.

Il reste les yeux fixés sur mon visage.

– Mais…

– Obéis ! Je ne me répéterai pas !

Pourquoi changer les bonnes vieilles habitudes ?

Elle tourne les talons, et s'éloigne, non sans m'avoir adressé un regard chargé de haine.

– Toujours aussi connard avec les filles à ce que je vois. La vie ne t'a donc rien appris !

Il ne répond toujours rien.

– Qu'est-ce que tu attends ? Va la rejoindre ! Va t'amuser avec ta brebis qui, visiblement, ne demande que ça ! C'est ce que tu fais de mieux, non, Charlie ? T'amuser avec les femmes ?

Il me regarde si intensément que j'ai l'impression de chuter dans le vide, comme il y a dix ans, lorsqu'il avait envie de moi.

– La vie m'a beaucoup appris, au contraire, dit-il, la voix rauque. Avec toi, je n'ai jamais joué, June. Toi, je ne t'ai pas baisée, mais je suppose que tu t'en fous. Comme à l'époque.

Quoi ? Mais non ! Ça ne s'est pas du tout passé comme ça ! Il est en train d'inverser les rôles !

– Comment ça ? Je…

Je ne peux en dire plus. Une nausée, plus violente que les autres, me plie en deux, et je me retourne pour vomir, une main appuyée contre le mur. Aussitôt, il s'approche de moi, et prend mes cheveux dans sa main, pour les empêcher de tomber sur mon visage.

Je le repousse.

– Dégage ! Je n'ai pas besoin de ton aide.

– Tu es malade, June. Laisse-moi te raccompagner chez Kate.

Je sors un mouchoir en papier de ma poche pour essuyer ma bouche, tout en luttant pour ne pas tomber.

– Il n'en est pas question, je… putain…

Je me penche, pour vomir une nouvelle fois, l'obligeant à faire un pas de côté. Me voyant vaciller, il me prend contre lui, et je n'ai d'autre choix que de me reposer sur lui.

– Tu n'aurais pas dû boire autant, tu ne tiens pas l'alcool.

– Ta gueule !

Il se marre.

– Charlie ?

– Mmm ?

– Je crois que je vais m'évanouir.

15

Charlie

Tout en soutenant June qui vient de s'effondrer dans mes bras, j'appelle Kurt.

– Qu'est-ce qui t'arrive, mon frère ?

– Je raccompagne June chez ma sœur, dis-lui de me rejoindre, quand… quand elle voudra, et charge-toi de Chrystal.

– Elle est furax. Tu vas passer un sale quart d'heure, mec.

– Je m'en tape. Passe-la-moi !

– OK ! Euh… Charlie ?

– Ouais ?

– Ça t'embête si… ta sœur et moi, on…

On dirait un puceau qui n'ose pas dire à la fille qui lui plaît qu'il a envie d'elle !

– Tu ne sais pas à quoi tu t'exposes, mon frère. Ma petite sœur est une véritable mante religieuse.

– Comment ça ? Elle dévore ses partenaires ?

Je me marre, tout en calant June contre ma hanche.

– Ouais, c'est tout à fait ça, mais pas comme tu le voudrais, si tu vois ce que je veux dire.

– Je serai prudent, mec, je voulais juste savoir si tu me donnais ta bénédiction. La sœur d'un frère, ça se respecte.

– Je sais, Kurt, et tu as mille fois raison.

M'aurais-tu donné ta bénédiction, Rick, mon ami ?

Certainement pas, car à l'époque, il pensait que j'étais le pire empaffé du monde.

– Tu as carte blanche. Maintenant, passe-moi Chrystal.

Après m'avoir chaudement remercié, j'entends : « Il veut te parler. »

– Allô ?

Sa voix nasillarde résonne dans mon oreille, me donnant l'envie d'éloigner le téléphone.

– Rentre avec les autres, et à partir de maintenant, tu retournes dans le dortoir des brebis.

– Mais, Charlie…

– Ta gueule ! Fais ce que je te dis. Ça t'apprendra à ne pas savoir rester à ta place.

Elle se met à pleurer.

– Je m'excuse, Charlie, je… je ferai tout ce que tu veux, mais ne me laisse pas, je t'en supplie.

Ses larmes, tout comme ses paroles sonnent faux. Cette fille est un mensonge ambulant, un leurre, une caricature.

– J'en ai fini avec toi, ça ne m'intéresse plus. En vérité, ça ne m'a jamais véritablement intéressé.

– Menteur !

– Fais ce que je te dis ! Trouve-toi un autre pigeon.

– Pauvre mec !

Elle raccroche et je remets mon portable dans ma poche.

Finalement, ça s'est mieux passé que je ne l'escomptais.

Une bonne chose de faite.

Je regarde June, toujours effondrée dans mes bras, et je glisse mes doigts sur ses joues, la faisant tressaillir.

Ma Blondie…

Mon bide se noue.

Si seulement j'avais été moins con, moins fier, j'aurais exigé des explications dès le lendemain.

Je prends June sous les genoux et je la porte jusqu'à l'appartement de ma sœur, heureusement proche. Après avoir déverrouillé avec ma clé, je l'emmène dans la chambre d'amis, puis je la couche sur le lit.

Mon regard balaie son corps ; elle est si belle. Elle est devenue une magnifique jeune femme.

Elle tremble ; de froid, très certainement.

Mes yeux s'embuent d'émotion.

Je me penche, pour souffler, profitant du fait qu'elle ne peut m'entendre :

– Je t'aime, June.

Car je ne suis pas sûr de pouvoir le lui dire un jour.

Je recouvre son corps avec la couette, puis je sors un morceau de papier de mon portefeuille, ainsi que le stylo que j'ai toujours dans la poche intérieure de mon blouson.

Je note mon téléphone, puis ces quelques mots :

Appelle-moi. C'est important.
Charlie.

Je sors de la chambre, et je m'installe dans l'un des fauteuils de la terrasse.

J'allume une clope, exhale la fumée.

Je suis dans la merde jusqu'au cou…

Voudra-t-elle me parler ? Mettre les choses à plat ? Crever l'abcès ?

Nous étions jeunes, et de l'eau a coulé sous les ponts. J'aurais dû la pousser à s'expliquer à l'époque. J'avais 19 ans, putain, ce n'était pas la première meuf que je baisais, je n'étais plus un débutant, j'aurais dû la bousculer, exiger, ordonner.

Je sais faire, non ?

Alors pourquoi pas avec elle ?

Parce qu'elle a touché ton cœur, mec ! C'est aussi simple que ça.

Je serre les poings.

Oui, elle a touché mon cœur, pour mieux le broyer ensuite.

16

Charlie
Dix ans plus tôt

Je regarde June, couchée contre moi à l'arrière du pick-up de Jacob. « Ce sera mieux que la forêt ! » m'a-t-il dit avec un clin d'œil, en me tendant ses clés.

– Tu as froid, tu veux que l'on aille à l'intérieur ?

– Oui, je veux bien.

Je saute de la benne et lui tends les bras. Je la reçois contre moi, et je la laisse glisser, jusqu'à ma queue, qui se tend de plus belle. Soudain, je me rends compte que je la désire, comme jamais je n'ai désiré aucune femme, et que j'ai besoin de la sentir autour de moi.

Elle plonge ses yeux dans les miens.

Je mets mes mains autour de son visage, et la pousse contre le pick-up. Puis je m'empare de sa bouche. Ses lèvres, son souffle, son corps foutent le feu à ma bite. Je n'en peux plus. Je veux davantage. Il me la faut. Là, tout de suite…

Elle me plaque contre elle, gémit dans ma bouche.

– Tu me laisserais te faire l'amour, June ?

Ma voix est rauque, légèrement altérée, je ne la reconnais pas.

– Oui, Charlie, je te veux. Plus que tout.

Je prends sa main, déverrouille le pick-up, puis je l'aide à monter à l'intérieur. J'étends une couverture sur la banquette, immense. Suffisante pour que deux corps puissent se coucher côte à côte.

– Tu es sûre de toi ?

– Oui, Charlie, je suis sûre.

Je prends à nouveau ses lèvres, tout en la faisant s'allonger, puis je la caresse, de longues minutes, pour ensuite m'attaquer aux boutons de son jean. Je suis mort d'impatience, mais je m'évertue à calmer mes ardeurs. Rapidement, pourtant, je n'en peux plus ; j'ai tellement envie d'elle que mes reins sont douloureux et que ma bite pousse sur la couture de mon fute.

Je veux la sentir…

Je veux plonger mes doigts dans sa chatte, pour en découvrir la chaleur, la moiteur, la douceur. Pour que mes doigts ressentent, avant ma bite, c'est ce que j'aime, mais j'ai tant envie d'être en elle, que je ne sais pas si je vais pouvoir me retenir encore longtemps.

Tout en continuant à l'embrasser passionnément, je glisse ma main le long de son ventre, lentement, puis je passe sous l'élastique de sa culotte. Elle se tend ; et lorsque je touche son sexe, j'ai le sentiment d'atteindre les étoiles. Je le caresse lui aussi, puis je m'immisce entre ses lèvres intimes, si douces, si… putain… elle est trempée. Je pousse ma queue contre sa hanche, tandis que je la pénètre avec mes doigts, comme si mon sexe était en elle. Elle a les yeux fermés, elle gémit. Mes doigts vont et viennent à l'entrée de son vagin, sur ce petit endroit, si sensible.

– Regarde-moi.

Elle ouvre les yeux, saisit ma nuque, pour s'emparer de ma bouche avec fièvre, alors que mes doigts s'activent de plus belle.

– Tu aimes ?

– Oui, bordel, oui… arrête de parler. Continue. Fais-moi jouir, Charlie. J'en ai besoin.

Je sens les parois de son sexe se contracter, mais ce n'est pas assez. Je veux ses cris, je veux sa jouissance. Je la débarrasse de ses vêtements, de tous ses vêtements, en admirant ses seins, dont les pointes se tendent, appelant mes mains. Puis j'enlève les miens.

Nous sommes nus.

Elle me regarde. Regarde mon sexe, qui se tend vers elle. Elle m'empoigne, me fait coulisser, mais je retiens sa main, quelque peu maladroite.

Pas ça, ou je ne tiendrai pas longtemps.

Je longe son corps, pour l'embrasser, partout, jusqu'à son sexe, que je veux découvrir sous mes lèvres. Il est doux. Excité. Le goût de son plaisir emplit ma bouche, et putain, j'adore…

Je lape, mordille, suce. Elle s'agrippe à mes cheveux, gémit, se tortille.

Je me redresse, et enfile le préservatif que j'ai récupéré dans la poche arrière de mon jean.

Puis je me couche sur elle, et je reprends ses lèvres. Mon sexe vient tout naturellement se loger entre ses cuisses. J'entre en elle. Tout doucement. En savourant chaque instant, chaque millimètre de son intimité.

Je la sens se contracter sous moi ; tout son corps se tend.

– Ça va ?

– Ça va, Charlie, je vais bien. Continue…

Pourtant, j'ai senti quelque chose de bizarre, dans son vagin, comme si… comme si quelque chose m'empêchait de… de la pénétrer. Quelque chose que j'ai senti tout à l'heure avec mes doigts.

Putain, elle est vierge ?

Je n'ose pas lui poser la question, car elle ne semble pas vouloir en parler.

Je ressors, puis replonge, un peu plus loin, la faisant se tendre un peu plus, puis me serrer contre elle. Ses ongles s'enfoncent dans les muscles de mes bras. Elle crie. Son vagin est si serré, que… que putain, je meurs.

– T'es étroite. Putain, t'es bonne !

Je me couche sur elle, la soude à moi pour la pénétrer, plus fort. Je ressors entièrement, pour m'enfouir à nouveau en elle, d'un grand coup de reins.

Ça y est, j'y suis…

Elle s'est ouverte. Entièrement, et c'est… c'est encore meilleur. Meilleur que tout ce que j'ai connu jusque-là, meilleur que ça ne l'a jamais été. Peut-être parce que je jouis d'être le premier ? Je ne sais pas, je ne comprends pas ; tout ce que je sais, c'est que c'est foutrement bon, foutrement jouissif, foutrement fort.

J'intensifie mes coups de reins, et je crois voir des larmes silencieuses couler sur ses joues.

Je m'arrête, profondément plongé dans sa chatte.

– Qu'est-ce que tu as ?

– Rien, Charlie, je vais bien, réitère-t-elle.

Elle bouge sous moi, empoigne mes fesses.

– Continue… s'il te plaît. Fais-moi l'amour.

Oh, que oui. Je ne demande que ça !

Je reprends mes percées profondes. J'augmente le rythme, la faisant crier. Ma queue glisse dans son sexe lubrifié.

Elle aime ce que je lui fais, et moi aussi, j'aime, putain, oui…

Je ne dis plus un mot, concentré sur ces sensations. Incroyables. Nouvelles pour moi. Sa chatte est faite pour moi. Elle est chaude, douce, elle me masse, m'enserre, et… je suis tout prêt à jouir. J'intensifie encore mes coups de reins, j'y vais fort, car elle ne me retient pas, bien au contraire ; ses mains me plaquent contre son bassin, en entravant quasiment les mouvements du mien. Elle appuie son clitoris contre mon pubis, se cambre, s'ouvre démesurément, m'excitant davantage. Alors, je lui donne ce qu'elle réclame. Je vais et viens, loin. Fort. Je mêle mes cris aux siens, jusqu'à la faire jouir, plusieurs fois, puis je m'effondre sur elle, le cœur perdu, après avoir joui à mon tour.

Lorsque je me retire, quelques minutes plus tard, il me semble voir du sang sur la capote.

Putain, ouais, elle était vierge !

Je me couche à ses côtés, un sourire aux lèvres, avec déjà l'envie de recommencer au creux des reins.

Je l'attire contre moi, et une pensée, soudain, surgit, venue de je ne sais où : je ne serai jamais rassasié de son corps et je veux passer ma vie à lui faire l'amour.

Nous nous sommes endormis quelques instants, sans un mot, essoufflés, mais incroyablement heureux. Elle est dans mes bras, avec une jambe sur moi. Elle est bien. Et je suis bien.

Je n'ai pas envie de bouger, mais il le faut : j'ai soif.

– Je vais me chercher une bière, tu en veux une ?

– Mmm, pourquoi pas.

Je lui fais un baiser sur les lèvres.

– J'ai aimé tes cris, Blondie.

– J'ai aimé t'avoir en moi, Charlie.

– Parfait, alors !

– Oui, parfait.

J'ai envie de lui demander de recommencer, tout de suite ; j'ai envie de lui dire qu'elle m'a comblé, qu'elle compte pour moi. Que j'ai encore envie de lui faire l'amour. Mais je ne dis rien. Je le lui dirai lorsque je reviendrai, et je le lui prouverai.

– Ne bouge pas, je reviens.

Je me rhabille rapidement et, après un dernier baiser, je sors du pick-up. Il fait frais. Je frissonne. Il s'est passé quoi ? Une heure. Je regarde ma montre : deux heures du mat'.

Putain, j'ai passé deux heures avec elle, sans que le temps me semble long alors que d'habitude, je baise et je me tire.

Je retrouve Jacob près du feu. Seul, les yeux dans le vague. Ce type est énigmatique, c'est le moins que l'on puisse dire. Je le connais peu, nous ne traînons ensemble que depuis quelques mois, depuis la mort de Rick, et je sais que mon meilleur ami ne l'aimait pas, sans que j'en sache véritablement la raison. Nous n'avons pas eu le temps d'en parler.

Il s'est passé un truc entre eux, mais quoi ?

J'en sais rien.

Il me tend une bière.

– Merci, c'est tout à fait ce dont j'avais besoin.

17

Charlie
De nos jours

Je me redresse et j'essuie mes yeux en entendant des pas derrière moi. Kate vient s'asseoir à mes côtés. Au bout de quelques minutes de silence, j'allume une clope, la lui tends, puis je m'en allume une autre.

Nous fumons silencieusement.

– Ta brebis est rentrée avec Lohann.

– Très bien, et Kurt ?

Elle se racle la gorge.

– Rentré aussi.

Je la regarde, surpris, en croyant entendre une petite pointe de déception dans sa voix.

Elle a penché sa tête en arrière et, les yeux fermés, elle souffle sa fumée.

Ma sœur serait-elle amoureuse de Kurt ? Si c'est le cas, je vais devoir l'avertir de plusieurs petites choses le concernant.

Je tripote les bagues de mon père, de très belles chevalières en or, avec *OUT* et *LAW*, en lettres capitales. Je termine ma clope, me lève.

– Dis à June de m'appeler.

Elle lève les yeux sur moi.

– OK. Ça va, toi ?

– Ouais, petite sœur, ça baigne. Ne t'inquiète pas pour moi.

– Je m'inquiète toujours pour toi, Charlie. Surtout depuis que tu es entré au club.

– Kate, on en a parlé cent fois.

Elle se redresse, soupire.

– Le club est toute ma vie, ajouté-je. J'y suis bien. J'aime mes frères et j'aime la vie que j'ai aujourd'hui.

– Tu aimes surtout baiser les brebis, et te battre.

– Je ne toucherai plus à Chrystal. C'est fini. Quant à la baston, je n'aime pas ça, tu le sais, sauf en cas d'extrême nécessité.

– C'est vraiment fini avec cette pétasse peroxydée ?

– Oui. Fini, et bien fini.

– Que tu dis, mais la chair est faible, et les chattes des brebis à disposition.

– Arrête de parler comme ça, on dirait un mec !

– June dit que je te ressemble. C'est à cause d'elle que tu as envoyé paître ta brebis ?

Je ris, bien que la situation ne s'y prête pas.

– Peut-être… Il faut que je lui parle. Dis-lui de m'appeler… s'il te plaît.

– Je le lui dirai, tu peux compter sur moi, je saurai la convaincre. Sinon, tu as fait la paix avec maman ?

Mon cœur se serre. Ma mère ne m'a toujours pas pardonné d'être entré au MC, et elle ne m'adresse plus la parole. Je passe la voir, mais elle refuse de me parler ; alors nous restons de longues minutes attablés dans la cuisine, l'un en face de l'autre. La plupart du temps, je me contente de la regarder pleurer, plongée dans ses souvenirs. Puis je l'embrasse sur la tête, en lui demandant pardon, et je me barre.

– Non. Toujours pas. Un jour, peut-être. Bon, j'y vais. N'oublie pas !

Elle me sourit.

– Je n'oublierai pas, Charlie, promis. Elle compte pour toi ?

– Oui, Kate, elle compte, je réponds, après quelques secondes de silence.

– C'est pas trop tôt ! Je me demandais quand est-ce que tu allais ouvrir les yeux.

– Encore faut-il qu'elle veuille de moi.

– Elle aussi t'aime. Elle t'a toujours aimé, Charlie. Je ne sais pas ce qu'il s'est passé entre vous, mais elle a énormément souffert, alors sois gentil avec elle.

– Moi aussi, j'ai souffert.

Elle me jette un regard surpris.

– Ah ? Je ne le savais pas.

– Parce que je n'ai rien dit, j'étais trop fier, trop en colère, et je ne voulais pas qu'elle sache que j'étais malheureux.

– Vous avez pu en parler ?

– Non, elle s'est évanouie et je l'ai couchée. Et avant… disons que… nous nous sommes plutôt engueulés.

– OK, je vois.

– J'y vais. À plus.

– À plus, Charlie. Viens manger avec nous un de ces soirs ?

– Je verrai, on a pas mal de choses à régler cette semaine. Je t'appelle.

Je l'embrasse sur le front et je prends le large, avant que June ne se réveille. Je ne suis pas prêt pour une confrontation. Pas encore. Je dois planifier, réfléchir. Et trouver un plan de bataille, car il est hors de question que je la laisse repartir sans l'avoir forcée à m'écouter. Et peut-être qu'ensuite, il y aura un espoir pour nous deux.

18

June

Je m'étire, et réprime un gémissement.

Qui a décidé de jouer du marteau-piqueur sous mes fenêtres ? Un dimanche ? Sans déconner ?

Pensées du jour, avant de me rendre compte que le bruit est dans ma tête.

Super…

Je voulais aller chez moi, pour commencer à ranger, trier et mettre de côté ce que je veux garder. Je ne dois pas trop traîner, mes quinze jours vont vite passer, mais avec ce mal de tête, je ne sais pas si j'en suis capable.

Je tourne la tête un peu trop brusquement, et je gémis. Je remarque alors un verre d'eau sur le chevet, ainsi qu'un comprimé pour le mal de tête, et une feuille pliée en quatre. J'avale les uns, et lis l'autre : quelques mots, ainsi que son numéro de portable.

Appelle-moi. C'est important.
Charlie.

Quoi ?

Il ne manque pas d'air !

Certainement pas.

Après une douche rapide, je me rends dans la cuisine. Kate est attablée au bar. Je pose mon menton sur son épaule, et je regarde l'écran de son ordinateur.

– C'est beau, c'est quoi ?

– Un appartement que je viens de racheter et que je dois rénover avant de le louer, ou de le revendre, je ne sais pas encore.

– Tu es douée.

– Merci. Mais avec les outils d'aujourd'hui, c'est plutôt facile.

– Si tu le dis. Moi, j'en serais incapable.

Je me décale, lui montre le verre.

– Merci, pour ça.

– C'est Charlie qu'il faut remercier. D'ailleurs, il m'a demandé de te dire de l'appeler. Il a insisté.

– Je sais, il m'a laissé son numéro.

– Tu vas le faire ?

Je lui tourne le dos, pour laver le verre.

– Tu veux un café ?

– Volontiers. Réponds, June ! Tu vas le faire ?

– J'en sais rien, Kate. Je n'ai encore rien décidé. Tu l'as vu ?

– Oui. Lorsque je suis rentrée, il était sur la terrasse, perdu dans ses pensées, et nous avons un peu discuté.

– Et avec Kurt ?

– RAS, souffle-t-elle.

Après quelques secondes où elle semble plongée dans une profonde réflexion, elle soupire.

– Raconte. Que s'est-il passé avec mon frère ?

Je pose sa tasse devant elle, en prenant le temps de réfléchir.

– Que veux-tu que je te dise ? J'ai été malade, j'ai vomi, puis je suis tombée dans les pommes. Il s'est occupé de moi. C'est… c'est très gentil de sa part, terminé-je, troublée plus que je ne devrais.

– Vous avez baisé ?

J'ouvre de grands yeux.

– Mais non, enfin ! J'étais bourrée, je te dis, et complètement dans le coaltar.

– Tu n'étais pas pompette la première fois ?

– Nous avions bu quelques bières, c'est vrai, mais pas suffisamment pour être soûls. J'étais très consciente de ce que je faisais. Et lui aussi.

– C'était bien, alors ?

– Oui, Kate. C'était plus que bien.

Pourquoi nier ?

Charlie m'a rendue très heureuse cette nuit-là, et je n'ai jamais regretté de lui avoir offert ma virginité, c'est l'après qui m'a rendu malheureuse.

– C'était fort, c'était incroyablement bon, et j'ai cru…

Je baisse la tête pour lui dissimuler l'émotion qui soudain m'étreint le cœur.

– Alors, putain, ça vaut le coup que tu te battes, non ? s'écrie-t-elle. Que s'est-il passé ensuite ?

– Pitié ! Moins fort !

– Pardon, mais… j'en ai voulu à mon frère, j'avais envie de le scalper pour le mal qu'il te faisait. Tu n'as rien voulu m'expliquer, alors maintenant, je pense que je suis en droit de savoir.

– Non. Mais je vais quand même te raconter pour que tu laisses tomber, et puis, je te l'ai déjà dit, je ne suis pas seule ; il n'y a pas de place pour Charlie dans ma vie.

Elle m'interrompt :

– Arrête de te retrancher derrière cette relation ! Je sais que tu as un mec, tu ne cesses de le répéter. Je ne le connais pas, je ne l'ai même jamais rencontré, mais, d'après ce que tu dis de lui, je ne le sens pas ce type. Tu n'aurais pas une photo ?

Je lui prends son ordinateur des mains, tandis que mon portable vibre dans la poche de mon jean. Mon cœur manque un battement. Pour repartir, lorsque je constate que ce n'est que Tim, qui daigne enfin prendre de mes nouvelles et, bizarrement, je me sens plus irritée qu'heureuse de devoir lui parler.

Je cale mon portable contre mon oreille, tout en tapant Tim Harris sur le moteur de recherche.

– Salut.

– Salut, June. Toutes mes condoléances pour ta mère.

Ah, quand même… mieux vaut tard que jamais !

– Merci.

J'agrandis une image sur laquelle il est plutôt à son avantage, et je tourne l'ordinateur face à Kate.

– Ça va ? Bien arrivée ?

Nos conversations sont toujours d'une banalité affligeante. Jamais de mots doux, jamais de tendresse. Ma meilleure amie fait un mouvement de poignet, l'air de dire : « couci-couça », et me souffle :

– Je n'aime pas ses yeux.

– Tais-toi ! je réponds, sur le même ton. Pardon, tu disais, Tim ?

Je manque exploser de rire lorsque Kate enchaîne les grimaces.

– Je te dérange ? Tu n'es pas seule ?

– Je suis avec un beau mec.

Elle lève les pouces, tout en se bidonnant.

Quel pitre !

– Parfait, parfait ! Bon, je t'appelais pour te dire que comme tu as parlé de vendre ta maison, j'ai contacté un agent immobilier. Le meilleur ! Et j'ai regardé pour des placements. On va être riches, ma puce.

« On » ? Pourquoi « on » ?

– Je n'ai pas encore défini le prix, Tim, dis-je le plus calmement possible, alors que ma colère envers lui, que je ne cesse de refouler depuis des jours, menace d'exploser.

– J'ai vu avec l'agent, et tout est arrangé. Tu n'auras à t'occuper de rien.

Quoi ? Je ne lui ai rien demandé ! Il me prend vraiment pour une conne !

– Quand dois-je le rencontrer ?

– Il sera chez toi demain. Vers dix-sept heures.

– Déjà ?

– Il a déplacé quelques rendez-vous pour toi. Je te l'ai dit, ce type est hyper réactif.

– Ce n'est pas ce que tu as dit.

– J'ai dit que c'était le meilleur, c'est pareil. Bon, il faut que je te laisse, je vais courir. À plus, June. Je compte sur toi pour bien accueillir l'agent.

Pardon ? Il se fout vraiment de ma gueule. Cette comédie a assez duré !

Il allait raccrocher lorsque je l'en empêche :

– Tim ?

– Oui ?

– Tu sais quoi… En fait, ne m'appelle plus jamais, ne t'occupe plus jamais de mes affaires, de mon argent, ni de moi. C'est fini, nous deux !

– Quoi ? Mais, June, je t'aime, je…

– Non, tu ne m'aimes pas, tu n'en as jamais rien eu à foutre de moi, tu ne m'as jamais soutenue, tu ne m'écoutes même pas, tu ne parles que de mon héritage et de tes fichus placements à la con ! Alors c'est terminé, je ne veux plus jamais entendre parler de toi. Salut.

Je raccroche, avec un grand soupir de soulagement.

Ouf… une bonne chose de faite !

Connard !

Kate applaudit.

– Tu vois, ce n'était pas si difficile.

– Ah, putain, ça fait du bien ! Quel connard ! J'hallucine ! Il a même demandé à un type de venir visiter ma maison, sans rien me dire.

Ce que je me garde bien de dire, c'est que revoir Charlie m'a bouleversée au plus haut point, et m'a fait comprendre qu'il compte encore pour moi, qu'il me fait ressentir des choses que jamais Tim ne m'a fait ressentir ; aucun autre homme ne prendra sa place dans mon cœur. Je ne sais pas ce qu'il se passera à partir d'aujourd'hui, entre nous, si je suis prête à lui pardonner et à lui donner une autre chance, mais ce que je sais, c'est que je ne veux pas être avec une personne comme Tim, qui ne m'apporte rien et ne me fera jamais vibrer comme Charlie me fait vibrer.

– Que fait-il dans la vie, déjà ? demande Kate.

– Il est trader. C'est d'ailleurs comme ça que nous nous sommes rencontrés. Il était mon conseiller à la banque où j'ai ouvert un compte, puis il a grimpé les échelons. Je crois que je lui ai tout de suite plu.

– Tu m'étonnes !

– Pourquoi tu dis ça ?

– Enfin, regarde-toi, June, tu es magnifique ! Quand tu daignes t'habiller un peu mieux. C'est quoi ce tee-shirt encore ? On dirait que tu as 14 ans. Tu ne peux pas t'habiller un peu plus sexy, merde !

Je lisse mon tee-shirt noir sur mon ventre. Un tee-shirt tout simple, sans aucunes fioritures.

– Il est très bien ce tee-shirt.

– Mouais… Bref, pour en revenir à ce mec, tu as bien fait de le larguer, il ne te méritait pas.

Elle trempe ses lèvres dans son café, et je l'observe.

C'est elle qui est superbe : élégante, raffinée, de beaux yeux noirs, si semblables à ceux de son frère.

Pourquoi je pense encore à lui, nom de Dieu ?

– Tu veux vraiment vendre ta maison ? reprend-elle.

Je prends le temps de boire une gorgée de café, avant de me décider à répondre.

– C'est la meilleure solution, Kate. Avec cet argent, je pourrai m'acheter un appart à Philadelphie.

Elle me regarde, longuement.

– Ta vie est ici, non ?

– Non. Ma vie est là-bas, à Philadelphie. J'aime cette ville, j'y ai mon travail.

– OK, nous en reparlerons.

– C'est tout vu, mon amie.

– Mouais…

– Quoi, mouais ?

– Tu ne sais pas ce que l'avenir te réserve ma belle.

– C'est vrai, tu as raison. Bon, et toi, avec Kurt ?

Elle prend mes mains dans les siennes.

– Je crois que je suis amoureuse, soupire-t-elle.

– Tu dis ça presque à chaque fois que tu rencontres un nouveau gars, pour ensuite le larguer au bout de vingt-quatre heures.

– Ouais, mais là, je sais pas, c'est différent. Il m'attire. Peut-être tout simplement parce qu'il ne veut pas de moi.

– Sois patiente, tu réussiras, je le sais. Tu es très persuasive, et il ne peut pas rester insensible à ton charme.

– C'est la première fois de ma vie que je me sens désarmée devant un homme, c'est à se taper la tête contre les murs, termine-t-elle, avec une moue désolée.

– Tu sais ce que ma mère a dit sur son lit de mort ?

– Non.

– N'épouse jamais un biker, ces hommes n'apportent que le malheur.

– C'est un peu réducteur, réplique-t-elle, les sourcils froncés. On ne commande pas son cœur, et ce n'est pas tout à fait vrai. Regarde-nous. Nous avons été des enfants de l'amour, quoi qu'en disent aujourd'hui nos mères, enfin, la mienne. Je suis sûre qu'au début, elles étaient heureuses : le blouson, la belle moto, le fric.

– Les brebis, la violence, les coups, rétorqué-je, avec beaucoup de tristesse.

Elle demande, surprise :

– Ton père frappait ta mère ?

– Je crois… lorsqu'il avait bu.

– Oh mon Dieu, je ne savais pas. Quelle merde ! L'alcool, ça craint ! L'alcool et les brebis ! Putain, je hais ces filles ! Tu te souviens ? On passait notre temps à dire du mal d'elles.

– Oh oui, je me souviens.

– Ça te dirait de passer au MC en fin de journée ? Je dois voir mon frère.

À son petit sourire en coin, je comprends qu'elle trame un truc ; elle veut nous remettre en présence l'un de l'autre, certainement pour accélérer les choses et, malgré moi, les battements de mon cœur s'emballent en pensant à lui, ainsi qu'à un nouveau face-à-face.

Je ne suis pas prête, encore moins aujourd'hui qu'hier, mais comment faire pour l'éviter sachant que je vais passer le plus clair de mon temps avec Kate ? Je décide de reléguer le sujet au fin fond de mon esprit (je penserai à tout ça plus tard !), pour demander :

– Ce n'est pas plutôt pour voir Kurt, coquine ?

– Disons que je ferai d'une pierre, deux coups.

– C'est bien ce qu'il me semblait !

Je crois la voir rougir.

Elle est mordue !

– Tu as vraiment promis à ta mère de ne pas épouser un biker ? demande-t-elle au bout d'un long moment de réflexion.

– Non, bien sûr que non. J'épouserai l'homme que j'aime, et je me fous qu'il soit biker, boulanger ou mécanicien.

– Tant mieux, parce que laisse-moi te dire que mon frère n'est pas près de lâcher le morceau. Il a des choses à te dire, et je crois que tu devrais l'écouter.

– Je ne pense pas que…

Elle prend mes mains dans les siennes.

– Laisse-lui au moins l'opportunité de s'expliquer. Tu n'es pas curieuse d'avoir sa version des faits ?

J'ai un soupir désabusé.

– À quoi bon remuer le passé ? Je ne veux plus souffrir,

Kate, et c'est ce qui arrivera si je le laisse entrer à nouveau dans ma vie.

– Comment peux-tu en être si sûre ? Il a changé, tu as changé, vos rapports seront différents.

– Les blessures sont là…

Elle serre à nouveau mes mains.

– S'il veut te parler, s'il veut des explications sur ce qu'il s'est passé, c'est qu'il n'en a pas rien à foutre, tu ne crois pas ? Mets un peu ta fierté de côté et écoute-le. Appelle-le.

– En tout cas, il a une bonne avocate. Mais c'est normal, c'est ton frère et tu prends sa défense. Tu l'aimes. Moi aussi, j'aimais mon frère.

J'ai soudain les larmes aux yeux.

Remuer ces douloureux souvenirs me fait mal, et me replonge dans les mois difficiles qui ont suivi la mort de Rick : la détresse de mes parents, la solitude, puis Charlie, et seulement trois mois après mon père se fait descendre. Ma mère et moi sommes parties pour nous construire un avenir, ailleurs, pour oublier, mais pour ma part, je n'ai rien oublié. Je le croyais, mais revoir Charlie m'a bouleversée, bien plus que je ne le pensais, et a fait ressurgir des sentiments que je croyais enterrés à tout jamais.

Quelle merde !

– Charlie m'a dit qu'après votre première nuit, tu l'avais ignoré, c'est vrai ?

– J'étais perdue, malheureuse, en colère, je me suis sentie trahie, car je peux te l'avouer, ces… ces moments avec lui ont été parfaits, il…

– Il t'a fait grimper au rideau !

– C'est un peu ringard dit comme ça, mais oui, Kate, il a

été prévenant, délicat, attentif à mon plaisir, et j'ai eu l'impression qu'il… qu'il en prenait autant que moi. J'ai cru qu'avec moi, c'était différent, qu'il serait différent. Il ne pouvait pas tomber amoureux de moi, bien sûr, mais…

Elle se recule sur son tabouret, les larmes aux yeux. À croire que mon récit la trouble autant que moi.

– Il y a forcément une explication. J'ai trouvé Charlie très perturbé, et je crois qu'il a souffert autant que toi de ce qu'il s'est passé à l'époque, et qu'il souffre encore.

Tant mieux ! Bien fait pour lui !

– Tant mieux s'il regrette, et s'il culpabilise, mais le mal est fait, et tu vois bien qu'il n'y a pas à y revenir, nous ne changerons pas le passé. Il ne peut pas maintenant se victimiser, pas après ce qu'il m'a fait.

Elle se passe la main dans les cheveux.

– Il y a un truc pas clair. Ensuite ?

– Il… il est allé nous chercher à boire, mais il n'est jamais revenu. Il m'a abandonnée, Kate, pour aller sauter d'autres filles. Alors j'ai demandé à Jacob de me raccompagner au MC, pour voir Elliott. Je… je voulais en parler à quelqu'un, et Elliott était mon ami, je savais qu'il m'écouterait, et que je pouvais compter sur lui pour me comprendre, et me consoler.

Elle me lance un drôle de regard.

– Un ami amoureux de toi. Pourquoi ne pas être venue m'en parler ?

– Ne m'en veux pas, Kate, dis-je, en lui prenant la main. J'étais en colère, je ne pouvais pas débarquer chez toi, au risque de croiser Charlie le lendemain matin. Être avec toi, c'est être proche de lui, j'ai… j'ai voulu prendre un peu de distance.

– Du coup tu es allée voir un mec que Charlie ne pouvait déjà pas blairer, justement parce qu'il le trouvait trop proche de toi. Logique.

– Charlie détestait Elliott ? C'est lui qui te l'a dit ?

– Non, Charlie disait peu de choses sur ses sentiments à l'époque. Mais je m'en étais rendu compte.

– Peut-être… En tout cas, sur le moment, je n'ai pas réfléchi, j'aurais pu rentrer chez moi, c'est vrai, et je suppose que tu as raison, inconsciemment, c'était une façon de me venger de Charlie que d'aller trouver refuge dans les bras d'un autre mec que je savais amoureux de moi. Je lui ai fait du mal, d'ailleurs, et je m'en veux.

– Pourquoi dis-tu ça ?

Je me racle la gorge.

– Le jour de mes 18 ans, j'étais seule, malheureuse une fois de plus, car je pensais toujours à Charlie. Quoi que je fasse, il était encore dans ma tête, Kate. Mon père venait de mourir, et… Elliott a débarqué. Il m'a fait à manger, il m'a même offert un pendentif. Nous avons beaucoup ri. Il a été génial, et il s'est offert en cadeau.

– Ce type est fou, mais c'est vrai que je l'aime bien, moi aussi. En plus, il est devenu super beau, certainement le plus beau mec du club. Mais, si ma mémoire est exacte, tu n'étais pas avec lui ensuite.

– Non, je lui ai dit que c'était une erreur, et que ça ne se reproduirait plus jamais. Mon cœur appartenait à Charlie, malgré ce qu'il m'avait fait. Ensuite, ma mère et moi sommes parties.

– Ouais, ça, je sais. Et ça m'a brisé le cœur. Moi, j'ai perdu ma meilleure amie. Ma seule amie.

Je me lève pour l'enlacer.

– Oh, ma puce, je suis désolée. Il le fallait. J'en avais besoin, et ma mère encore plus que moi. Mais je suis là, alors profitons-en.

Elle me serre contre elle.

– Oui, mais tu vas repartir.

– Je sais, je réponds, émue autant qu'elle. Mais nous avons quinze jours, ma belle. Quinze jours pour rattraper le temps perdu. Tu veux un autre café ?

– Oui, avec plaisir.

Je fais comme si j'étais chez moi et nous fais couler deux expressos.

– Tu sais qu'Elliott vient de se marier ?

– Je l'ignorais, nous ne sommes pas restés en contact. Je te l'ai dit, je voulais oublier cette partie de ma vie. Je ne parlais qu'avec toi.

– Ouais, et que très rarement.

– Je voulais me reconstruire, m'excusé-je.

– Je sais, et je m'en suis plutôt pas mal sortie, moi aussi, dit-elle en riant.

– C'est clair, tu peux être fière de toi. Bon, maintenant que tu sais tout, tu es satisfaite ?

– Oui et non. Vous auriez dû vous parler à l'époque. Vous êtes restés campés sur vos positions et je trouve ça dommage.

– Mets-toi à ma place, Kate, il m'avait trahie, comment voulais-tu que je lui parle, et lui pardonne ? J'étais jeune, inexpérimentée, et lui non plus n'a pas cherché à me revoir. Bref, aujourd'hui, je gérerais les choses autrement.

Aussitôt, elle s'empare de mes mains.

– Aujourd'hui, tu vas écouter ce qu'il a à te dire.

– Non !

– Putain, vous êtes faits pour vous entendre, aussi têtus et fiers l'un que l'autre. Puisqu'il veut te parler, nom de Dieu.

Elle me fait rire quand elle jure. Cette fille est tout en contraste, aussi raffinée que mal embouchée.

– Tu ne veux pas connaître sa version de l'histoire, tu n'es pas curieuse ?

– Manipulatrice !

– Ce qui veut dire que tu acceptes de lui parler ?

Je laisse échapper un profond soupir. Je suis tellement lasse de tourner toute cette histoire dans ma tête, alors je vais lui faire la réponse qu'elle attend pour qu'elle me lâche la grappe :

– Oui.

Elle a un cri de joie.

– Quand ?

– J'en sais rien, Kate. Un jour.

– Putain, June, pourquoi pas aujourd'hui ? supplie-t-elle.

– Tu veux peut-être le faire à ma place ? Tu sembles tout excitée par cette histoire.

C'est à son tour de se lever pour venir m'enlacer.

– Je vous aime tous les deux, je veux vous voir heureux, et si possible ensemble. Tu es comme ma sœur, June.

– Je sais, et ça part d'un bon sentiment, mais ne t'emballe pas. Charlie et moi, nous ne serons jamais ensemble. C'est trop tard pour nous.

Mes yeux se noient.

Oui, c'est trop tard, je le sais, et le savoir me rend incroyablement nostalgique et malheureuse.

Elle me regarde avec gravité.

– Qu'est-ce que tu en sais ?

– Je le sais, c'est tout. Bon, j'ai du pain sur la planche, et comme mon mal de tête semble s'en être allé, tu peux me déposer chez moi ?

– Je te dépose, je file au magasin faire quelques papiers qui me prendront certainement une bonne partie de la journée, puis je passe te prendre pour aller au club.

– Je ne sais pas si c'est une bonne idée, je ne suis pas prête, Kate.

– Mais si, mais si, tu verras !

Sur ces mots, elle me prend la main, et m'entraîne, ne cessant de me parler de Kurt, du club, et de son frère. Elle les aime. Le club fait partie de sa vie, comme il a fait autrefois partie de la mienne ; que son père soit mort pour lui, et à cause de lui, a l'air de passer au second plan. En plus, si maintenant elle a des vues sur l'un de ses membres, c'est foutu !

Lorsque je sonde mon cœur, je constate que j'aimerais faire un bond en arrière. Pour faire encore partie intégrante de cette grande famille qui m'a vue naître, qui était tout pour moi, et je ne peux nier que j'en suis nostalgique. Mais soyons réalistes, le MC ne protège pas ses membres, bien au contraire, et c'est se leurrer que de penser le contraire.

Kate ne semble voir que le bon côté, comme les brebis : le blouson, les bécanes, l'adrénaline, le risque, mais la réalité, c'est la violence, le danger, et souvent la mort. Elle idéalise, elle est utopiste, et je ne veux pas la décevoir, ni lui faire de la peine, alors je ne la contredis pas. Mais moi, j'ai mûri, je me suis éloignée, j'ai vu autre chose et je n'y crois plus.

19

Charlie

Stan s'installe sur un tabouret, face au bar, et s'empare d'une bière.

Nous trinquons.

– Tu as des nouvelles du prés' ? attaqué-je.

– Je reviens de l'hôpital, il est aux anges, complètement gaga de son petit Jacky.

– Tu vois ce qui t'attend !

– Ouais. Julia pense que notre fille arrivera plus tôt que prévu, elle a déjà des contractions.

– Tu es prêt à ce qu'elle épouse le fils d'Aaron ?

Il s'en étouffe.

– Quoi ? T'es fou. Jamais ma fille n'épousera un biker, j'y veillerai.

– Ils vont être élevés ensemble, ils passeront tout leur temps ensemble, ils iront dans les mêmes écoles, ils auront les mêmes potes, et si ça se trouve, ils auront leur première expérience sexuelle ensemble.

J'ai l'impression qu'il va me foutre sur la gueule, et je m'apprête à encaisser le coup, mais il n'en est rien ; il semble plutôt bouleversé.

Il se frotte le visage, puis réprime un frisson.

– Putain, j'ai eu une vision. Si t'avais raison, mec ? Tu me fous les jetons, tu lis dans le marc de café ?

– Non, je suis seulement réaliste, et je parle d'expérience.

– June et toi ?

– Ouais, mon frère… June et moi. Je l'ai vue, hier, au Rider's.

– Ah, elle est là, je ne le savais pas.

– Moi non plus…

Merci Kate. J'aurais pu étrangler ma sœur de ne pas m'avoir préparé à son retour, parce que putain, quand je l'ai vue au Rider's, aussi belle, aussi lumineuse, encore plus que dans mes souvenirs, j'ai cru que mon cœur allait se barrer, nom de Dieu !

– Tu vas lui parler ? demande encore Stan.

Il sait tout. Je lui ai tout raconté, ainsi qu'à Kurt. Enfin, Kurt a compris qu'une fille hantait mes jours et mes nuits, et il m'a tiré les vers du nez. Quand j'ai trop bu, j'ai besoin de m'épancher.

– J'ai essayé, mais elle ne veut rien entendre. Elle est en colère contre moi, alors que, putain, c'est moi qui devrais l'être. Elle s'est tapé Jacob, puis je l'ai entendue baiser avec… *lui*, bordel de merde.

J'ai encore du mal à prononcer son nom.

Elliott, en pleine discussion avec Kurt, à l'autre bout du bar, se marre en me regardant. Nous passons notre temps à nous jauger, putain, on dirait deux coqs qui se battent pour la même poule. Sauf que la poule en question est à moi !

Elle a toujours été à moi, connard, et toi, t'es marié !

Je frissonne en pensant qu'il a lui aussi mis sa bite dans la chatte de June.

Nom de Dieu, je vais devenir dingue.

Je claque ma bière sur le bar.

– Où vas-tu ? demande Stan.

Il a raison de s'inquiéter.

Je passe devant Elliott.

– Dehors ! Tout de suite. Faut que je te parle !

– Charlie ! appelle Stan dans mon dos, alors qu'Elliott m'emboîte le pas.

Il a à peine franchi la porte du club que je me retourne, et lui fous un pain dans la gueule. Je serre les poings, me campe bien solidement sur mes jambes, en attente de représailles, car je sais que je vais recevoir. Elliott gronde, essuie sa bouche, et le regard dont il m'enveloppe me fait peur.

Vraiment très peur.

Mais pas assez pour me faire reculer.

Il pousse un grondement, et charge.

Pour me percuter de plein fouet, à la vitesse d'un bulldozer.

Putain, il a une force phénoménale !

Sans rien comprendre, je me retrouve au sol, sur le dos, avec Elliott sur moi, alors que nos frères scandent nos prénoms, rient et frappent dans leurs mains, se réjouissant visiblement du spectacle. Je ne peux éviter les premiers coups qui, finalement, ne me font pas si mal que ça, et je comprends qu'il retient sa force.

Je me débats, et j'arrive à lui foutre quelques pains, à ma grande satisfaction.

– Bats-toi, mon frère ! grondé-je.

Il se penche, me murmure :

– Si je me bats contre toi, Charlie, je te tue. Tu n'es pas de taille. Tu n'as jamais été de taille.

Il se redresse, me tend la main pour m'aider à me remettre debout.

– Mais si t'en veux encore, je suis ton homme, mon frère.

Il insiste sur ces derniers mots.

Il se met en garde.

– Montre-nous ce que tu as dans le ventre !

Je sautille autour de lui, évite certains de ses coups, et mes entraînements de boxe me reviennent en mémoire. Mon père voulait que je sache me battre et me défendre. J'en avais rien à foutre, je n'aimais pas ça, mais je n'étais pas si mauvais. Mon bras part à toute vitesse, et mon poing s'écrase une nouvelle fois contre sa face, mais il riposte aussitôt, et je m'en prends un, d'une violence inouïe.

Je mets un genou à terre, complètement sonné.

– C'est bon, t'en as assez ?

Je saute sur mes pieds, essuie ma bouche d'un revers de manche.

– Non !

La colère fait flamber mon cerveau et mes veines, l'adrénaline accélérer mon cœur, tandis que le visage de June se dessine devant mes yeux.

Elle. Lui. Ses gémissements...

Je lui saute dessus, et cette fois-ci, je le surprends ; il ne s'attendait visiblement pas à un contact aussi direct. Je profite de l'avantage, en lui laminant la gueule, sans cesser de penser à June. Je ne vois qu'elle, il n'y a qu'elle. Il n'y a toujours eu qu'elle, même si j'étais trop con pour le comprendre.

Ses beaux yeux myosotis révulsés par le plaisir…

Putain… je la hais… je la hais… et lui aussi, je le hais.

Nous nous battons comme des sauvages. J'arrive parfois à prendre le dessus, et parfois c'est lui, nos forces étant à peu près égales, tout comme notre agilité. Il ne cesse de me provoquer, mais j'en fais autant. J'ai l'impression qu'il cherche à me faire sortir tout ce que j'ai dans le bide ; je me bats pour June, parce qu'il a baisé avec elle, alors que lui se bat pour… pour lui-même.

Est-ce que June compte encore pour lui ? Comme elle compte pour moi ? Mais putain, ma colère contre elle ne fait qu'augmenter.

Il profite d'un moment d'inattention de ma part pour m'atteindre, et je m'effondre.

– Qu'est-ce qui se passe ici ? gueule Aaron, que je n'avais pas entendu arriver.

– Rien, prés', répond Elliott, je donnais une leçon de self-défense à Charlie.

Il me tend à nouveau la main, et je m'en saisis.

– Allez vous laver ! Et retrouvez-nous au bar. Nous allons fêter comme il se doit la naissance de mon fils, putain de Dieu !

Il entraîne dans son sillage nos spectateurs et certains viennent nous taper dans le dos tout en se marrant.

– Tu t'es bien battu, mon frère, et tu as fait des progrès. On recommence quand tu veux, me dit Elliott, avec un sourire.

Un vrai sourire. Pas un sourire de faux cul, ou pour se moquer, non, un vrai sourire fraternel, et ma colère contre lui, envolée dans la bagarre, laisse place à quelque chose de plus chaleureux. Je crois que je commence à apprécier ce type. Le passé est le passé, il fallait que je règle mes comptes.

C'est chose faite !

– Toi, moins bon que dans mon souvenir.

– J'ai eu une nuit mouvementée. Tu devrais penser à baiser plus souvent, en général, ça détend, se gausse-t-il.

Connard…

Il me pousse à l'écart.

– Bon, maintenant que tu es calmé, dis-moi pourquoi cette bagarre, mon frère ?

– Tu as couché avec June, l'accusé-je. Je vous ai entendus.

– Et alors ? Toi aussi, non ?

– Moi, je l'aimais !

– Moi aussi, je l'aimais, mes sentiments pour elle étaient sincères, seulement elle était amoureuse de toi, mec, et je n'avais pas la moindre importance, dit-il, avant de s'éloigner.

Je le rejoins et lui tends une clope, qu'il accepte.

Nous nous asseyons sur l'une des tables extérieures et fumons en silence, comme deux potes prenant plaisir à être ensemble, ce qui finalement est le cas. Plutôt que de nous séparer, je me rends compte que nos sentiments pour June, ainsi que son souvenir, nous rapprochent ; ça me fait du bien de parler d'elle, de parler du passé et d'éclaircir les choses avec lui, j'en avais besoin, pour tuer toute cette colère et ce ressentiment qui m'habitent depuis si longtemps.

Il soupire.

– Après votre première nuit, elle est venue me retrouver ici, et elle… putain… elle pleurait, elle était si malheureuse. Tu lui as brisé le cœur, mec, alors ne viens pas me reprocher quoi que ce soit, et tout me foutre sur le dos. Il ne se serait jamais rien passé entre nous si tu avais su la garder.

Je garde la tête basse, en pleine réflexion.

– Si tu veux tout savoir, ça ne s'est produit qu'une seule fois, et elle m'a viré juste après, mais à la différence de toi, elle a eu suffisamment de couilles pour me le dire.

– Vous n'avez pas couché ensemble cette nuit-là ?

Il tourne la tête, et je crois déceler une lueur de pitié dans ses yeux.

– Si c'est l'idée que tu as d'elle, c'est que tu ne la connais pas aussi bien que tu le crois. Elle sortait de tes bras, tu crois que j'aurais eu envie de passer juste après toi ? T'es taré, ou quoi ?

Je passe mes mains sur mes joues.

Putain, je ne comprends plus rien !

– Tu n'as pas intérêt à faire le con avec elle, ou tu auras affaire à moi ! insiste-t-il.

– Je sais ! J'ai voulu lui parler le jour de ses 18 ans, et… la porte était ouverte, je suis entré, et je vous ai vus. Puis entendus.

– D'où la bagarre.

– Ouais.

– C'est de bonne guerre. Mais je ne te l'ai pas prise, Charlie, tu n'étais pas avec elle.

– Tu as raison, je crois que j'ai vraiment merdé sur toute la ligne.

Il passe un bras autour de mes épaules.

– Nous faisons tous des erreurs, surtout avec les femmes, mon frère. L'important est de s'en rendre compte et de les réparer. Il n'est peut-être pas trop tard pour vous.

Ouais, peut-être. Mais rien n'est moins sûr. Je vais ramer, comme jamais je n'ai ramé pour une meuf ; mais June en vaut la peine.

Il balance sa clope dans le cendrier, et se lève.

– Viens. Allons boire à la santé du petit prince !
– Vas-y, j'arrive. J'ai besoin de réfléchir.
– Comme tu veux.
Il s'éloigne.
– El ?
Il se retourne.
– Merci.
Il a un mouvement de tête, puis il pousse la porte du club-house.
Je rallume une clope.
Comment rattraper le coup avec elle ?
Par où commencer ?
Par lui dire la vérité ! Et plutôt que de l'accuser pour quelque chose qu'elle n'a peut-être pas fait, commencer par m'excuser. Mais pour ça, il faut qu'elle accepte de me rencontrer pour en parler. Je me saisis de mon portable. Aucun appel.
Putain, ouais, je vais ramer. Mais le bonheur est à ce prix.
Lorsque j'entre au club à mon tour, le prés' est déjà passablement éméché. Je me dirige vers lui.
– Félicitations, prés'. T'es heureux ?
– Très !
Il place ses mains devant lui, visiblement encore sous le coup d'une vive émotion.
– C'était incroyable ! J'ai tout vu, j'ai participé, j'ai mis mes mains sur sa petite tête quand il est sorti, et j'ai coupé le cordon. Il est si petit, mais si vigoureux. Tu l'aurais vu. Dès que la sage-femme l'a posé sur le ventre de Cassie, il s'est redressé pour téter. C'est magique, mec. Magique.
Il lève son verre.
– À Jacky !

– À Jacky, crient nos frères.

Il prend ma nuque, m'attire à lui, et m'embrasse.

– Ça va, mon frère ?

– Ouais, prés'. Ça va.

– Alors j'en suis heureux.

Il prend une bière sur le bar, et me la tend.

– À ta santé, Charlie.

– À toi, prés', et à ta descendance.

– Putain, ouais, je veux plein d'enfants ! Aujourd'hui, je suis le plus heureux des hommes, et je te souhaite de connaître un jour un tel bonheur, mon frère.

Après m'avoir encore frappé sur l'épaule, il se détourne, pour discuter avec Kurt, venu le féliciter à son tour.

Je rejoins Stan et Elliott, accoudés au bar, et je croise le regard de Chrystal. Elle lève le menton en me défiant, puis se dirige vers Kurt, pour se coller à lui. Il glisse un bras autour de sa taille.

Je vais devoir discuter avec lui de deux trois petites choses à propos de ma sœur.

Quand soudain, je remarque le regard dont elle enveloppe le prés'.

Je me rapproche de Stan, et lui désigne le petit groupe qu'ils forment.

– Je sais, mon frère, répond mon ami. Nous veillons au grain depuis quelque temps.

– Il s'est déjà passé quelque chose entre eux ?

– Honnêtement, je ne pense pas, mais comment savoir ? Faut le surveiller. S'il a trop bu, il deviendra vulnérable, et elle est capable de profiter de la situation. Je n'ose imaginer le bordel que ce serait s'il la saute, et si Cassandra l'apprend.

– Il ne faut pas que ça arrive, les mecs, ajoute Elliott, lui aussi sur le qui-vive. Elle ne lui pardonnera jamais, et il perdra tout ce qu'il a. À moins que ce soit pour te faire chier, Charlie ?

– Non, je ne le pense pas.

– En tout cas, Kurt n'est pas insensible à ses charmes, dit Stan.

– Je le savais, elle va foutre la merde. Elle a tout l'air d'une parfaite salope.

– Elle n'en a pas que l'air, El, elle en a aussi la chanson. Une brebis dans toute sa splendeur, mais honnêtement, à force, on se lasse. Pour ma part, j'en ai fini avec elle.

Cette fille ne m'intéresse plus. Aujourd'hui, seuls comptent June et mon désir de la reconquérir.

20

June

J'ai un coup au cœur en poussant la porte de ma maison. Sue, la maman de Charlie et Kate, s'est chargée de l'entretenir, de mettre en route le chauffage l'hiver, et de la louer de temps à autre, quand l'occasion se présentait. Lorsque j'aurai fini ce que j'ai à faire, j'irai la voir pour la remercier.

Je fais le tour des pièces du rez-de-chaussée, en enlevant les grands draps blancs recouvrant les meubles. Tout est impeccable. Les meubles sentent bon la cire, et les parquets brillent.

J'ai toujours aimé ma maison, simple, mais confortable. Ma mère avait très bon goût, et elle aimait la décorer, l'embellir.

J'ai été heureuse ici.

J'ai eu une enfance heureuse, avec des parents aimants et un grand frère que j'adorais. Il était tout pour moi. Mon idéal masculin. Il avait tout pour lui : il était beau, intelligent, gentil.

Chienne de vie !

Peut-être le MC aurait-il fait de lui un monstre ? Je ne le pense pas. Il était un peu comme Stan et Charlie, tempéré, réfléchi, mais évidemment, les bécanes, les brebis, l'argent facile lui étaient montés à la tête, et les derniers temps, il avait changé ; il semblait soucieux, renfermé en lui-même. Nous n'avons jamais vraiment su ce qu'il s'est passé ce soir-là. La police nous a parlé de témoins qui auraient vu une voiture lui faire une queue-de-poisson, mais ils n'ont jamais retrouvé le conducteur, et d'après Aaron, mon frère n'avait pas beaucoup bu. D'ailleurs, l'autopsie l'a confirmé : peu d'alcool et pas de stupéfiants. Toujours est-il qu'il est tombé dans le ravin et a fait une chute mortelle. Il était seul. Il n'aurait jamais dû être seul. En général, les bikers sortent à plusieurs.

Que faisait-il sur cette route ?

Où allait-il ?

Nous ne le saurons jamais.

Je repose la photo de mon frère sur la cheminée du salon, après l'avoir longuement regardée, puis je passe de pièce en pièce pour faire un inventaire mental de ce que je vais conserver et de ce qui partira avec la maison. Je garderai certainement quelques meubles, les plus beaux, que j'entreposerai dans un garde-meuble à Philadelphie, en attendant de pouvoir les placer dans l'appartement que j'achèterai avec l'argent de la vente de la maison.

Je tripote mon téléphone, avec l'envie irrésistible d'appeler Charlie.

Qu'a-t-il de si important à me dire que je ne sais déjà ?

Pourquoi remuer le couteau dans la plaie ? Et nous faire encore du mal ? Pourtant, je ne peux nier que la curiosité me pousse à passer cet appel.

Je caresse son nom du bout des doigts, tentée plus que de raison, pour finalement renoncer, et trouver refuge dans ma chambre. Tout en poussant un long soupir, je m'assois sur mon lit et regarde autour de moi, en me demandant ce que j'ai vraiment envie de garder. La coiffeuse peut-être, et un fauteuil. Je me lève pour m'emparer d'un ours en peluche, et je le serre contre moi, après avoir ôté la poussière. Cette peluche, Charlie l'avait gagnée au tir à la carabine à la fête foraine, et m'en avait fait cadeau ; j'étais aux anges. Je l'ai chérie pendant des années, et je n'ai pas eu le cœur de la déchiqueter après notre seule et unique nuit, comme je l'ai fait pour son tee-shirt, que j'ai lacéré à coups de ciseaux rageurs.

Je m'allonge, l'ours toujours serré contre ma poitrine, et je ferme les yeux, sentant la nostalgie et la fatigue me gagner, et je comprends, avant de sombrer dans le sommeil, que vendre cette maison sera un véritable déchirement, car je l'aime.

Comme je l'aime, *lui*.

***

Je me réveille, plusieurs heures plus tard, complètement perdue. Je ne comprends pas ce qu'il s'est passé, d'habitude, je ne fais jamais de sieste. J'ai dormi deux bonnes heures, mais je me sens toujours aussi épuisée. Physiquement et mentalement. Certainement à cause des excès d'hier. À Philadelphie, je sors peu et ma vie était plutôt monacale ces derniers mois, entre les hospitalisations de ma mère, ses soins quotidiens, et mon travail d'institutrice. Je voulais surtout être en forme pour mes petits élèves, pour leur apporter le meilleur de moi.

J'aime mon métier.

J'aime les tout-petits. J'aime les guider dans leurs premiers pas dans la vie, leur apprendre la vie, j'aime leurs petites joues rebondies que j'ai sans cesse envie d'embrasser, leurs baisers sucrés, leurs petites mains qui s'agitent lorsqu'ils repartent le soir avec leurs parents, leur façon de me dire « Au revoir, maîtresse, à demain »...

Peut-être que la joie de les retrouver compensera la douleur de la vente de la maison, car lorsque j'aurai fermé cette porte, je n'aurai plus la possibilité de revenir en arrière, et celle de mon passé sera refermée, elle aussi, à tout jamais.

***

Je regarde longuement la chambre de mes parents, puis celle de mon frère, me laissant envahir par les souvenirs. Ils me manquent tellement. Je crois entendre les rires de mon frère, les coups de gueule de mon père qui nous traitaient de monstres car nous ne cessions de nous battre, les rares fois où il était présent à la maison. Quant à ma mère, elle était d'une gentillesse et d'une patience d'ange, et je crois qu'elle nous a bien élevés, avec beaucoup de tolérance, de patience, et de compréhension. Elle respectait nos personnalités, et nous soutenait quels que soient nos choix – sauf celui de Rick de vouloir entrer au MC. Là, elle lui en a voulu, et ne lui a pas parlé pendant des semaines, car elle avait passé sa vie à tenter de l'en détourner, en ne lui montrant que les mauvais côtés. Et elle en a voulu à mon père. Atrocement. Pour elle, son fils était mort à cause de lui. J'ai eu une maman extraordinaire, ce qui, je le sais, est un sérieux atout pour démarrer dans la vie.

Les chambres sont identiques à ce que j'ai connu, la

poussière en sus ; rien n'a bougé, et une fois de plus j'ai le sentiment d'être partie la veille, comme si… comme si ces dix ans n'avaient jamais existé. Comme si cette fuite n'avait servi à rien et que ma vie s'était arrêtée, mise entre parenthèses pendant toutes ces années, pour arriver à l'ici et maintenant.

On ne peut pas fuir son passé.

Il faut seulement l'accepter, et vivre avec. Le transformer aussi, peut-être, pour en tirer les conclusions qui s'imposent, ainsi que les leçons.

Est-ce que ma place est ici, finalement ?

Faut-il que j'aie cette conversation avec Charlie, qu'il semble tant vouloir ? Et moi, en ai-je vraiment envie ? Quand il pose les yeux sur moi, j'ai le sentiment qu'il tient à moi. Il y a tant de douceur dans son regard, tant d'attentes, de questions, que l'envie d'y croire m'étreint. J'aurais besoin d'y croire, mais j'ai peur une fois de plus de me tromper, de faire fausse route et, finalement, de souffrir. Comme j'ai déjà souffert. Je ne veux pas revivre ça. Plus jamais.

Maman, papa, Rick, où que vous soyez, veillez sur moi ! Protégez-moi, guidez-moi !

J'essuie mes larmes et secoue la tête.

Je dois aller de l'avant, ne pas m'appesantir sur les regrets, et ne pas regarder en arrière. Ce qui est fait est fait ! La vie ne m'a pas fait de cadeau, en m'enlevant toutes les personnes que j'aime : ma famille, Charlie… Je suis là pour faire table rase du passé, et me reconstruire, une nouvelle fois, loin de toute cette merde.

Charlie n'est pas mort ! hurle une petite voix dans ma tête.

Oui, Charlie est bel et bien vivant, et toujours aussi beau, aussi séduisant, aussi attirant, aussi irrésistible, et il m'attire toujours autant, sinon plus. J'ai tellement fantasmé sur ce qu'aurait pu être notre vie.

Bordel de merde.

Sans que je ne puisse rien contrôler, je me retrouve au sol, accrochée au chambranle de la porte de chambre de mon frère, à pleurer toutes les larmes de mon corps. À pleurer sur mon amour perdu et la misère de ma vie.

Je m'empare de mon portable, et tape fébrilement.

[Viens.
J'ai besoin de toi.]

21

June

Que suis-je en train de faire ?

Oui, j'ai besoin de lui, j'ai toujours eu besoin de lui, besoin de le voir, de le toucher, de graviter dans son sillage, mais je ne peux pas l'appeler à l'aide. Je ne peux pas redevenir dépendante de lui, ni le laisser entrer à nouveau dans ma vie, au risque d'y laisser ma peau, cette fois.

J'efface le message, avant de risquer de l'envoyer par mégarde.

Je me relève péniblement et j'essuie mes larmes, en me jurant que c'est la dernière fois que je me laisse aller de la sorte.

Je suis forte, bordel !

Je vais tenir !

Je vais vendre cette maison, me tirer, et reprendre le cours de mon existence.

Il me reste encore un endroit à voir.

Je traverse la cuisine, j'ouvre la porte qui donne sur le balcon derrière la maison, et je m'installe sur la vieille balancelle, qui grince sous mon poids. Je me balance doucement, perdue dans la contemplation du jardin en friche qui s'étend sur plusieurs mètres, avec un peu plus loin la vieille bâtisse où avait trouvé refuge Elliott, il y a onze ans.

Là encore, les souvenirs reviennent en force.

Je nous revois, mon frère et moi, près du petit bassin dans lequel nous avions fait un petit élevage de carpes koï. Nous en avions plusieurs de différentes couleurs, et je pouvais admirer leur ballet pendant des heures. Les céder à un collectionneur de Corpus Christi avant notre départ a été un véritable déchirement. Un de plus. Et non des moindres. Avec elles partaient mon enfance, et un peu de mon frère, car il les aimait autant que moi, et s'en occupait beaucoup. Je pense même qu'il leur parlait. Ça me faisait beaucoup rire, et c'était souvent un sujet de chamailleries entre nous, car j'aimais l'embêter avec ça. Que d'heures passées à lire, et à les contempler. À rêver aussi. De Charlie. De Charlie et moi, en espérant qu'un jour le Ciel m'entende et me le donne. Je le rêvais amoureux de moi, je nous voyais mariés, avec des enfants. Nous étions heureux. Incroyablement heureux.

Mon regard est soudain attiré par une forme dans les herbes hautes. On dirait un chien. Un gros chien. Il boite, et visiblement, il est mal en point, d'une maigreur à faire peur.

Je me lève, et je descends les quelques marches.

Le chien s'arrête. Me regarde.

– Salut, mon beau. Viens, mon chien…

Je m'accroupis.

– Viens. N'aie pas peur, je ne te ferai aucun mal.

Il avance de quelques centimètres, s'arrête encore, et me contemple, se demandant certainement si je représente une menace, ou s'il peut me faire confiance.

Je tends la main pour dire, d'une voix douce :

– Viens…

Ses yeux, d'une couleur rouge orangé, me sondent.

– T'es tout seul, toi aussi ? Ta famille t'a abandonné ?

Il bouge les oreilles, penche la tête et pousse un gémissement. J'ai le sentiment qu'il comprend mes paroles et souhaite communiquer. Il est vraiment âgé. Âgé et fatigué, et, si je ne me trompe pas, c'est un chien-loup tchécoslovaque, une race très fidèle et très attachante.

– Viens, mon beau. Viens… Je vais te soigner et te donner à manger. Tu as faim ?

– C'est exactement la question que tu m'as posée la première fois que tu m'as parlé.

– Elliott…

Je pousse un cri de joie et je me lève d'un bond, pour ensuite courir me pendre à son cou ; il referme ses bras sur moi.

– C'est bon de te revoir, ma belle.

Je reste un moment contre lui, jusqu'à ce qu'il me détache de son corps.

– Je savais que je te trouverais là.

Je lève la tête. Il a beaucoup changé et bon Dieu qu'il est beau : grand, blond, mince mais musclé, la peau très claire, des yeux verts incroyables, et le blouson de biker lui va toujours aussi bien.

– Tu es toujours aussi belle.

Je lui souris.

– Euh… merci, tu n'es pas mal non plus.

Je touche son visage.

– Que t'est-il arrivé ?

– Rien. C'est le boulot. La routine. Alors comme ça, tu as

encore récupéré un chien perdu sans collier ? demande-t-il, en me désignant le vieux chien qui a fini par se coucher d'épuisement.

– Il est blessé. Je crois qu'il a la patte cassée.

Je m'accroupis près de lui, pour me donner une contenance, et ne pas me laisser envahir par l'émotion. Elliott en fait de même.

– Tu as ouvert un refuge, ou tu es devenue instit ?

Je le regarde, émue : il se souvient de ça aussi ?

– Instit. Mais j'aime toujours autant les animaux.

– Tu veux que j'aille chercher des trucs à la pharmacie ? De quoi lui confectionner un plâtre ?

– Oui, c'est une excellente idée. Mais avant ça, tu veux bien le porter jusqu'à la table de la cuisine ?

– Salut, vieux frère ! dit-il en s'adressant au chien. Je t'emmène. June va bien s'occuper de toi, tu peux lui faire confiance, elle sait prendre soin des âmes perdues.

Le regard dont il m'enveloppe est empreint de douceur et de reconnaissance et, une fois de plus, je m'en veux de lui avoir fait du mal. J'étais malheureuse, mais ça n'excuse pas tout. M'a-t-il pardonné ?

Je me rends compte que c'est important pour moi. Que ce qu'il pense de moi est important.

– Je ne t'en veux pas, si c'est à ça que tu penses.

– Euh…

Comment peut-il savoir ce qu'il se passe dans ma tête ?

Après un dernier sourire, il prend dans ses bras le chien qui, à mon grand soulagement, se laisse faire. Je lui ouvre la porte de la cuisine, le laisse entrer, avant de le suivre. Je m'approche du chien, qu'il a posé délicatement sur la table.

Les grands yeux emplis de sagesse de l'animal me scrutent une fois de plus.

– Ça va aller, mon beau, on va s'occuper de toi, dis-je en me penchant, et en lui caressant la tête.

– J'y vais.

– Attends. Je vais te donner de l'argent.

– Ce n'est pas la peine, June. J'en ai.

– D'accord. Comme tu veux.

– Je me dépêche.

Tout en caressant le chien et en lui parlant doucement, je pense aux moments partagés avec Elliott : sa gentillesse, nos fous rires lorsqu'il jouait au chevalier, les lectures que nous comparions, puis à ce que nous avons fait, le soir de mes 18 ans, à ce que j'ai ressenti dans ses bras. Sa douceur, le réconfort qu'il m'a apporté, car je me sentais seule. Seule et effroyablement malheureuse. Nous nous sommes aimés, le plus naturellement du monde, mais il n'y a pas eu cette… cette fièvre, cette ferveur, cette communion parfaite, cette passion. J'ai compris, à ce moment-là, que tous ces sentiments, toutes ces sensations, je ne les aurais qu'avec Charlie. Parce que c'est lui que j'aime. Pour l'éternité. Il est l'homme qui a conquis mon cœur, qui l'habite depuis toujours, et celui que j'aimerai toute ma vie, même si elle a décidé de nous séparer.

– Tu penses encore à lui ?

Je lève les yeux, surprise de trouver Elliott planté devant moi.

– Non. C'est à toi que je pensais. À nous, à ce que nous avons vécu.

– Ouais, c'était chouette, et je ne regrette rien, mais…

– Je sais, El, ne t'inquiète pas. Pour moi aussi, c'était

chouette et je n'ai jamais regretté ce que nous avons fait, j'en ai aimé chaque seconde, mais…

Il m'interrompt.

– C'est du passé.

– C'est vrai, c'est du passé, mais je suis… Je voulais m'excuser si je t'ai fait du mal.

– C'est la vie, dit-il d'une voix douce. Si nous avions dû être ensemble, June, ça se serait fait. J'aurais cherché à te retenir, j'aurais fait de toi ma régulière. Je savais que ce n'était pas moi que tu voulais, et je l'ai accepté. Je ne voulais que ton bonheur, et c'est toujours le cas.

Il enchaîne, en fouillant dans son sac :

– Alors, revenons à ce pauvre chien. Après avoir demandé conseil à la pharmacienne, je t'ai pris un rasoir, des compresses d'alcool, et des bandes de plâtre. Si tu n'y arrives pas, elle m'a dit d'aller voir un véto. Elle m'a aussi donné des antidouleurs, un truc pour le faire dormir, pour qu'il récupère, et des croquettes pour senior.

– Super, tu as vraiment pensé à tout.

Je m'approche de lui et lui touche le bras.

– El ?

– Oui ?

– Tu m'as pardonné ?

Il me regarde d'un air songeur.

– Je ne vais pas te mentir, sur le moment, j'ai été malheureux, mais je savais à quoi m'en tenir, je savais où je mettais les pieds avec toi, j'ai toujours su que tu étais amoureuse de Charlie. Alors oui, je t'ai pardonné, depuis longtemps. Tu ne m'as jamais rien promis, June, tu as toujours été honnête avec moi, tu me considérais comme ton ami.

– Oui, et je t'aime aussi. À ma façon. Tu avais une place importante dans ma vie, Elliott.

Nous nous sourions.

– Tu es heureux aujourd'hui ? je m'enquiers.

– Oui. Très. J'ai épousé une femme formidable, que j'aime, et qui m'aime.

– Alors, je suis contente pour toi.

– Et toi ?

J'évite son regard, pour reprendre ma place et me concentrer sur le chien. Je prends sa patte délicatement ; il ouvre un œil fatigué, en poussant un soupir.

– June ?

– Je vais bien.

J'essuie mes larmes et il vient s'accroupir devant moi. Il met une main sur mon genou.

– Je suis là, si tu as besoin d'un ami.

Je secoue la tête, alors que je n'ai qu'une envie, me jeter contre lui, et pleurer tout mon soûl sur une épaule compatissante.

– Je ne veux pas me mêler de ta vie, mais…

Il désigne son visage de l'index avec une petite moue ironique.

– C'est Charlie qui m'a fait ça. À cause de toi. Nous nous sommes battus.

J'ouvre de grands yeux.

– Comment ça, « à cause de moi » ?

– Il était aussi jaloux de moi que moi de lui.

– Il t'enviait d'être entré au club, mais je ne crois pas qu'il ait été jaloux de notre amitié.

– Tu es sûre de ça ?

– Tout à fait sûre. En tout cas, c'est du passé, et c'est très bien comme ça.

– Pourquoi je ne te crois pas une seconde ?

– Je ne pensais pas que tu pourrais prendre un jour sa défense.

Il serre mon genou un peu plus fortement.

– Je te l'ai dit, je ne pense qu'à ton bonheur, et si ton bonheur est d'être avec lui, alors je ferai tout…

– Tais-toi ! je l'interromps.

– De quoi as-tu peur à la fin ?

– De souffrir ! Comme tout le monde, je suppose.

– Il a changé. Et je… je crois qu'il tient vraiment à toi, sinon, il ne serait pas si en colère contre moi.

– Charlie est quelqu'un d'entier, de colérique, et…

– Non, il y a autre chose. On fait tous des erreurs, June.

– Pas lui. Lui, il savait ce qu'il faisait, et il l'a fait sciemment. Fin de la discussion.

Il m'empêche de bouger, bien décidé à aller au bout de notre échange.

– J'ai… j'ai vécu des choses très dures dernièrement.

Ses yeux se noient. Je mets ma main sur sa joue.

– Oh, El, j'en suis désolée. Tu veux m'en parler ?

– J'ai été chopé par Mitchell, l'ex de ma femme. C'est ma faute, je me suis rendu chez lui seul, comme un con, et ses gars m'ont roué de coups, et… m'ont… enfin… fait des choses…

Je comprends à demi-mot ; sa détresse me fait mal. Je le prends dans mes bras, pour lui apporter un peu de soutien, comme lui auparavant, tandis qu'il continue.

– Je me suis vengé, tout comme je me suis vengé de mon père. J'ai réglé mes comptes, et je suis redevenu moi-même. Il fallait que je le fasse, tu comprends ?

Sa voix est basse dans mon cou.

– Ce que m'ont fait ces gars, je n'en ai parlé à personne,

même pas à ma femme. Je ne veux pas de sa pitié.

– Tu devrais le lui dire. Elle t'aime, elle t'aidera. Jamais elle n'aura pitié de toi, El. Tu n'es pas un homme qui inspire la pitié, tu es fort, franc, et une très belle personne. Ce que tu as dû affronter ne fait pas de toi un monstre. Ce sont les autres, les monstres.

Il prend mon visage entre ses mains, me fait un baiser sur le front.

– Tu as raison, je lui parlerai.

– Je suis persuadée qu'elle a compris, et elle verra que tu lui fais confiance, car inconsciemment, elle doit savoir que quelque chose cloche et que tu ne vas pas bien. Parlez-vous. C'est important le dialogue dans un couple. Ne laisse pas le passé, aussi sordide soit-il, vous séparer.

– C'est pour la protéger, elle se sent responsable de ce que j'ai subi, elle pense que c'est sa faute.

– Je comprends, et je penserais la même chose. À toi de la persuader du contraire. Dis-lui la vérité.

– C'est ce que tu comptes faire avec Charlie ? Tous ces beaux conseils, tu vas les appliquer ?

Je lui mets une tape dans l'épaule.

– Tu t'es confié à moi juste pour me faire comprendre ça ?

– Non. Pas seulement, ça m'a fait du bien d'en parler, mais je pense…

– Je sais, je l'interromps une fois de plus. Peut-être que je lui laisserai une chance de s'expliquer, mais je n'ai encore rien décidé. Bien, occupons-nous plutôt de notre petit blessé.

– OK, et ensuite, je t'emmène au club, le prés' veut te voir.

– Je devais justement m'y rendre avec Kate. Je crois qu'elle a envie de revoir Kurt.

Il fronce les sourcils.

– Quoi ? Qu'est-ce que j'ai dit ?

– Rien, rien. Appelle-la pour que vous vous retrouviez là-bas.

– OK.

Après avoir échangé avec Kate et nous être donné rendez-vous au club, ce qui, finalement, l'arrange, car elle est plongée jusqu'au cou dans ses paperasses, nous soignons la patte du chien. J'ai travaillé de nombreux étés dans un refuge et souvent assisté les vétérinaires, alors je sais comment m'y prendre, car la plupart des bêtes que nous récupérions étaient blessées, et mal en point.

Je rase les poils, puis je palpe doucement sa patte, à la recherche de la fracture. Au bout d'un moment, je sens une disjonction sous mes doigts, tandis qu'il sursaute et gémit. Il ouvre les yeux, mais je le rassure aussitôt.

– C'est rien, mon beau. Bientôt, tu n'auras plus mal.

Tout en continuant de lui parler, je repositionne sa patte, puis je place autour une gaze de protection, et ensuite les bandes plâtrées, que nous humidifions.

Voilà, il a un joli plâtre, qui, je l'espère, soulagera sa douleur, et l'aidera à guérir.

Pendant toute la durée de notre intervention, Elliott a continué de le caresser et de lui parler, et il n'a pas bougé ; il ouvrait seulement un œil de temps en temps, mais visiblement pour s'assurer que j'étais toujours là. Il poussait ensuite un soupir de soulagement, et replongeait dans sa léthargie.

Puis, après l'avoir fait boire, et lui avoir administré ses médicaments, Elliott le soulève, pour le déposer délicatement sur une couverture que j'ai placée devant la cheminée. Je pose à côté de lui une assiette de croquettes.

– Tu vas le garder ?

Je quitte des yeux le vieux chien, pour regarder mon ami.

– Il a l'air perdu, sans famille, comme moi, finalement. Il n'a pas de collier, alors si personne ne le réclame, je crois que oui. S'il veut rester avec moi.

Il entoure mes épaules.

– Tu n'es pas seule, June, je suis là et il y a le club. Tu es des nôtres, nous sommes ta famille, et la seule qu'il te reste. Ne nous tourne pas le dos, parce que nous, nous ne te laisserons jamais tomber, tu peux compter sur nous.

– Tu es gentil, El, mais ma vie est à Philadelphie.

– OK. Je voulais seulement que tu le saches.

– J'apprécie. Merci. Je prends mon sac, et on peut y aller.

– Et lui ?

Il me désigne le vieux chien.

– Je pense qu'on peut le laisser seul, il ne bougera pas, et j'essaierai de repasser un peu plus tard. Je devrais peut-être envisager de m'installer ici avec lui, car il est hors de question que je l'emmène chez Kate, elle péterait un câble d'avoir un animal chez elle, aussi gentil soit-il. Et elle aura besoin d'intimité, si elle compte vivre quelque chose avec Kurt.

– Mouais.

– Quoi, mouais ?

Il reste pensif quelques instants, puis laisse tomber :

– Il couche avec Chrystal, l'une des brebis.

– Et alors ? Toi aussi, tu baises des brebis, vous le faites tous, non ? Ça ne t'a pas empêché de tomber amoureux ?

Elliott serait-il un biker fidèle ? S'il est amoureux, certainement. Il vient de se marier, il ne peut pas déjà avoir envie de tromper sa femme.

– J'en ai fini avec les brebis, maintenant que j'ai trouvé la femme de mes rêves. En tout cas, je n'aime pas cette fille, il y a en elle un truc qui me dérange, sans que je sache véritablement quoi.

– Pourquoi est-elle encore au club alors ?

– C'est Charlie qui l'a fait entrer, et Trav et Stan lui font confiance, et comme ils ont d'autres chats à fouetter pour le moment avec l'arrivée de leurs progénitures, ils relâchent un peu leur vigilance, mais je veille au grain, avec Lohann et les autres. On l'a à l'œil.

Je repense alors à cette fille avec Charlie, hier.

S'agit-il de la même personne ?

– Elle est blonde, assez jolie ?

– C'est ça. Tu l'as aperçue ?

– Elle accompagnait Charlie hier soir au Rider's.

Je me souviens surtout avoir croisé son regard, par deux fois. Un regard qui m'a fait froid dans le dos.

– Méfie-toi d'elle et ne l'approche sous aucun prétexte. Si Charlie l'a virée à cause de toi, elle doit t'en vouloir, alors fais attention, je ne sais pas de quoi cette fille est capable.

– Charlie l'a virée ?

– Ouais. Elle était plus ou moins sa brebis attitrée, et tu sais comment sont les brebis, elles feraient n'importe quoi, elles tueraient père et mère, pour mettre le grappin sur un biker.

Je retiens un sourire, car après la bouffée de jalousie que j'ai ressentie en le voyant avec elle, je ne peux m'empêcher d'être satisfaite qu'il ait rompu, même si, en ce qui concerne les brebis, on ne peut pas parler véritablement de liaison, puisqu'elles sont en libre-service. De toute façon, elle n'a pas intérêt à me chercher, ou à chercher des noises à Kate, ou elle aura affaire à moi. Fini le temps où je me comportais en victime ! Aujourd'hui, si l'on me fait du mal, ou si l'on fait du mal à quelqu'un que j'aime, je riposte. Je ne tends plus l'autre joue !

Nous sortons de la maison.

Je verrouille la porte d'entrée et regarde la façade, encore en très bon état, ce qui est un bon point pour la vente. Je descends les marches de la terrasse, et me retourne pour regarder ma maison une nouvelle fois, pour la graver dans ma mémoire ; pour profiter de tous ces derniers instants. Je veux les immortaliser, à chaque moment de la journée, sous des luminosités différentes, et un état d'esprit différent.

Je veux me souvenir de tout.

Je prends mon portable et je fais une photo, qui ira alimenter mes innombrables souvenirs. Une fois de plus, une angoisse indicible me fouille les entrailles et, malgré moi, un soupir m'échappe.

– Qu'est-ce que tu as ?

– Je ne sais pas. La fatigue, certainement.

Alors que je sais qu'il s'agit de bien autre chose.

– Elle est belle cette maison, June, tu devrais peut-être…

Je le coupe, les larmes aux yeux.

– Ne dis rien. C'est suffisamment compliqué comme ça.

Il m'enlace, et me serre contre lui.

– Je serai à tes côtés, ma belle, quoi que tu décides.

Je lui réponds d'un sourire triste, incapable du moindre mot.

Il me tend ensuite un casque, et après l'avoir enfilé, je m'installe sur sa Harley, derrière lui. Puis je noue mes bras autour de sa taille, comme lorsque nous étions jeunes. Il démarre doucement, et je me laisse emporter, renouant avec ces sensations hors du commun. Des sensations que j'aimais par-dessus tout. Je suis souvent montée derrière lui, et derrière mon frère, et une seule fois derrière Charlie… cette fameuse nuit.

Après m'avoir sautée, il est allé s'enfouir entre d'autres cuisses. Certainement plus accueillantes, et plus expérimentées, en me brisant le cœur au passage.

Quelle merde !

22

June

Les quinze kilomètres nous séparant du MC passent trop vite. Beaucoup trop vite. Je ne suis pas prête. Pas prête du tout. À revoir les garçons, à revoir Charlie. Elliott franchit les barrières du MC et se gare sous l'appentis, en marche arrière, dans un alignement parfait avec les autres motos. Je ne bouge pas. Je devrais descendre, mais je ne le peux pas. Il me jette un coup d'œil inquiet.

– Ça va aller ?

J'inspire profondément, et je me décide à prendre la main qu'il me tend.

Que m'arrive-t-il ?

J'ai vu Charlie hier soir au Rider's, accompagné d'une brebis, et j'en ai ressenti une telle rage que ça ne peut pas être pire aujourd'hui. Rien n'a changé. Rien ne changera jamais. Dès que je m'apprête à le voir, mon cœur s'emballe, mes mains deviennent moites, et des muscles se crispent au creux de mon ventre. C'était déjà le cas lorsque j'étais adolescente.

Sans lâcher ma main, Elliott m'entraîne vers l'entrée du club.

– J'ai hâte de te présenter ma femme.

Je regarde partout. Ici non plus, rien n'a changé : les mêmes appentis avec les motos et les pick-up, les dépendances, la cour, ainsi que l'immense terrain où se déroulaient les barbecues, avec, au loin, un arbre. Mon arbre. Celui dans lequel j'aimais me réfugier, et qui est toujours debout.

Que de souvenirs ici aussi…

Des bons, de moins bons. Charlie est partout. Partout où je pose les yeux, il est là, collé à ma rétine.

Elliott pousse la porte du club, et met une main dans mon dos, m'invitant à entrer.

– Regardez qui je vous amène !

Aussitôt, des dizaines de têtes se tournent dans notre direction, et j'aimerais rentrer sous terre. Aaron et Stan viennent à notre rencontre, et Aaron me surprend en m'enlaçant.

– Salut, ma belle. Bienvenue. Toutes mes condoléances pour ta mère, c'était une femme remarquable. J'espère que malgré ton chagrin, tu trinqueras avec nous à la santé de mon fils, Jacky, qui vient de naître.

Je lui rends son accolade.

– Merci Aaron, ça me touche, et félicitations pour ton fils.

Stan le pousse, pour prendre sa place, et m'enlacer à son tour.

– Salut, beauté. Comment vas-tu ?

– Bien, Stan, merci. J'ai appris que toi aussi tu vas être papa, toutes mes félicitations.

Il me souffle à l'oreille :

– Je suis mort de trouille.

Tout en les écoutant discourir d'une oreille distraite sur

les joies de la paternité, avérée pour l'un et qui ne saurait tarder pour l'autre, je regarde partout autour de moi, le cœur serré, les jambes en coton. Je sais qu'il est là. Je le sens. J'ai senti son regard sur moi dès que j'ai franchi la porte. Je le cherche, je l'espère, la boule au ventre, à la fois excitée et anxieuse, attirée irrésistiblement, comme lorsque j'avais 17 ans et que je passais mon temps à l'observer.

Il est là.

Accoudé au bar. À m'observer lui aussi. Certainement depuis que je suis entrée.

Mon estomac fait des loopings. Il est vraiment beau. Vraiment très beau. Il n'a jamais été aussi beau. Sûr de lui, attirant. Intimidant. Tout en fouillant les miens, ses iris deviennent plus noirs encore ; j'aimerais être dans sa tête pour savoir à quoi il pense, là, tout de suite. Ce que je peux dire, c'est que dans la mienne, c'est le désordre total.

Il lève sa bière dans ma direction, puis la porte à ses lèvres.

Est-ce sa façon à lui de me souhaiter la bienvenue ?

Attend-il que je fasse le premier pas ? Considère-t-il que c'est à moi de le faire ? Parce que tout est ma faute ?

Il peut toujours courir !

– Excusez-moi, les mecs, s'interpose Elliott, je vous l'enlève.

– Je t'en prie, répond Aaron.

– Viens, dit-il en prenant mon bras. Louisa est impatiente de faire ta connaissance.

Il s'approche d'une jeune femme, en pleine discussion avec une autre. Il passe un bras autour de sa taille, et l'embrasse dans le cou, la faisant glousser, tandis que Stan, qui nous a suivis, en fait de même avec l'autre femme, que j'imagine être la sienne : brune, très belle, et enceinte jusqu'aux yeux. Il caresse son ventre rebondi. Ils forment deux beaux couples, ils semblent heureux, épanouis, et je me surprends à les envier.

– June, me dit Elliott, je te présente ma femme, Louisa, et voici Julia, la femme de Stan, comme tu as pu le deviner. Mon amour, voici June !

Je souris aux filles.

– Je suis ravie de faire ta connaissance, June, répond Louisa en m'embrassant. Elliott m'a tellement parlé de toi que j'ai l'impression de te connaître.

– Pareil pour moi, June, ajoute Julia. Depuis que Stan sait que tu es de retour, il ne tarit pas d'éloges, et il n'a dit que la vérité, tu es magnifique.

Je rougis.

– Vous aviez l'air de former une sacrée petite bande à l'époque, ajoute-t-elle, avec un sourire ravissant.

– Oh que oui, je réponds, en laissant échapper un rire. J'ai été élevée au club pendant plusieurs années, avant que mon père achète une maison, et je passais tout mon temps avec les garçons.

– Nous avions deux ans de plus, mais Aaron, Charlie et moi, nous nous battions pour être ses chevaliers servants, et délivrer la belle princesse captive du méchant Rick était notre passe-temps préféré.

– Mon frère, ajouté-je, le sourire aux lèvres.

Comme nous étions heureux à l'époque…

La mort de Rick a déclenché une cascade de deuils, mais c'est ce qui arrive dans toutes les familles, non ? Mais loin de nous séparer, ces malheurs nous ont rapprochés, jusqu'à ce que ma mère décide de partir. Une fois de plus, je me demande ce qu'aurait été ma vie si j'étais restée parmi eux.

Aaron nous rejoint, son téléphone à la main.

– J'ai besoin de toi, Stan. Sue ne veut pas venir se joindre à nous, et comme elle ne peut rien te refuser, je me suis dit que toi seul pouvais la faire changer d'avis.

– Depuis la mort de Bill et l'entrée de Charlie au club, elle s'isole. Elle me fait de la peine, renchérit Julia.

– On parle de moi ?

Je sursaute.

Sa voix rauque, sa présence dans mon dos déclenchent des milliards de petites lucioles dans mon ventre.

– Bonjour, June.

Il se penche pour déposer un baiser sur ma joue, et je n'ai d'autre choix que de le laisser faire. Aussitôt, son parfum m'environne. Un parfum que je ne lui connais pas mais qui lui va bien. Je frémis, alors que sa bouche effleure ma peau. Il est si attirant, que je me retiens pour ne pas le prendre par les revers de son blouson, le plaquer contre moi et mettre mon nez dans son cou. Ou pour lécher la peau de cette partie de son anatomie. Je me souviens, cette nuit-là, il avait aimé que je le provoque, que je le tente, et que j'ose des gestes tendres, des regards en coin ; que je pose ma main sur sa queue. Les images remontent du passé, des images qui ne sont décidément jamais très loin, quoi que je fasse, où que je sois, et encore davantage depuis mon retour : lui, sur moi, mes doigts agrippés à ses cheveux, ou à ses épaules, son sexe en moi…

Bordel…

Je recule pour fuir son contact, qui me met au supplice.

Ses yeux se voilent un instant.

– Tu n'as pas trop mal à la tête ? demande-t-il d'une voix douce.

Son sourire en coin me fait fondre, tout comme ses yeux à la profondeur attirante.

Qu'est-ce qui cloche chez moi ?

Je détourne mon regard, bien trop perturbée par ses cheveux bruns en bataille, son air de mauvais garçon, surtout avec ses marques sur le visage, qui sont le résultat de sa bagarre avec Elliott.

– Ne me remercie pas surtout !

Je me raidis.

– Je n'en avais pas l'intention.

Je le vois serrer les dents. Notre échange n'est pas passé inaperçu, et tous les regards sont maintenant sur nous.

– Que t'est-il arrivé ? demande Elliott, soudain soucieux.

Je ne vais pas déballer ma vie privée devant tout le monde, et Charlie n'a pas à le faire ! Pour autant, je n'en suis pas très fière, je ne bois que très rarement, et je ne supporte absolument pas l'alcool.

– Rien, Elliott, c'est gentil à toi de t'inquiéter, mais…

– Elle avait juste un peu bu, et je l'ai raccompagnée chez Kate, me coupe Charlie.

– C'est bon, crie-le sur les toits !

Je remarque que notre auditoire se retient de rire.

– Ça arrive à tout le monde, June, dit Louisa. Il n'y a pas à en avoir honte, tu avais certainement besoin de décompresser.

– Moi-même, je ne suis pas contre une petite cuite de temps en temps, d'ailleurs, ça me manque, admet Julia. Oh merde… ajoute-t-elle en se tenant subitement le ventre.

Elle agrippe ensuite le bras de Stan, le faisant grimacer,

et cette fois-ci, nous ne pouvons nous empêcher d'éclater de rire devant son air perdu. Quant à moi, je suis ravie de la diversion.

– Stan… le bébé…

Ses mots ont à peine franchi ses lèvres qu'un liquide coule jusqu'au sol.

– Merde, réitère-t-elle. Bon, je crois que nous allons devoir vous laisser.

Effectivement !

– Désolé, mon frère, dit rapidement Stan en embrassant Aaron. Je te tiens au courant.

Son prés' lui tape dans le dos, après avoir répondu à ses embrassades.

– Bonne chance, mon frère.

Stan enlace ensuite Elliott, puis Charlie.

– Ils n'auront que vingt-quatre heures de différence, Stan, dit ce dernier, avec un clin d'œil.

Stan lui met un coup de poing dans l'épaule.

– Ta gueule !

– STAN ! C'est quand tu veux, chéri ! s'impatiente sa femme, qui s'est appuyée contre Louisa, tout en démarrant la respiration du petit chien.

Il prend son téléphone, et sa femme à bras-le-corps. Nous les regardons partir en leur faisant de petits signes de la main, et lorsque Stan se retourne pour nous jeter un regard épouvanté, nous éclatons de rire.

– Tu veux bien venir avec moi voir Sue ? me demande alors Aaron.

– Oui, avec plaisir. Je devais lui parler, justement.

– Charlie, tu nous accompagnes ?

– Je ne préfère pas. C'est compliqué avec ma mère.

Je le regarde, étonnée du timbre de sa voix. Il semble si malheureux tout à coup, que je crois revoir sa bouille de petit garçon, son air fragile et rêveur qui me faisait tant craquer, avant qu'il ne devienne un parfait connard, arrogant, sûr de lui, et collectionneur de cœurs brisés.

– Comme tu veux. June ?

Je hoche la tête et m'apprête à suivre Aaron, lorsque Charlie me retient par le bras. Je sursaute une fois de plus.

Bordel, il faut que j'arrête de faire ça.

Malgré moi, un grand frisson me parcourt l'échine. Dès qu'il me touche, ou même me regarde, je suis dans tous mes états. Ça ne peut plus durer. Je me raidis, et il finit par ôter sa main, me laissant, je ne sais pas… en état de manque.

J'ai encore besoin qu'il me touche. J'ai besoin de lui.

Je le réalise avec violence. Ma respiration s'accélère. Une fois de plus, mon ventre se noue. Cette partie de moi qui donnerait tout pour l'avoir. Tout pour se laisser posséder.

Bordel de merde.

Il ne dit rien, semblant dans le même état que moi. Mais, rapidement, la douceur et les questionnements font place à autre chose de plus… implacable. Et j'ai soudain l'irrésistible envie de baisser les yeux, tant son regard, posé sur moi, quasiment glacial, renferme de colère.

Il serre des poings, se faisant visiblement violence pour ne pas me crier dessus, et je me redresse. S'il veut la bagarre, il l'aura !

Je ne compte pas me laisser faire.

Devant mon attitude frondeuse, il lève un sourcil, puis un léger sourire étire ses lèvres.

– Pourquoi prends-tu tout ce que je dis comme une

agression ? Je ne te veux aucun mal, June.

Je suis sidérée face à la douceur de sa voix, ainsi qu'à tant de souffrance voilée ; je ne m'attendais pas à ça, je pensais plutôt m'attirer ses foudres.

– Aujourd'hui, peut-être, mais ça n'a pas toujours été le cas. Excuse-moi, je suis attendue, terminé-je, tandis qu'Aaron, visiblement impatient de partir, frappe à la vitre.

Il me fait signe de le rejoindre, mais Charlie, à qui rien n'échappe, me retient une nouvelle fois. Je réponds à Aaron du bout des lèvres : « J'arrive. » Il se détourne avec un sourire, allume une cigarette, et en propose à Elliott et Louisa qui l'ont rejoint depuis un moment, nous laissant seuls.

Charlie me tourne face à lui, mais me sentant me raidir à son contact, il me lâche, pour gronder entre ses dents. Un soupir finit par sortir d'entre ses lèvres, venant caresser ma joue. Il est encore trop proche. Si proche que je peux sentir sa chaleur, son odeur. « Dégage ! », j'aimerais lui crier. Il me bouscule, mais n'est-ce pas ce que je cherche finalement ? Je me mettrais des baffes, j'en ai marre de moi ! Qu'est-ce que j'attends pour m'enfuir ? Pour lui dire une fois pour toutes de me foutre la paix, et de laisser tomber ? Au lieu de ça, je crois que je suis en train de le bouffer des yeux comme une débile.

Lui aussi m'observe.

– Tu es libre ce soir ? finit-il par dire, avec son fameux sourire à désintégrer les petites culottes.

C'est pas vrai !

Je mets mes poings sur mes hanches, fermement décidée à ne pas me laisser amadouer.

– Non. J'ai quelqu'un qui m'attend à la maison.

Il ouvre la bouche, se ravise au dernier moment, mais la

colère gronde de nouveau dans ses yeux, devenus encore plus noirs. Je me rapproche, je mets une main sur son bras, et je suis plus que ravie de le sentir se tendre à son tour.

Je lui murmure à l'oreille :

– Quelqu'un de très gentil, de fidèle, et dont les yeux remplis d'amour me font craquer.

Avec beaucoup de satisfaction, je le vois froncer des sourcils.

– Kate m'a pourtant dit que ton mec n'était pas avec toi.

– C'est le cas. À plus tard.

Je m'éloigne, pousse la porte, heureuse d'avoir réussi à lui damer le pion, mais il me rattrape.

– Putain, June, que dois-je faire pour que tu daignes m'écouter ?

Je tapote sa joue.

– Tu es un grand garçon, alors je suppose que tu trouveras.

Je l'abandonne, le sourire aux lèvres, alors qu'il reste planté à l'entrée du MC, la bouche ouverte.

23

June

Après avoir carillonné quelque temps, la porte s'ouvre enfin, et j'ai un mouvement de recul. Kate m'a dit que sa mère n'allait pas bien, qu'elle était entrée dans un syndrome de glissement, une grosse dépression, mais je n'imaginais pas que c'était à ce stade ; Sue n'est plus que l'ombre d'elle-même. Ses cheveux sont ternes, ses habits maculés de taches, ses yeux délavés.

– Oh, June…

Elle me tombe dans les bras, en larmes.

Je regarde Aaron par-dessus son épaule, et il me fait une moue navrée, en pensant certainement la même chose que moi : Sue ne voudra pas l'accompagner.

– Quant à toi, lui dit-elle d'une voix cassante. Tu n'es pas le bienvenu. Retourne dans ton putain de club.

– Sue, enfin. C'est Aaron ! tenté-je.

Un garçon qu'elle connaît depuis qu'il est né !

– Peut-être, mais c'est aujourd'hui le président d'un moto-club qui a pris mon fils. Que viens-tu faire ici ?

Voyant Aaron hésiter, semblant complètement déstabilisé par le ressentiment ainsi que les accusations, injustes, de Sue, je réponds à sa place :

– Il est venu te montrer des photos de son fils, tu veux les voir ?

Je lui fais un signe de tête, et Aaron sort son portable de sa poche, pour le lui mettre devant les yeux.

– Mon Charlie était comme ça, bébé, renifle-t-elle. Tu verras, le jour où ton fils mourra, parce qu'il aura été tué par un gang rival !

Malgré moi, mon ventre se serre.

– Montre, je demande doucement.

Il me tend le téléphone, les yeux soudain torturés.

– Il est magnifique, Aaron. Elle ne pense pas ce qu'elle dit, dis-je à voix basse en prenant Sue par les épaules, et en l'entraînant à l'intérieur de la maison. Aurais-tu la gentillesse de me faire un thé, Sue, s'il te plaît ? Je te retrouve dans la cuisine, tu veux bien ?

Elle me regarde, le regard vide, puis s'éloigne.

– Il vaudrait peut-être mieux que tu partes, je m'occupe d'elle, dis-je à Aaron, appuyé sur l'encadrement de la porte, visiblement bouleversé.

– Je ne la pensais pas si déprimée.

Il est atterré.

– Elle t'en veut, ça passera. Tu n'as rien à te reprocher, Aaron, Charlie est adulte et il fait ses propres choix.

– Je sais, c'est pour elle que je m'inquiète. Perdre ceux que l'on aime est la plus grande souffrance que l'on puisse vivre.

Je le serre dans mes bras.

– C'est vrai, tu as raison, et j'en sais quelque chose. Tout comme toi.

Lui aussi a perdu ses parents. Puis Rick, mon père, Bill, Hank, d'autres membres du club, tués par les Mexicains. La liste est longue.

– Il faut bien continuer, non ? je reprends, la gorge serrée, en cherchant à m'en convaincre également.

Il me fixe, l'air grave.

– Pour ceux qui restent ?

– Oui, bien sûr. Ne la laisse pas gâcher ta joie, ni ta fierté d'avoir un fils. Profite. Sue a eu elle aussi de belles années, même si, comme ma mère le faisait, elle passe certainement son temps à ressasser le passé. C'est ce que nous faisons tous, finalement.

C'est ce que moi je fais, en tout cas. Je le réalise. Je suis incapable de tourner la page. Alors ce serait malvenu de ma part de jeter la pierre ou de juger. Notre passé nous poursuit, inutile de le fuir.

– Tu as raison, je vais retourner vers ma femme et mon fils, plutôt que d'aller au club.

– Embrasse-les de ma part et dis-leur que tu les aimes.

– Merci, June. Tiens, je voulais te donner ça.

Il sort un papier de sa poche, me le tend.

Je le déplie.

Un chèque de cinquante mille dollars !

– Mais… c'est beaucoup trop ! Je ne peux pas accepter une telle somme !

– C'est ce qui est prévu pour chaque décès. C'est ce que tes parents ont eu à la mort de Rick, puis ta mère à la mort de ton père.

– Oui mais là, c'est le décès de ma mère, c'est différent, non ?

Je ne veux surtout pas qu'ils aient pitié de moi, leur être

redevable, ou leur devoir quelque chose. Je me suis toujours débrouillée seule, sans l'aide de personne, et je ne veux pas que cela change.

– Nous avons jugé, avec Charlie, que tu devais avoir cet argent.

Il prend ma main en coupe entre les siennes, et replie mes doigts, emprisonnant le chèque.

– Accepte-le et accepte de parler avec lui.

Pardon?

– C'est pas vrai, tu ne vas pas t'y mettre, toi aussi!

– Pourquoi pas? Je vous aime tous les deux, et j'aimerais vous voir heureux.

– J'accepte, Aaron. Merci.

J'accepte pour couper court à toute discussion, mais je ne suis pas sûre d'utiliser cet argent un jour.

– L'argent, ou de parler avec Charlie?

– Les deux, je réponds laconiquement, en mettant le chèque dans ma poche. Je te promets de l'écouter, mais je ne te promets pas de lui pardonner.

– Discuter est déjà un bon début. Tu pourrais faire réparer ta maison, et rester parmi nous. Ta place est ici, June.

– C'est ce que tout le monde me dit, mais honnêtement, je ne sais pas, Aaron. Je suis perdue.

– Qu'attends-tu de la vie exactement?

– Ça non plus, je ne le sais pas.

Ou plus…

Lorsque j'étais plus jeune, j'étais très déterminée, je savais ce que je voulais, je faisais des projets, plein de projets, et je rêvais. Je n'ai jamais perdu espoir. J'ai envie de pleurer en voyant ce que je suis devenue: une pauvre petite chose fragile, complètement paumée, et ballottée dans tous les sens.

– Kate serait contente, et nous également, reprend Aaron, se voulant persuasif. Tu trouverais facilement un poste dans l'une des écoles de Corpus, je peux en parler au maire si tu veux. Il nous mange dans la main, termine-t-il avec un sourire ironique.

Ouais… encore une magouille quelconque ou une intimidation. C'est bien le genre du club.

– Je ne sais pas, Aaron. Honnêtement. Je te répondrais si je le savais, mais, je… je crois que j'ai besoin de temps.

– Très bien, je ne t'embête pas plus. À plus tard, ma belle.

– Dis à ta femme que je passerai la voir.

– Je n'y manquerai pas.

Je lui fais un petit signe de la main, et referme la porte avant d'aller retrouver Sue dans la cuisine, attablée et occupée à suivre les dessins de la toile cirée avec son doigt.

Je m'assois et je prends sa main entre les miennes. Elle est glacée.

– Tu veux que j'appelle Kate ?

Elle lève ses beaux yeux noirs vers moi. Des yeux identiques à ceux de son fils, et Charlie, tout à l'heure, avait la même tristesse au fond du regard.

– J'aurais voulu avoir une fille comme toi, douce et gentille. Janet me disait souvent à quel point tu prenais soin d'elle. Ma Kate n'est pas comme ça. Mes deux enfants sont comme leur père. Durs, indépendants, et fiers.

– Kate t'aime. Et que se passe-t-il avec Charlie ?

Elle éclate en sanglots.

– Je ne veux pas le perdre comme j'ai perdu son père. Je ne le supporterai pas.

Je serre sa main.

– Charlie est vivant, Sue, et tu… tu devrais profiter de lui, de sa présence et de son amour, plutôt que de lui tourner le dos.

– Tu as raison, mais c'est plus fort que moi, je le vois au fond d'une boîte, comme j'ai vu Bill. C'est dans ma tête, tout le temps, je ne dors plus, je ne pense qu'à ça. Jour et nuit. Notre monde prend tous nos hommes, June. Comme il a pris ton frère, puis ton père.

– Je sais, je réponds, les larmes aux yeux.

– Ne reste pas ici. Va-t'en, quitte Kingsville ! Tant qu'il en est encore temps !

Cette petite phrase me prend au dépourvu.

Oui, notre monde détruit nos hommes, broie les femmes, fait de nos enfants des orphelins, mais je l'aime, ce monde ; il fait partie de moi. Et je crois que plus j'ai envie de m'en éloigner, moins je le peux.

Comme avec Charlie.

Je détourne mes yeux du visage torturé de Sue, alors que l'envie d'être avec lui me submerge. Il me manque tellement. Il m'a toujours manqué, toutes ces années. J'ai envie… oui, j'ai envie de me lever, de franchir la porte, et de courir au MC, pour m'excuser, pour lui dire que je l'aime, que je l'ai toujours aimé, que je n'ai jamais pu l'oublier ; qu'il est indispensable à ma vie, que j'ai besoin de lui, mais…

Encore des « mais », toujours des « mais »…

Je reste assise, perdue.

– Pardon ?

– Je sais que tu l'aimes. Je l'ai toujours su.

– C'est vrai, Sue, je l'aime. Mais il m'a fait du mal.

– Comme son père m'en a fait. Il était tellement beau,

mon Bill, tellement attirant. Je suis rapidement devenue folle de lui, et il m'aimait. Il m'a aimée jusqu'à la fin. Samuel m'a dit qu'il a exigé de revenir, pour me revoir une dernière fois et revoir ses enfants. Il est mort dans mes bras, June.

Je me lève, pour l'enlacer tandis qu'elle éclate en sanglots.

– Oh, Sue, je suis désolée. Tu as dû tellement souffrir.

Elle pleure. Sans plus pouvoir s'arrêter.

– Perdre l'homme que l'on aime est intolérable. Tu as… tu as l'impression que ton cœur se brise, que tu suffoques, que tu es aussi en train de mourir, c'est… c'est inhumain. Ma vie s'est arrêtée cette nuit-là.

– Tu étais près de lui, c'est ce qu'il voulait, et c'est le plus important. Tu l'as accompagné.

Tout en lui parlant d'une voix douce, je caresse ses cheveux, et soudain, j'imagine Charlie mort, et j'en éprouve une telle détresse que je suis obligée de m'asseoir, les jambes coupées. Je n'imagine pas mon monde sans lui. Je préférerais le savoir avec une autre femme que mort. Enfin, c'est ce que je crois, mais l'imaginer avec une autre femme est également au-dessus de mes forces.

Je me reprends, pour dire d'une voix douce :

– Vous avez été heureux, tu l'aimais, il t'aimait, tu as deux enfants, qui vont bien, qui semblent heureux et épanouis, ce n'est pas rien. Pense à eux, Sue, ils ont besoin de leur mère près d'eux, pour les accompagner, les soutenir.

– Je ne peux pas. Je n'ai plus rien à quoi me raccrocher.

– Kate aura des enfants, un jour. Tu ne veux pas voir grandir tes petits-enfants ?

Car je ne veux pas penser aux enfants de Charlie avec

une autre femme. Ça, c'est inimaginable !

Un faible sourire étire ses lèvres. Elle prend mes mains, et me regarde bien en face.

– Tu sais ce qui me ferait plaisir ? Vraiment plaisir ?

– Non ?

Je ne reconnais pas ma voix, tant ma gorge est nouée par l'émotion.

– C'est que tu épouses mon Charlie, et que tu t'occupes de moi. Et que tu me fasses des petits. Des petits de mon Charlie.

24

June

« Des petits de mon Charlie… »

Ces mots continuent de hanter mon esprit tout en faisant des courses dans la supérette du coin. J'ai appelé Kate, pour tomber sur sa messagerie, alors j'ai demandé à Sue de me prêter sa voiture pour me permettre de faire quelques achats, pour moi, ainsi que pour mon nouveau compagnon. Les bras encombrés de sacs en papier marron remplis de victuailles, de fringues, et de denrées de première nécessité, je monte l'escalier extérieur, pour m'arrêter devant la porte d'entrée.

Un colis repose sur le paillasson.

De qui peut-il bien être ?

J'ouvre la porte, je traverse la maison pour poser les sacs sur la table de la cuisine, puis je reviens sur mes pas et m'empare du paquet. Je le pose sur la table basse du salon, et m'accroupis à côté du chien.

Je le caresse.

– Ça va, mon beau ?

Il ouvre un œil, puis tente de se lever.

– Tu as peut-être envie de faire tes besoins ? Je vais te porter jusqu'au jardin.

Je le prends dans mes bras, et il me surprend en me léchant la joue, amenant un sourire sur mon visage.

– T'es un gentil chien, toi, je le savais. Je vais t'adopter et nous serons très heureux ensemble, tu verras.

Il jappe et je ris.

Je crois qu'il a compris, et qu'il est d'accord.

Tout en continuant de lui parler, de lui raconter comment je vois notre vie à tous les deux, je traverse la cuisine et descends les quelques marches de la terrasse, pour le poser à l'endroit exact où il est entré dans ma vie.

Nous nous regardons.

Soudain, j'ai peur.

Va-t-il s'enfuir dès que j'aurai le dos tourné ?

Autant en avoir le cœur net. Après tout, s'il le désire, il peut retourner à sa vie d'avant, je ne le retiens pas prisonnier, il est libre d'aller où bon lui semble. Je prends mon portable, pour appeler Kate, puis je rentre dans la cuisine, et commence à ranger mes courses d'une main.

Je tombe une fois de plus sur sa messagerie.

– Bon, je suppose que tu es en train de t'envoyer en l'air avec un bel inconnu, je t'appelais pour te demander si tu pouvais m'apporter mes affaires, je vais m'installer chez moi. J'ai… j'ai un nouveau compagnon que j'aimerais te présenter. À tout à l'heure.

Je raccroche, je finis de ranger, puis, me souvenant du paquet, je retourne au salon. Je retire le scotch, j'ouvre, et…

Nom de Dieu.

Je retombe assise sur mes talons, la main sur la bouche, prête à vomir.

Quelqu'un a eu la bonne idée, ou l'idée débile, de m'envoyer un rat, mort, avec la tête écrabouillée. Je saisis le papier plié en quatre entre ses pattes, en fermant les yeux. Je sais qu'il ne me fera aucun mal, mais je suis morte de trouille.

Qui peut m'en vouloir au point de me faire une telle chose ?

Je déplie le mot, et je lis :

Il n'y a rien pour toi, ici. Retourne d'où tu viens,
ou tu finiras comme ce rat !

Le mot est manuscrit, l'écriture penchée, à peine lisible. On dirait celle d'un enfant, ce qui n'est certainement pas le cas, mais je serais bien en peine de dire s'il s'agit de celle d'un homme ou d'une femme. Je referme le carton, pour ne plus voir cette horreur, et je me lève en toute hâte pour fermer les volets donnant sur la rue, et vérifier que la porte d'entrée est bien verrouillée. Je reviens à pas lents dans le salon.

Quoi faire ?

Demander une protection à Aaron, qu'il ne me refusera certainement pas ? Non. Je ne veux pas de leur pitié. Je suis forte. Je vais me débrouiller toute seule.

Je tremble, tout en me saisissant du carton à bout de bras, pour l'emmener dans le garage attenant à la maison. Je le pose sur la poubelle avec un frisson ; je m'en débarrasserai demain matin.

Zut… la porte de la cuisine est restée grande ouverte !

La peur au ventre, je traverse la maison en courant, puis la terrasse, et je me retrouve dans le jardin.

Je regarde tout autour de moi, à la recherche du chien. J'aurai bien besoin d'un gardien, et je me suis attachée à lui ; il a comblé, en quelques heures, le vide de mon cœur.

Le jardin est désert.

Il est parti.

En entendant du bruit, mon sang se fige.

Quelqu'un vient…

Je sens la panique monter en moi, la peur m'envahir, et j'aimerais être capable de crier, mais je ne peux pas, je suis complètement paralysée. Je me traite d'idiote en réalisant que je n'ai même pas un couteau pour me défendre. Je me baisse pour prendre une poignée de cailloux, et j'ai presque envie de rire, tant ce geste me semble dérisoire si la personne est là pour me faire du mal.

Les pas se rapprochent, puis j'entends très distinctement une respiration. Mes cheveux se dressent sur ma tête. Quand soudain, au-dessus des herbes hautes, je vois se dessiner la silhouette de Charlie, avec à ses pieds… le chien.

Mon chien.

Je cours, et je me jette dans les bras de Charlie, qu'il referme sur moi, après quelques secondes de surprise. Il glisse sa main le long de ma nuque. Je tressaille, et je le sens frissonner lui aussi. Me retrouver dans ses bras est si inattendu, et m'emplit d'une telle joie, que la tête me tourne. Je m'accroche à ses épaules, encore tendue par la peur, et je n'arrive pas à me détacher de lui, alors qu'il le faudrait.

Il murmure d'une voix enrouée, visiblement aussi troublé que moi :

– Que me vaut un tel accueil ?

Je le repousse et prends de la distance.

– Ne profite pas de la situation. Je suis toujours en colère contre toi !

– Je vois ça. Qu'est-ce qui t'arrive ? Tu es toute pâle. Tu as eu une mauvaise nouvelle ?

– Je… non, non…

Je me baisse pour caresser le chien, qui me lèche la main. J'enfouis mon visage dans son cou, pour que sa présence me réconforte, tout en sentant le regard de Charlie sur moi, que je me force à ignorer. Tout plutôt que de succomber à la trop grande attirance que j'ai pour lui.

– C'est de lui que tu parlais tout à l'heure ?

Sa voix est douce, comme toujours lorsqu'il s'adresse à moi. Depuis mon retour, il est d'une gentillesse et d'une prévenance déroutantes, sauf lorsque je le repousse et qu'il se met en colère. Je souris malgré moi, et je dois me rendre à l'évidence : j'aime le torturer. Je voudrais le faire souffrir, au moins autant que j'ai souffert par sa faute.

Je lève la tête.

– Où l'as-tu trouvé ?

– C'est plutôt lui qui m'a trouvé, dit-il, en me souriant. J'étais sur les marches de la vieille maison.

– Que fais-tu là ?

– Je t'attendais.

Je me redresse. Je désigne la maison.

– J'ai fait quelques courses, et… tu veux un café ?

Ses yeux noirs me fixent sans ciller. Visiblement, mon invitation le surprend.

– Volontiers, finit-il par dire, après m'avoir dévisagée longuement.

Je me racle la gorge, soudain gênée.

Qu'est-ce qui me prend ?! N'importe quoi !

– Va t'asseoir sur la balancelle. J'arrive.

Je me baisse pour prendre le vieux chien dans mes bras, mais Charlie me devance :

– Attends, je vais le faire.

Il le soulève à bras-le-corps, me sourit, et ce sourire est si magnifique, si empreint de tendresse, que je ne sais qu'en penser.

Je le précède.

– C'est gentil, merci. Je… je l'ai installé dans le salon.

– C'est toi qui l'as soigné ?

– Oui. Avec Elliott.

Je me tourne pour voir sa réaction, mais son regard est aussi limpide que tout à l'heure, et ne semble renfermer plus aucune colère envers Elliott. Tant mieux s'ils ont réglé leurs comptes. Aaron et Stan n'ont pas dû leur laisser le choix, les connaissant, maintenant qu'ils sont dans le même bateau. Ce qui est préférable pour tout le monde ; ils pourraient mettre le club en danger avec des dissensions qui n'ont pas lieu d'être.

Il pose sur sa couverture le chien qui, aussitôt, pousse un gros soupir et ferme les yeux. Je remarque qu'il a fini son assiette de croquettes, ce qui est bon signe. S'il mange, il reprendra vite des forces.

– Il a l'air bien.

– Je le crois. Bon, ce café ? Toujours partant ?

– Oui, June, toujours partant.

J'aime la façon dont il prononce mon prénom, j'aime l'entendre dans sa bouche. Il me regarde, et je ne peux détacher mes yeux de ses lèvres. Il s'approche de moi, et me surprend en prenant mon visage en coupe.

Je mets mes mains sur son thorax, sous son blouson.

Son cœur frappe fort, comme s'il voulait s'en échapper, tout comme le mien, qui ne vaut guère mieux. Sa présence me bouscule, son contact m'enflamme, mais je dois résister ; c'est trop tôt, j'ai besoin d'y voir plus clair.

Je le repousse.

– Non. S'il te plaît.

Il fronce des sourcils.

– Pourquoi ?

– Tu sais très bien pourquoi.

– Mais… tout à l'heure ?

– Un moment de faiblesse.

– Putain, June, s'écrie-t-il. Tu ne peux pas te jeter dans mes bras, et ensuite me repousser comme si de rien n'était !

– J'ai eu peur ! je réponds sur le même ton. C'est humain, non ? J'ai cru que c'était, je ne sais pas moi, un voleur, un *serial killer*.

– J'ai une gueule de *serial killer* ? Dis-moi ce qui ne va pas, June. De quoi as-tu peur ?

– C'est toi le problème, crié-je. Ça a toujours été toi. Depuis le début. Tu ferais mieux de partir !

– Je m'excuse, June ! Je suis venu pour m'excuser. Tu entends ? Pour m'excuser. Pour tout.

– C'est trop tard ! Sors de chez moi. Tout de suite !

Un uppercut en plein visage ne lui aurait pas fait plus mal. Il recule, le regard perdu. Il tend la main, ouvre la bouche, mais ne dit rien.

Puis il fait demi-tour et sort de la pièce.

La porte claque. Il est parti. Je m'effondre, les poings serrés sur ma poitrine douloureuse, le cœur au bord des lèvres. Je revois la scène, encore et encore. J'ai vibré dans ses bras, j'ai aimé être contre lui. Je ne sais pas, c'était comme… retrouver mon chez-moi, un havre de paix, même si c'était plutôt volcanique, et l'endroit où est ma place.

Quelle conne !

Je cours pour le rattraper.

Je cours, je saute l'escalier extérieur, et je me retrouve dans le jardin. Je tourne sur moi-même, mais il n'est plus là.

Puis, j'entends le bruit d'une moto.

Je cours, mais c'est trop tard, il disparaît au bout de la rue.

Je prends mon portable, appuie sur son nom, puis je tape :

[Reviens,
je suis désolée.]

25

June

Il n'a certainement pas vu mon message. Je monte dans la voiture de Sue, démarre, et fais demi-tour sur la route. J'appuie sur l'accélérateur, bien décidée à le rattraper, et même à le poursuivre, jusqu'au club s'il le faut.

En arrivant à une intersection, je vois une moto avancer dans ma direction.

C'est lui. Il a fait demi-tour en lisant mon message !

Nous nous croisons sans qu'il me reconnaisse.

C'est pas vrai !

Je fais demi-tour une fois de plus dans la rue, puis je le rattrape, pour le voir traverser le carrefour juste avant la rue menant chez moi.

Quelque chose attire mon regard à ma droite. Un camion. J'appuie sur le klaxon, pour le prévenir, mais, les yeux sur son téléphone, il ne le voit pas.

Il traverse le rond-point, sans se rendre compte une seule seconde que sa vie est en danger.

Mon cœur bondit dans ma poitrine.

Je hurle en voyant le camion lui arriver dessus, et essayer de l'éviter.

Le chauffeur klaxonne comme un malade, et dévie de sa trajectoire. Charlie, enfin, tourne la tête. N'écoutant que son instinct, il couche sa moto, qui va s'encastrer sous les roues.

Je sors de la voiture et je cours en direction du camion, que je contourne.

Lorsque je le vois se relever, je laisse échapper un sanglot.

Il enlève son casque et me reçoit contre sa poitrine.

– J'ai tellement eu peur. Pardon, pardon… tout est ma faute, pardon, mon amour…

Il caresse mon visage.

– Qu'est-ce que tu dis ? Répète !

– Je… je suis désolée. Ne meurs pas. Ne me quitte pas !

Je deviens hystérique, alors qu'il éclate de rire.

Je ne contrôle plus rien, je ne sais plus ce que je dis. Je serais capable de le frapper pour qu'il arrête de rire.

Ce type est un grand malade !

– Ça va, mec, tu n'as rien ? demande le chauffeur.

Il regarde par-dessus mon épaule.

– Je vais bien, merci.

J'entends le chauffeur souffler, puis s'éloigner, en laissant échapper un truc du genre « Ces jeunes… », tandis que je m'accroche désespérément à lui. Je prends les revers de son blouson, puis sa nuque.

– Tu n'as rien ? Tu es sûr ? Tu veux que je t'emmène à l'hôpital ?

– Non. Je n'ai besoin que d'une chose, et c'est ça !

Il pose ses lèvres sur les miennes, comme s'il avait attendu ce moment toute sa vie, et si tendrement, que mon cœur fait une embardée. Nos gémissements se mêlent, et je crois rêver en retrouvant enfin le goût de ses lèvres.

Il m'a tant manqué.

C'est comme si j'entrais dans un paradis conçu pour moi seule. Mon paradis sur Terre, après avoir connu l'enfer sans lui ; l'enfer de la trahison, puis de l'éloignement, puis celui du manque. Un manque atroce qui me réveillait en pleine nuit, avec la sensation d'avoir un trou béant à la place du cœur.

Que suis-je en train de faire… ?

Je me raidis, et je cherche à lui échapper, mais il me retient.

– Il est hors de question que tu m'échappes, June. Pas cette fois.

Nous luttons encore quelques secondes, mais en sentant à nouveau ses lèvres sur les miennes, je rends les armes. Avec un gémissement proche du sanglot, je réponds à ses baisers, qui n'en finissent plus, et deviennent enflammés.

Après avoir quitté mes lèvres, nous laissant essoufflés et avides, il pose son front contre le mien.

– Pour ce qui est de mourir, je n'en ai jamais eu l'intention, mais si j'avais su, je me serais pris un camion plus tôt.

– Idiot ! Ne dis plus jamais une chose pareille !

– Rentre chez toi. Je règle le problème de ma bécane, et je te retrouve.

Non… je ne veux pas le quitter !

– Je veux rester avec toi. S'il te plaît.

– Tu as froid, tu trembles. Je reviens vite. Je te le promets.

Il m'embrasse à nouveau.

– Fais-moi confiance, June. Tu ne te débarrasseras pas de

Pas le temps non plus de penser à quoi que ce soit d'autre puisqu'il s'est déjà rué sur mes lèvres.

Il me repousse contre le mur. Mes mains se glissent aussitôt dans ses cheveux, bien trop courts pour que je puisse tirer dessus. Mes ongles s'enfoncent dans son crâne, le faisant grogner de plus belle.

Je voudrais l'écorcher, marquer sa chair, lui faire mal, autant qu'il m'a fait mal.

Visiblement dans le même état que moi, il quitte mes lèvres, pour s'attaquer à la peau tendre de mon cou, qu'il aspire, puis mord, me faisant me cambrer sous l'assaut.

Le feu de la passion nous saisit.

Il reprend mes lèvres, cherche ma langue et, après l'avoir trouvée, m'entraîne dans une spirale infernale.

Ses yeux sombres s'enflamment, son désir se tend.

Je me frotte sans retenue contre son sexe que je sens s'épanouir contre mon ventre.

Je sais que nous devrions parler, mais là, maintenant, tout de suite, c'est lui que je veux… et rien d'autre. Rien d'autre que son corps chaud contre le mien, vibrant d'impatience ; que son sexe en moi.

Je repousse son blouson des deux mains, pour l'inviter à le retirer, et il tombe au sol. Je remonte son sweat. Mes doigts rencontrent sa peau, si douce, incandescente. Un frisson court le long de ma colonne vertébrale. Je me saisis de son ceinturon, le défais, au comble de l'urgence. Mon bassin appelle le sien, mon sexe son sexe, je ne rêve que de m'unir à lui, tout en maudissant ces vêtements qui nous en empêchent.

Il me prend contre lui, fébrilement, et me couche par terre, sans cesser de m'embrasser.

Je mets en sourdine mon cerveau.

Plus tard, plus tard… nous discuterons plus tard.

Je réponds à ses baisers, tout en l'aidant à se déshabiller, et en un rien de temps, nous nous retrouvons nus, sans presque avoir échangé une parole. Notre passion parle pour nous : il me veut, et moi aussi je le veux. Comme jamais je n'ai désiré aucun autre homme. J'ai peur de dire quelque chose qui nous fera redescendre sur Terre, qui fera retomber notre excitation, et rompra le charme, alors je me tais.

Je veux que ce moment soit unique, magique.

Nous parlerons plus tard.

Oui, plus tard…

Après avoir récupéré un préservatif dans la poche arrière de son jean, il l'enfile et se couche sur moi, pour venir se loger entre mes cuisses, bandé, divinement gros, magnifique. Je le plaque contre moi ; chaque fibre de mon corps l'appelle, le réclame, l'espère.

– Viens, supplié-je, haletante.

– Demande encore, ordonne-t-il.

– Certainement pas !

Je saisis sa nuque, et l'embrasse à pleine bouche. Je mords sa lèvre, le faisant grogner.

– Demande-le-moi, June !

– Je t'ai dit non.

– Dis que tu m'aimes, alors !

– Encore moins !

Il gronde. Mais je sais que je vais avoir le dernier mot. Ce sera ma petite revanche.

Je saisis son sexe, plongée au fond de ses iris fixés sur moi, le sentant grossir plus encore, et je le place à l'entrée de mon vagin. Sans me quitter une seule seconde du regard, il entre en moi d'une légère poussée, nous arrachant un gémissement. Puis il ressort, et me pénètre à nouveau, un peu, un tout petit peu plus.

– Putain, June…

Je me crois revenue dix ans en arrière.

Notre première fois. Mon premier amant. Mon premier amour. *Mon seul amour.* Ma vie n'est rien sans lui. J'empoigne ses fesses, et je l'incite à me posséder entièrement ; je me cambre, le serre contre mon cœur, avec l'envie de crier mon bonheur de l'avoir à nouveau à moi. En moi.

– Tu es amoureuse de moi. Je le sais !

– Tais-toi !

Ma voix est rauque, impatiente ; je ne la reconnais pas. Ce feu de la passion, je ne le connais qu'avec lui.

C'est lui que je veux dans mon corps.

Personne d'autre !

En quelques mouvements de bassin, il est en moi. Entièrement.

– Nom de Dieu… dis-le, June !

– Jamais.

– Dis que tu m'aimes, que tu m'as toujours aimé, que tu es à moi !

Je serre mes muscles vaginaux, je veux le retenir, le sentir, sur toute sa longueur, épouser chacun de ses coups. Après être resté immobile quelques secondes, il recommence à bouger, et je perds pied. Ses coups de bassin sont de plus en plus enfiévrés, de plus en plus passionnés et violents. Il ressort entièrement, pour plonger en moi, à chaque fois plus fort, plus loin. Et à chaque fois, je crie, et j'ai l'impression de mourir, ou que mon cœur va éclater.

– Dis-le ! ordonne-t-il à nouveau.

C'est si fort, si beau, que des larmes coulent sur mes joues. Des larmes d'amour pur. Le sentiment de ne faire qu'un, de lier nos âmes. À cet instant, j'ai le sentiment de toucher les cieux, et que nous nous aimerons pour l'éternité.

– Bon Dieu, que suis-je en train de faire. Pardon, je…

Il cherche à se retirer, mais je le retiens.

– Non. Reste.

– Mais tu…

– Continue ! Encore.

Il me regarde. Intensément. Si intensément que mon souffle s'arrête.

– Je te demande pardon. Pour tout. Tout est ma faute. Je ne suis qu'un pauvre idiot.

Je prends son visage dans mes mains.

– J'ai ma part de responsabilité, mais plus tard, s'il te plaît. Nous parlerons plus tard. Fais-moi jouir, Charlie. Là, maintenant, c'est tout ce que je veux, haleté-je.

Il bouge à nouveau en moi, m'arrachant des cris, qu'il aspire en collant ses lèvres aux miennes. En trois coups, longs, profonds, forts, je suis proche de l'orgasme. Il monte, devient incandescent, balaie tout le reste. Me sentant proche de la jouissance, Charlie me fait basculer sur lui.

– Toi, prends-moi ! Fais de moi ce que tu veux.

Ses mains sur ma taille, ses yeux plantés dans les miens, comme son sexe dans mon corps – ce merveilleux sexe qui me rattache à lui, et me donne tant de plaisir – me transportent. Je jouis de le sentir si présent, si vibrant, si vivant. Il me possède, corps et âme, et me demande de le posséder en retour. Il me donne les rênes, et qu'il me laisse faire, qu'il me laisse l'aimer, me donne des ailes. Je pose mes mains sur son thorax, sur son cœur, le sentant battre à pleine vitesse sous mes doigts.

Son cœur bat pour moi, comme le mien pour lui.

Je monte et je descends sur son membre, enfiévrée, passionnée, à un rythme soutenu, le faisant gémir, et respirer de plus en plus fort. Je lui fais l'amour, aussi pleinement et durement que possible, et je jouis. Comme jamais je n'ai joui de ma vie. En criant son nom.

Il se redresse, me prend dans ses bras, et me serre. Fort. Toujours profondément enfoui en moi. Il me serre tellement contre lui que je ne peux m'échapper. Une feuille de papier ne trouverait pas de place entre nos deux corps, imbriqués l'un dans l'autre, intimement enchevêtrés. Nos peaux glissent l'une sur l'autre, nos lèvres se rejoignent.

– Tu es à moi.

Voyant que je ne réponds rien, il me fait à nouveau basculer sur le dos, et me pénètre avec force.

– Tu-es-à-moi ! assène-t-il, avec de grands coups de reins, me faisant me cambrer, crier, et pleurer.

Putain... oui... oui !

– Tu as toujours été à moi. Dis-le ! supplie-t-il de nouveau. Dis-le, June...

– Oui, je suis à toi, hurlé-je, tandis qu'un nouvel orgasme me submerge.

Comme s'il n'avait attendu que ces mots, il se tend, et replonge en moi avec fièvre.

– Bordel, June, je vais jouir...

Il râle alors que son plaisir explose.

28

Charlie

June repose contre moi sur le tapis. Je me redresse pour me saisir de la couverture reposant sur le canapé et nous en couvrir, et je resserre mes bras autour de son corps. Je l'embrasse sur le front.

– Tu n'as pas froid ?

Elle s'étire.

– Non. Je suis bien. Plus que bien, même. Tu m'as donné très chaud, termine-t-elle, en prenant mon visage et en le tournant vers elle.

Je plonge mes yeux dans les siens.

Elle semble détendue, heureuse, autant que je le suis. Ce que nous venons de vivre m'a convaincu, même si je le savais déjà : je la veux dans ma vie. Je suis sûr de moi, sûr de mes sentiments, je n'ai aucun doute, mais qu'en est-il de *ses* sentiments ?

C'est le moment des confessions, et des mises au point ! Mais avant ça, il faut que les choses soient claires.

– Tu vas devoir larguer ton mec.

Elle se redresse sur un coude, me regarde avec attention, et beaucoup de sérieux.

– Pourquoi, Charlie ? On est ensemble ?

– Après ce que nous venons de faire, je crois que c'est clair. Pas pour toi ?

Elle semble réfléchir.

Putain… c'est pas vrai…

– June, insisté-je. Je ne le laisserai plus jamais te toucher. Ni aucun autre homme.

Elle s'assoit, me tourne le dos.

Putain, c'est mal barré !

– Tu n'as pas à décider pour moi, Charlie, finit-elle par laisser tomber.

Je m'assois à mon tour et me tourne vers elle, en faisant de gros efforts pour garder mon calme.

– Ce qui veut dire que tu ne le feras pas ?

– Je n'ai pas dit ça. C'est ta façon de procéder que je n'aime pas, tu n'as pas d'ordres à me donner. Autant te le dire tout de suite, je ne l'accepterai jamais.

Je la fais retomber sur le dos en me jetant sur elle. Je sais comment arriver à mes fins : avec le cul. En même temps, c'est le seul moyen que je connaisse.

– Tu vas le larguer ! Et c'est non négociable !

– Je ne sais pas…

À son sourire en coin je comprends qu'elle le fera et qu'elle me fait marcher. Tout comme moi, elle veut que ça fonctionne entre nous ; enfin, j'espère.

– T'es une chieuse. Tu as toujours été une chieuse !

Elle pouffe, alors que je m'empare de ses lèvres. Elle me mord, me faisant grogner.

Je l'embrasse, tout en lui pinçant la taille, car je sais qu'elle déteste ça. Elle se trémousse et couine.

– Tu ne penses pas qu'avant de faire des plans d'avenir, nous pourrions peut-être discuter de certaines petites choses ?

Mon élan retombe comme un soufflet.

Je me recouche, et l'entraîne avec moi.

– OK, par quoi veux-tu commencer ? Demande, et tu sauras.

Elle rit, et son rire pénètre chaque parcelle de mon être, pour déclencher quelque chose, quelque part dans mon cœur. Quelque chose que je sais être proche de l'amour, parce que je l'ai déjà ressenti auprès d'elle. Un amour intense, que jamais aucune autre femme n'a su provoquer.

– Ah non ! Ce serait trop facile. J'aimerais beaucoup te voir t'embourber, et perdre tous tes moyens, termine-t-elle en me montant à moitié dessus, et en m'embrassant du bout des lèvres.

Mes yeux dévient sur ses seins.

– Avec une vue telle que celle-ci, je ne vais jamais y arriver.

Elle pouffe, et je la fais basculer sur le dos.

– Tu as faim ? Tu veux peut-être boire quelque chose ? demande-t-elle, en se mordant la lèvre et en mettant ses mains fines sur mon thorax pour retenir mes ardeurs.

– Oui, j'ai faim de toi et je veux boire à ta source.

Je longe son corps, pour me perdre entre ses cuisses.

– Charlie, nous devons parler.

Je lève la tête, et croise son regard. Elle pose sa main sur ma joue.

– Je devrais prendre une photo, t'es trop mimi comme ça !

Je sors ma langue, joueur, et lèche son clitoris, la faisant se cambrer.

– Et comme ça ?
– Encore plus mimi… oh putain…
– Ce n'est pas beau de jurer, jeune fille !
– Je m'en fous, c'est trop bon. Continue !

J'aspire, je lèche, et lorsque je la pénètre avec mes doigts, elle est déjà prête à jouir. J'enfile un préservatif rapidement, pour, profitant de sa jouissance, planter ma queue dans sa chatte. Je la pilonne, encore et encore, la fais crier, jusqu'à se répandre sur moi. Je continue d'aller et venir en elle, jusqu'à jouir à mon tour.

– Bordel de merde…
– Là, c'est toi qui jures ! s'exclame-t-elle, en riant.
– Putain, c'est… c'est… je n'ai pas de mots !

C'est vrai, les mots me manquent. Mon cerveau est en voie d'extinction. C'est si bon, bordel. Ma jouissance est infinie. C'est elle ! Je sais que c'est elle, la femme de ma vie. Elle est celle que j'attendais, celle que je veux derrière ma bécane, celle que je veux comme régulière. Je le savais depuis longtemps, j'en étais persuadé : je ne peux plus me passer d'elle. Il faut juste que je l'en convainque, et ça, c'est une autre histoire.

Face à mon silence, elle se redresse.

– Bon, puisque c'est ça, je vais prendre un bain. Je te retrouve plus tard ?

Encore ce petit sourire provocant, qui allume le désir dans mon ventre, alors que je viens de la posséder.

Et qu'en est-il de notre discussion qu'elle réclame depuis tout à l'heure ?

Elle me déroute, me rend dingue. Plus que je ne le suis déjà.

Je la retiens, alors qu'elle cherche à m'échapper.

Non, pas déjà…

– Où comptes-tu t'enfuir comme ça ?

– Je te l'ai dit. Prendre un bain et donner à manger au chien. Tu peux venir si tu veux.

Je la libère. Elle se lève et me tend la main.

Je me lève, nu comme un ver, alors qu'elle enroule la couverture autour de son corps. J'aurais préféré qu'elle reste nue, pour continuer de la mater, tout en sentant mon désir augmenter lorsqu'elle s'accroupit à côté du chien, pour lui donner des croquettes. Elle me regarde, mord sa lèvre. Regarde ma queue. Puis elle se concentre à nouveau sur le chien.

Mais…

Je ne vais pas être jaloux d'un chien quand même !

Semblant satisfaite, elle se relève, et vient m'enlacer.

– Fais pas la tête, ce n'est qu'un chien. Viens, dit-elle doucement, en prenant ma main.

Après quelques mètres, elle tourne la tête.

– Au fait, je n'ai plus de mec ! Je t'ai fait marcher tout à l'heure, j'ai rompu. Il n'y a plus personne entre nous, Charlie.

Je gronde en la poussant contre le mur.

– Tu vas me le payer !

– D'accord, je ne demande que ça ! Si tu arrives à me rattraper…

Elle arrive à m'échapper et elle court dans l'escalier, en riant comme une enfant, alors que je reste comme un con en bas des marches.

Oui, cette fille me rend dingue. Complètement dingue, mais je ne veux pas que ça change. Jamais !

29

Charlie

Appuyé au chambranle de la porte de la salle de bains, je la contemple, penchée au-dessus de la baignoire, l'étoffe toujours collée à sa peau. Je passe mes doigts sur mon menton, en matant ses fesses tendues vers moi, ses reins cambrés. Putain, son corps est un appel à la luxure, une divine tentation, et sa chatte m'a fait toucher les cieux. Une fois de plus. Je comprends à quel point elle m'a manqué.

Après avoir mis du bain moussant, elle ôte la couverture qui cachait son corps à ma vue. Elle m'invite à entrer dans l'eau, puis elle s'installe en face de moi.

Elle me tend son pied.

Quoi ? Elle plaisante ? Je n'ai jamais fait ce genre de chose !

Je sursaute, lorsque je sens son autre pied caresser mes couilles. Comment veut-elle que je me concentre, avec son pied sur ma bite ?

Elle a les yeux fermés, mais je ne suis pas dupe, elle me regarde, analysant toutes mes réactions.

Pourquoi pas, après tout ? Si ça peut lui faire plaisir.

J'empoigne sa cheville, et après avoir embrassé et léché chacun de ses orteils, la faisant se tortiller, je commence mon massage. Au bout de quelques secondes, de petits sons rauques sortent de sa bouche. Elle est belle, incroyablement belle. Solaire. D'une blondeur surnaturelle.

– Blondie ?

C'est le surnom que je lui ai donné lorsque nous étions gosses. Blonde comme les blés, des cheveux soyeux, des traits fins, une peau diaphane, de magnifiques yeux bleus, d'une couleur incroyable.

Ma Blondie…

Elle ouvre ses yeux myosotis, et une flèche se plante dans mon cœur.

Une de plus.

Je prends une grande inspiration.

– Cette nuit-là, June, je t'ai fait l'amour. Pour la première fois de ma vie. Je ne t'ai pas baisée. Ce que j'ai ressenti dans tes bras, je ne l'avais jamais ressenti, et je ne l'ai plus jamais ressenti, avant tout à l'heure.

Une larme, silencieuse, glisse sur sa joue, alors que sa respiration s'altère.

– Après… après être sorti pour aller nous chercher des bières, j'ai trouvé Jacob près du feu. Il était seul, les autres devaient être quelque part, avec des filles. Il m'a tendu une bière, et j'étais tellement assoiffé que je l'ai descendue d'un trait. Pourquoi me serais-je méfié ? C'était un pote. Ensuite, je suis allé dans la forêt pour… hum… soulager un besoin naturel, mais j'ai été pris de vertiges, et je… je suis tombé, et je me suis assommé. Lorsque j'ai refait surface, il faisait jour, et tu étais partie. Il m'a dit qu'il t'avait raccompagnée, que vous aviez baisé, alors je lui ai pété la gueule, et je ne l'ai plus jamais revu.

Elle ouvre de grands yeux, se redresse, et retire son pied d'entre mes mains.

La colère gronde dans ses yeux.

– C'est faux! Comment as-tu pu croire une chose pareille? J'étais vierge, bordel, tu as été le premier, Charlie.

Je cherche à l'attirer à moi, pour la prendre dans mes bras, mais elle résiste.

Je soupire.

– Je sais. Je l'ai senti, mais comme visiblement, tu ne voulais pas en parler, et que je… je ne voulais pas te mettre mal à l'aise, je n'ai rien dit. Sur le moment, j'ai cru à ta trahison. Je crois qu'à l'époque, j'avais une piètre opinion des filles, car toutes celles que je sautais étaient de véritables salopes.

– Je t'ai tout donné… j'ai… C'est bon, j'en ai assez entendu.

Elle saute du bain, et me tourne le dos, pour s'enrouler dans une serviette.

Je la rattrape avant qu'elle ne franchisse la porte.

– Ne me fuis pas, June, laisse-moi t'expliquer.

Elle me repousse, hors d'elle.

– Il n'y a rien à expliquer. Pour toi, je suis une traînée, une nana capable de baiser avec plusieurs hommes à la suite, une salope. Une brebis, crache-t-elle.

Je cherche encore une fois à l'enlacer, mais elle me frappe de ses poings serrés.

– Tu n'es pas une brebis, m'emporté-je, en me saisissant de ses poignets et en entravant ses mouvements.

Elle se débat de plus belle.

– Putain, arrête! Je ne t'ai jamais considérée comme une brebis.

– Si. Tu l'as fait, tu viens de me l'avouer. Et tu viens de le refaire!

Quoi?

Alors là, je n'y comprends plus rien. Qu'est-ce que le passé a à voir avec maintenant?

Je crie moi aussi:

– Tu étais consentante, putain, tu en avais autant envie que moi, alors assume, nom de Dieu!

Ses yeux lancent des éclairs.

– OK, on a pris du bon temps, je l'ai voulu et j'ai aimé. Tu es content? Maintenant, tu peux te casser, car c'est ce que tu sais faire de mieux, non?

Elle pivote sur elle-même, et sort de la pièce.

Quelle tête de mule!

Nu comme un ver, je la rattrape une fois de plus dans le couloir; je lui prends le bras, la faisant se retourner.

– Écoute-moi jusqu'au bout, c'est tout ce que je te demande.

Nous nous affrontons du regard quelques secondes, et elle finit par capituler. Elle croise ses bras sur sa poitrine.

– OK! Je t'écoute!

– J'étais en colère! Je ne pouvais pas te parler, je... j'étais perdu, je ne savais plus quoi faire, et toi... toi, tu avais pris tes distances.

– Évidemment! Que voulais-tu que je fasse? Jacob m'a dit qu'il t'avait vu partir avec une nana, pourquoi aurais-je mis sa parole en doute?

– Putain, quelle pourriture! C'est entièrement faux.

Je soupire, me passe une main sur le visage, puis je prends le sien entre mes mains, me noie dans la lumière de ses yeux brillants de larmes.

– Ensuite... ensuite je suis parti, je reprends, d'une voix douce. Il fallait que je prenne moi aussi de la distance, te voir me faisait mal, June. Affreusement mal.

Ses yeux s'agrandissent, sous le coup de la surprise.

– Je suis revenu, quelques semaines plus tard, le jour de tes 18 ans, je voulais te parler, exiger des explications car je n'en pouvais plus. Je n'arrêtais pas de penser à toi, à nous, à ce que j'avais ressenti dans tes bras. Ça me rendait enragé. J'ai frappé, et comme personne ne venait, et que la porte était ouverte, je suis entré.

Son visage prend une teinte rosée; elle a compris.

– Je vous ai vus, June, Elliott et toi, dans la cuisine. Il t'a attaché autour du cou ce pendentif en forme de dauphin qu'il venait de t'acheter, puis il t'a pris dans ses bras, vous vous êtes embrassés, et…

Des larmes roulent sur ses joues.

Elle fait un pas, pose une main sur ma joue.

– Je suis désolée.

Je la prends dans mes bras.

– Je ne partirai plus jamais, je ne t'abandonnerai plus jamais.

Je caresse son beau visage, j'embrasse ses lèvres humides, encore et encore, tout en murmurant:

– Je te veux dans ma vie, June. Je te veux derrière ma bécane.

Elle ne répond rien, semblant plus atterrée qu'heureuse.

Est-il trop tard finalement?

Non! Je sais bien que non.

Elle noue enfin ses bras autour de mon cou, en larmes. Elle sanglote tellement qu'elle peut à peine parler.

– C'est vrai? Tu m'aimes?

Sans cesser de l'embrasser, je la serre contre moi.

Oui, je l'aime, mais… je suis encore incapable de le lui dire.

Elle se met à rire.

Cette fille est folle.

– Oh, mon amour… je t'aime tant.

– C'est la deuxième fois que tu me dis « mon amour », dis-je, tout en la prenant sous les fesses.

Je la porte jusqu'à son lit, sur lequel je l'allonge.

– Je pensais que tu n'avais pas entendu tout à l'heure. J'ai eu peur et c'est sorti tout seul, je…

– Mon amour, mon amour… continué-je, tout en lutinant son cou. Ça me plaît. Je veux être ton amour, bébé, ton seul amour.

Elle prend mon visage, plonge ses beaux yeux dans les miens, avec beaucoup de sérieux.

Mon cœur se serre ; que va-t-elle m'annoncer ?

– Je n'ai jamais couché avec Jacob, tu me crois ?

– Oui, June, je te crois.

– Je lui ai demandé de me raccompagner au MC, pour voir Elliott, j'avais besoin de parler à un ami, et je n'ai pas couché avec lui non plus, cette nuit-là, ajoute-t-elle rapidement, au cas où tu te serais posé la question.

– Je sais, il me l'a dit.

– Quant à Jacob, il… il m'a fait des avances, je crois qu'il me voulait pour lui.

– Je vais lui faire la peau. Je le retrouverai, et je lui ferai payer ce qu'il nous a fait.

Je roule sur le dos, en l'entraînant avec moi.

– Je lui ai dit que s'il me touchait, le club le tuerait. Il m'a fait peur, Charlie.

– Et avec Elliott ?

– Il n'y a eu qu'une fois. Une seule et unique fois. Il n'y avait que toi, Charlie, il n'y a toujours eu que toi.

Nos lèvres se rejoignent, tout comme nos cœurs et nos âmes, nous liant à jamais.

30

June

Les jappements du chien percent ma torpeur. Je l'entends grogner.

Qu'est-ce qu'il lui arrive ?

Soudain, je repense au colis, que j'ai occulté toute la soirée, en sentant la peur revenir au pas de charge. Je me suis refusé d'y penser, je ne voulais me consacrer qu'à Charlie et à nos retrouvailles. Je devrais peut-être lui en parler, et lui demander conseil.

Charlie remue contre moi, et se tourne sur le dos. Puis il place un bras sous sa tête, et une main sur son ventre.

Il est si beau.

Il est mon tout, mon seul univers et la personne que j'aime le plus en ce monde, et qu'il veuille de moi, qu'il me le prouve, maintes et maintes fois, qu'il passe la nuit avec moi, m'a rendue si heureuse.

Enfin, il est à moi…

Je l'ai laissé m'aimer et je l'ai aimé.

Oh que oui...

Nous étions insatiables, avec ce besoin de nous donner l'un à l'autre, pour rattraper le temps perdu qui, hélas, ne se rattrapera jamais.

Peut-être que nous ne le rattraperons pas, mais nous pouvons, à partir de maintenant, décider d'oublier ce passé qui nous a séparés, vivre le moment présent et être heureux. En tous les cas, c'est ce que *moi,* je veux, maintenant que les choses sont claires et qu'il m'a juré de pas être allé rejoindre une autre fille cette nuit-là, après m'avoir fait l'amour. Nous nous sommes fait piéger par Jacob, je n'en reviens toujours pas.

Ce traître nous a bien eus !

À la seule pensée qu'il aurait pu abuser de moi lorsqu'il m'a raccompagnée, mon ventre se serre. Heureusement que je lui ai foutu la trouille en lui parlant du club, ce qui a freiné ses ardeurs ; il n'était pas con au point d'ignorer la menace, et de croire que le club ne lui ferait pas la peau s'il me touchait.

Brrr, j'en ai des frissons, et j'espère ne jamais recroiser sa route.

Je sors du lit, et enfile le tee-shirt de Charlie, qui, descendant sur mes cuisses, me fait une parfaite chemise de nuit. Je colle mon nez dans l'encolure, et j'inspire ; son odeur me rend folle, et me fait monter les larmes aux yeux. Je me laisse aller à rêver, mais en entendant de nouveau le chien grogner, je dévale l'escalier. Il est devant la porte, et montre les crocs.

Une silhouette se dessine derrière la vitre fumée et j'ai un mouvement de recul.

Je m'accroupis à côté du chien, et je le prends par le cou, pour le faire reculer, sans bruit.

– Viens, mon beau, soufflé-je. Ce n'est rien, sans doute un démarcheur.

Le carillon retentit. Je sursaute.

– Qu'est-ce que c'est ?

– C'est l'agence immobilière Immostreet, de Corpus Christi, mademoiselle. Pour la vente de votre maison.

C'est quoi, ce bordel ?

– Le rendez-vous était cet après-midi, non ? demandé-je, suspicieuse.

– J'ai pu me libérer et j'ai pensé que, comme vous étiez pressée…

– OK, eh bien, si je n'ai pas le choix… Veuillez patienter, je reviens. Viens, mon beau…

Le chien me suit jusque dans la cuisine, et je lui ouvre la porte menant sur l'extérieur. Je monte ensuite l'escalier quatre à quatre. Charlie est toujours couché, mais parfaitement réveillé.

– Debout, paresseux ! Il y a un type dehors.

Il fronce des sourcils, et se lève.

– Quel type ?

Je lève les yeux au ciel.

– Il vient pour la maison, Charlie !

– J'aime mieux ça, ronronne-t-il, en me ceinturant.

– Je n'ai pas le temps, il m'attend.

– Moi aussi, je t'attends, depuis des années, alors qu'il aille se faire foutre. Mais, c'est à moi ça ?

Il m'embrasse dans le cou, me faisant me tortiller.

– Oui, couiné-je. Charlie ?

– Mmm ?

– Que va-t-il se passer maintenant ?

Il me jette sur le lit.

– Eh bien, je vais te faire l'amour, parce que j'ai encore très envie de toi, puis tu me feras un café et ensuite, je partirai bosser. J'ai une grosse journée.

Il remonte mon tee-shirt sur mon ventre, enfin… son tee-shirt, puis il longe mon corps, tout en disséminant de petits baisers humides.

Je me tortille sous ses caresses.

– J'aime ta peau, June, j'aime t'entendre pousser des petits cris, lorsque je…

Il glisse sa main dans ma culotte.

– Mademoiselle Allen ?

– Putain, il est entré ! Il ne manque pas d'air, grondé-je.

Je repousse Charlie, pour sauter du lit, en criant :

– J'arrive.

Je m'habille en quatrième vitesse, puis j'embrasse mon beau brun.

– Je vais me le faire ! grogne-t-il, tout en me plaquant contre son entrejambe. Il va voir ce que c'est que de mettre un Charlie en colère.

– Surtout un Charlie qui a envie de baiser, dis-je, aguicheuse, en caressant son sexe. Je t'attends en bas.

Je m'éclipse, avant qu'il ne cherche à me retenir, et je retiens un sourire en l'entendant jurer.

Le type est en bas de l'escalier : costard cravate, petites lunettes d'écaille, cheveux noirs plaqués sur le crâne et un sourire de convenance sur le visage. Un parfait charognard, qui ne m'inspire aucune confiance, et pas seulement parce que c'est Tim qui me l'envoie. Ce type ne me plaît pas ; mais alors, pas du tout. Si je vends ma maison (ce que je n'ai encore pas décidé !), ce n'est certainement pas avec lui que je ferai affaire.

Il me regarde descendre, puis il me tend une main, que je serre par automatisme.

– Mademoiselle Allen, Ayden Franklin, de l'agence Immostreet. J'ai fait le tour de la propriété et comme la porte était ouverte, je me suis permis d'entrer.

Mais bien sûr, quand il y a de la gêne, il n'y a pas de plaisir…

– Vous avez des questions ? je demande, un peu sèchement.

– Je vais inspecter l'intérieur, et nous ferons le point. Je… oh, bonjour, monsieur.

Il tend la main à Charlie.

– Ayden Franklin, agence Immostreet.

– Salut, dit Charlie, froidement, en se plantant devant lui, ignorant la main tendue. C'est un peu cavalier de votre part d'entrer chez les gens sans y être invité.

L'autre rougit jusqu'aux oreilles, tout en regardant les tatouages, le blouson, les bagues.

– Je… je croyais Mlle Allen seule dans cette maison.

Charlie fronce des sourcils.

– Raison de plus. Vous avez votre carte professionnelle ?

Le type fouille dans son attaché-case et lui tend un bristol. Charlie s'en empare, puis s'éloigne, en sortant son portable de sa poche.

Quelques minutes plus tard, il revient, et s'adresse à moi directement.

– Je peux te parler ?

– Bien sûr. Je vous laisse faire, monsieur Franklin. Venez

me retrouver dans la cuisine lorsque vous aurez terminé.

Il s'éloigne, sans demander son reste.

Aussitôt la porte de la cuisine refermée sur nous, Charlie m'enlace.

– J'ai envie de toi, là, maintenant.

– Moi aussi, mon amour, mais pas avec ce type dans la maison.

Il regarde sa montre.

– Putain, il faut que j'y aille, je suis en retard et je vais me faire allumer par le prés'. Tu es libre ce soir ?

Je me colle contre lui en minaudant.

– Oui, libre comme l'air. Qu'est-ce que tu proposes ?

Il glisse une main sur ma nuque.

– Une petite virée, la mer, le coucher de soleil, un bon restau…

– J'adorerais. Et ensuite ? Tu restes avec moi ?

– Oui, June. Je reste.

Nous échangeons un baiser langoureux.

– Je te l'ai dit, je ne veux plus te quitter. Je t'ai retrouvée, je te garde.

Franklin frappe à la porte.

– Mademoiselle Allen ?

– Nom de Dieu, je vais vraiment me le faire !

Il ouvre le vantail, avant que j'aie le temps d'intervenir pour le tempérer.

Les deux hommes se toisent, et je réprime un sourire en voyant l'autre se ratatiner. Il est vrai que Charlie en impose, avec son blouson sans manches, ses rangers, ses chaînes, ses bagues, et ses tatouages aux bras ; sans parler de sa légère barbe et de ses cheveux en bataille. Si Franklin savait qu'en plus il a un flingue, je crois qu'il se pisserait dessus.

Ce dernier se décale, mal à l'aise.

– À ce soir, bébé, dit Charlie, en m'enlaçant.

Il m'embrasse passionnément, faisant fi de la présence de l'agent immobilier, qui toussote discrètement dans notre dos.

– Bonne journée, murmure-t-il, en me serrant contre lui.

Il me libère, et je le retiens avant qu'il sorte de la maison.

– Attends, je t'accompagne.

Je ne vais quand même pas le laisser me quitter sans lui dire au revoir mieux que ça ! Entre deux portes et devant un inconnu.

– Installez-vous, monsieur Franklin, je reviens.

Je lui désigne la table de la cuisine.

Puis nous sortons, main dans la main, pour descendre l'escalier de la terrasse, et marcher lentement jusqu'à sa moto garée le long du trottoir, comme pour retarder le moment de nous séparer.

J'enroule mes bras autour de sa nuque, et demande :

– Tu es sûr que tu ne peux pas rester ?

Il m'enlace, pour me plaquer, une fois de plus, contre son corps si tentant.

– Qu'as-tu en tête, coquine ?

– La même chose que toi, je réponds, avec un clin d'œil. Je ne veux pas que tu partes, Charlie. On vire Franklin, on reste au lit toute la journée, et…

Je me penche pour lui décrire par le menu ce que j'aimerais qu'il me fasse et ce que je lui ferais en retour.

– Appelle Aaron pour dire que t'es malade.

Il rit, m'embrasse dans le cou.

– Ça ne marche pas comme ça, bébé… Tiens, ma sœur !

Effectivement, une mini Cooper décapotée se gare derrière

la moto de Charlie, et Kate en sort, pimpante et survoltée. Elle se rue sur nous, et nous enlace, les yeux humides.

– Je le savais, je le savais ! Bordel, comme je suis contente !

Elle pourrait sauter comme un cabri si elle s'écoutait.

Elle finit par se reculer, en s'essuyant les yeux.

– Kate, je te confie June. À plus, bébé, termine-t-il, en me faisant un baiser léger sur la joue. J'ai demandé à Kurt de se renseigner sur l'agence et sur ce gars. Je te tiens au courant dans la journée.

J'acquiesce silencieusement.

– Pas de problèmes, *bro*, répond Kate. J'ai pris ma journée pour aider June à s'installer. C'est quoi, cette histoire de gars ?

– June t'expliquera, dit Charlie en s'éloignant.

Il me fait un sourire à foutre le feu à mon corps, et enfile son casque. Il donne un coup de kick, et, après un dernier clin d'œil, il fait demi-tour et s'éloigne.

Je ne peux le quitter du regard, jusqu'à ce qu'il disparaisse au coin de la rue.

Mon Dieu, comme j'aime cet homme.

– Tu parais soucieuse, ça ne va pas ? demande Kate en entourant mes épaules.

– Si, si, ça va…

– Allez, June, je te connais par cœur, quelque chose te tracasse.

Je me secoue pour ne pas me laisser envahir par tout un tas de pensées parasites. Je devrais être heureuse, je devrais profiter de ce début d'histoire avec Charlie, que j'ai attendu toute ma vie, mais je ne peux m'empêcher d'avoir peur pour lui, peur qu'il lui arrive quelque chose. C'est plus fort que moi, je pense toujours au pire.

– Il… il a eu un accident hier soir. Il n'a pas vu le camion qui lui arrivait dessus au rond-point, et il a glissé. Heureusement, il y a eu plus de peur que de mal. Il en aurait presque ri, ce con, alors que moi, j'étais dans tous mes états.

– Ils marchent à l'adrénaline, que veux-tu ! C'est leur came. Mon père était comme ça, tous les mecs du club sont comme ça.

Sans plus tergiverser, ni s'apitoyer sur ce qui aurait pu se passer, elle me tend mon sac de voyage, puis elle extirpe d'autres paquets de son coffre qu'elle me montre.

– Je t'ai pris deux, trois autres bricoles à la boutique.

– Il ne fallait pas, Kate, j'ai tout ce qu'il me faut.

Elle me sourit de toutes ses dents.

– Je sais que tu n'as pas besoin de ça pour séduire mon frère et je suppose qu'il te préfère nue, mais…

Je pique un fard. J'ai toujours eu beaucoup de mal à parler sexe avec elle ; beaucoup plus délurée que moi, rien ne l'embarrasse, et rien n'est tabou. Elle peut tout dire, tout décrire, sans la moindre gêne. Tout paraît tellement naturel avec elle.

– June ? Tu m'écoutes ?

– Pardon ?

Elle met son bras sous le mien.

– Tu es encore sur ton petit nuage, ma belle ! Alors ? C'était bien ?

Je m'arrête pour la regarder, alors qu'elle éclate de rire.

– Allez, raconte ! Fais pas ta coincée !

– Kate, il s'agit de ton frère !

– C'est un bon coup, ou pas ?

Mon visage devient cramoisi.

C'est quand même gênant...

– Je ne répondrai pas à cette question. Viens, le type de l'agence m'attend.

Elle bougonne, mais finit par m'emboîter le pas.

– T'es vraiment pas drôle.

– Je sais, tu me l'as souvent dit. Maintenant, viens.

Nous entrons dans la maison, et je pose ma valise dans l'entrée.

– Il est mignon, ce type de l'agence ? demande-t-elle d'une voix forte, en mettant la tête dans un sac, alors que justement, le type en question sort de la cuisine pour venir à ma rencontre.

Kate, ne se rendant compte de rien, en extirpe un string de couleur rouge, et je manque m'étouffer.

– Je t'ai pris ce petit ensemble. Je viens de les recevoir, je les adore. Regarde !

– Kate !

Je ne sais plus où me mettre. Elle m'ignore, et fouille encore dans le sac, pour cette fois-ci en sortir le soutien-gorge assorti. Très beau, je dois le reconnaître. Charlie aimera certainement... ou pas. En tout cas, ce n'est pas mon truc, je préfère largement les sous-vêtements confortables, blancs, ou noirs, tout simples, unis. Ce genre de... bricole qui ne cache rien et qui rentre dans la raie des fesses, très peu pour moi. Les yeux de Franklin s'écarquillent ; il semble ravi du spectacle : Kate à genoux au sol, ses longs cheveux bruns aux reflets fauves, brillants et ondulés éparpillés autour d'elle. Ce tableau ne laisserait aucun homme indifférent.

Je lui tapote l'épaule, me retenant de rire.

– Ça va aller, monsieur Franklin, vous voulez un verre d'eau ?

Kate relève la tête, surprise, et éclate de rire.

– Oh, excusez-moi. Kate Miller, enchantée.

– Vous… vous êtes tout excusée, mademoiselle, bafouille Franklin.

Il rougit comme un puceau. C'est d'un comique !

– Kate est la sœur de mon petit ami, que vous avez aperçu tout à l'heure, ajouté-je devant son regard un peu perdu.

– L'homme qui était avec vous est votre petit ami ? Comment s'appelle-t-il ?

– Charlie Miller, pourquoi ?

– C'est un biker ? Des BlackAngels ?

– Oui, pourquoi ?

Je déteste son air suspicieux.

– Pour rien, pour rien. Le chef de mon agence m'a dit avoir correspondu avec un certain Tim Harris de Philadelphie. Ils se sont d'ailleurs mis d'accord sur pas mal de points concernant cette maison, et ils ont fait des estimations en récupérant des images sur Google.

Kate me fait une grimace, visiblement sur la même longueur d'onde que moi.

Qu'est-ce que c'est que cette histoire ? J'ai quand même mon mot à dire, non ?

Tim ne manque vraiment pas d'air !

Quel connard, j'ai bien fait de le larguer.

Oui, j'ai bien fait et je ne regrette rien : je veux Charlie. Je ne veux personne d'autre que lui. Il n'y a que lui, et il n'y a toujours eu que lui. Cette nuit, il a touché mon cœur, encore une fois, j'ai été incroyablement heureuse dans ses bras. Je suis toute à lui, et je veux passer ma vie à l'aimer, à le chérir, et à le lui prouver.

– Vous m'en direz tant ! Seulement, la propriétaire, c'est

moi, et votre façon de faire ne me plaît pas du tout. J'aimerais contacter votre patron. Auriez-vous sa carte ?

Il se renfrogne aussitôt.

– Il ne faut pas le prendre comme ça, mademoiselle.

– Je le prends comme j'ai envie.

J'agite ma main.

– J'attends et la patience n'est pas mon fort.

– Notre… notre agence fait partie d'un groupement, et le patron du groupe n'est pas sur place.

– Vous avez bien un nom à me communiquer, un numéro de téléphone ?

– Non, mademoiselle, je suis désolé, il n'est pas joignable. Il ne s'occupe pas des futurs clients, c'est quelqu'un de très occupé.

– Très bien, je ne vous retiens pas, alors, dis-je, en perdant patience. Je n'ai plus besoin de vos services. Vous direz à votre supérieur que je ferai appel à une autre agence, que j'aurai choisie moi-même.

– Mais…

– Il n'y a pas de mais ! Au revoir, monsieur.

Il nous regarde, semblant complètement hébété, et Kate lui montre la sortie, avec un ample mouvement du bras. Il prend son attaché-case sous le bras, et, droit comme un I, la bouche pincée, il franchit le pas de porte.

– Bon débarras ! s'exclame ma meilleure amie, en claquant la porte dans son dos. C'est quand même louche, cette histoire. Comment s'appelle cette agence déjà ?

– Immostreet.

Elle prend son smartphone, et tape le nom. Puis elle fait défiler les sites.

– C'est bizarre, il y a peu de renseignements sur le ou les gérants. Habituellement, on trouve tout un tas de choses.

– Charlie a dit qu'il mettrait Kurt sur le coup. C'est vrai que ce type m'a mise mal à l'aise, je l'ai trouvé trop entreprenant, et sans gêne. Il est arrivé en terrain conquis, et est entré par la porte de derrière. Il a même failli nous surprendre… enfin… tu vois… en train de…

– Nan ! Et alors ?

– J'ai dû laisser Charlie en plan, alors que je t'avoue que sa proposition était plutôt tentante.

Elle se met à rire.

– Le connaissant, il a dû être furax.

– C'est le moins que l'on puisse dire. Zut, le chien ! réalisé-je, subitement.

– Comment ça, le chien ?!

– J'ai adopté un chien. Viens, dis-je, en lui prenant la main. Je vais te le présenter.

– Hé… ne cours pas si vite. J'ai des talons.

En arrivant sur la terrasse de derrière, je suis heureuse de découvrir mon chien au pied de l'escalier. Il se lève difficilement, jappe, et fait quelques pas dans ma direction.

– Attends, mon beau, je vais te porter.

Je dévale les marches et je le prends dans mes bras, heureuse de le retrouver ; de plus, qu'il soit prêt malgré sa blessure à faire des efforts pour me rejoindre prouve que lui aussi m'aime, non ?

Je mets mon nez dans son encolure.

– T'es un bon chien, murmuré-je. Il faut que je te présente quelqu'un.

Je remonte les marches.

– Kate, je te présente… mon chien. Mon nouveau compagnon.

Kate le caresse, et il lui lèche la main.

– Je crois qu'il t'aime bien.

– C'est normal, j'aime les chiens, mais je n'en aurai jamais.

– Je connais ta maniaquerie. C'est pour cette raison que je suis venue m'installer ici plus vite que prévu.

Je le repose par terre, et il se recouche en poussant un gros soupir. Tout en devisant, j'invite Kate à s'installer, et je nous prépare un café.

– Tu lui as donné un nom ?

– Non. Pas encore. J'attendais de savoir s'il allait rester, mais il semble s'être attaché à moi.

– Il est bien tombé, et il a l'air sympa.

– Je trouve aussi. C'est exactement ce dont j'avais besoin.

– Charlie, moi, un chien, ta maison, le club…

– Où veux-tu en venir, Kate ?

Elle prend mes mains, les serre dans les siennes.

– Reste ! Ne pars pas. Ta place est ici. Avec nous.

J'ai un grand sourire.

– Je crois que pour une fois, tu as raison.

Elle fronce des sourcils, et avec un immense cri de joie, elle se lève, et vient m'enlacer.

– Ça veut dire que tu restes ?

– Oui, Kate. Je reste.

Nous pleurons dans les bras l'une de l'autre, en nous promettant de ne jamais plus nous séparer.

31

Charlie

Je frappe et pousse la porte du bureau de Kurt. Il lève la tête de son PC, retire ses écouteurs, et m'invite à prendre place en face de lui.

– J'en ai pour deux minutes.

– Pas de souci, mon frère, prends ton temps.

J'allume une cigarette et parcours du regard l'antre de l'ermite, où il passe la majeure partie de son temps. Notre pro de l'informatique est H24 rivé à son écran, mais la pièce est impeccablement rangée. Pas un grain de poussière, pas un dossier ou une feuille ne dépasse des piles entassées sur son bureau. Je souris en voyant le lit dans un coin. La plupart du temps, il pieute ici, trop absorbé par ses tâches pour rejoindre sa chambre.

– Tu fais quoi, au juste, de tes journées ? demandé-je, après avoir tiré plusieurs taffes en silence.

Il lève un sourcil interrogateur, tout en continuant de tapoter frénétiquement sur son clavier.

Je ne connais Kurt que depuis trois mois, depuis mon arrivée au MC, mais je l'apprécie énormément, bien que je ne sache rien de son histoire ; ni d'où il vient, ni comment il a atterri au club.

– Que veux-tu savoir, Charlie ?

J'y vais cash ; je n'aime pas tourner autour du pot :

– Tu viens d'où ?

Il se marre.

– Pourquoi cette question ?

– Pour rien.

Il pivote, me regarde franchement. Puis il tend la main vers son paquet de clopes et s'en allume une. Il souffle la fumée, sans cesser de me regarder, comme s'il cherchait des réponses sur mon visage.

– Ça a un rapport avec ta sœur ? demande-t-il soudain.

– Qu'est-ce qui te fait dire ça ?

– D'après ce que j'ai compris, ce serait à moi de me faire du souci, elle a la réputation d'être une croqueuse de mecs, enchaîne-t-il, visiblement décidé à éluder ma question première.

– Ouais, nous avons beaucoup de succès chez le sexe opposé, c'est une particularité de notre famille. C'est ça qui te dérange chez elle ?

Car, malgré les efforts de ma sœur pour le séduire, il semble résister à ses avances à peine voilées, et je me demande soudain ce qui peut le retenir de sortir avec elle ? Qu'est-ce qui le retient ? Qu'elle soit ma sœur ? Pourtant, je lui ai bien donné ma bénédiction lorsqu'il me l'a demandée, non ?

Il reste bouche bée devant ce flagrant manque d'humilité, et j'éclate de rire.

– Je plaisante, Kurt. Nous donnons peut-être l'apparence d'être des cœurs d'artichaut, mais il n'en est rien. Contrairement à ce que pourraient croire les gens, nous ne tombons pas facilement amoureux. Nous aimons, elle comme moi, draguer, plaire, séduire, et baiser, cela va sans dire, mais lorsque notre cœur appartient à quelqu'un, lorsque nous avons trouvé la bonne personne, c'est pour la vie.

– Tu as trouvé la bonne personne, Charlie ? Vu ton air béat, j'ai le sentiment que ta belle blonde a accepté de t'écouter, et de te pardonner.

Je lève les bras au ciel et m'étire, en faisant craquer mes jointures.

– C'est le cas, mon frère. J'ai ramé, j'ai cru que je n'y arriverai jamais, mais aujourd'hui, tu as devant toi un mec comblé.

– Moins de quarante-huit heures pour arriver à tes fins, je n'appelle pas ça ramer.

– Ça fait dix ans que je l'attends, Kurt, dis-je gravement.

– Que s'est-il passé ? Tu l'as attachée pour qu'elle accepte de t'écouter ?

– Non. J'ai juste failli passer sous un camion.

Il s'en étouffe et j'ai une grimace ironique, en revivant la scène : elle a eu tellement peur de me perdre, que je sois blessé, ou… mort, que ça a été un véritable électrochoc pour elle. Ça l'a sûrement replongée dans la douleur d'avoir perdu son frère dans un accident de moto, et sur le moment, je m'en suis voulu de lui avoir imposé ça, mais je ne regrette absolument pas ce qui en a découlé. Elle s'est jetée contre ma poitrine, en larmes, et m'a appelé « mon amour ». J'ai eu l'impression de rêver. J'aime cette fille. Bon Dieu comme je l'aime. Je n'ai pas menti tout à l'heure à Kurt, j'ai trouvé la bonne personne, je suis amoureux d'elle, et je compte bien le rester toute ma vie. Si elle veut de moi. Si elle veut lier sa vie à un biker, sachant ce qu'elle a déjà enduré.

Si elle accepte de vivre ici, avec moi ; si elle renonce à retourner à Philadelphie.

Putain, ça en fait des si…

Je ne sais pas ce qu'elle prévoit pour nous, et je ne veux pas m'abaisser à le lui demander. Je ne veux pas qu'elle pense que je veux l'emprisonner, ni l'influencer, je veux qu'elle prenne ses décisions seule, en son âme et conscience, parce qu'elle veut être avec moi.

Est-elle capable de faire ces choix ? Avec tout ce que ça implique ?

Nous ne sommes pas encore sortis du circuit du trafic d'armes, nous sommes toujours sur le fil du rasoir, et je sais que tout peut basculer d'une minute à l'autre, je suis bien placé pour le savoir : mon père vient d'en faire les frais.

Saloperies de Tchétchènes.

Ce sont les risques du métier, et nous l'acceptons, tous autant que nous sommes. Flirter avec le danger fait même de nous ce que nous sommes. Je ne changerai de vie pour rien au monde. J'ai voulu entrer au MC ; depuis que j'ai été intégré, je ne sais pas… Ma vie a un sens. Et depuis que j'ai retrouvé June, je peux dire que je suis heureux. Pleinement heureux. Elle connaît mon univers, elle a même baigné dedans la majeure partie de sa vie, alors justement, voudra-t-elle lier sa vie à celle d'un biker ? Et en accepter toutes les contraintes, les risques, les dangers ? Me partager avec le club, avec mes frères ?

Putain…

– Charlie ? Putain, raconte ! réitère-t-il.

Je me frotte le visage, et reporte mon attention sur Kurt.

– Ah… Eh bien, j'étais sur mon téléphone, et je n'ai pas vu le camion qui m'arrivait dessus. J'ai couché ma bécane, glissé sur plusieurs mètres, mais ça va. Je n'ai rien, juste quelques courbatures, bien que je ne sache pas si elles sont seulement dues à l'accident.

Il se marre.

– Je vois. Ta nuit a été agitée.

– Putain, ouais ! Par contre, ma bécane est foutue. J'espère que les prospects vont réussir à la retaper. Sinon, tu as des nouvelles de Stan et Trav ?

– La fille de Stan, Angelina, est née cette nuit.

Je repense à notre discussion sur le fait que le fils du prés' et la fille de Stan pourraient coucher ensemble, un jour, et je me marre intérieurement, tout en sortant mon portable de la poche intérieure de mon blouson pour lui envoyer un message de félicitation.

– Il est avec nous pour la livraison de cet après-midi ?

– Trav ne voulait pas qu'il nous accompagne, mais il a insisté. Un de plus peut faire la différence et je suis d'accord avec le prés', nous avons besoin de tout le monde.

– Tu es inquiet ?

Ses yeux se troublent.

Sait-il quelque chose que j'ignore ?

– Je le suis toujours, mon frère.

– Parle-moi un peu de ces Diamonds ?

– Robert Diamonds et le MC sont en affaire depuis dix ans, et tout se passe bien. Mais il y a quelque temps, les Hell's sont venus foutre le bordel et ont réussi à soudoyer l'un de ses gars, qui a descendu le numéro deux, pris sa place, et briguait certainement celle du chef. Trav l'a rencontré, et nous avons senti le coup venir. Il a été éliminé. Mais je sais pas… son fils, Nick, prend de plus en plus d'initiatives et ça ne me plaît pas. Je le surveille, je surveille les Diamonds, et je n'ai rien vu de particulier, mais nous devons rester sur nos gardes. D'autant plus qu'ils viennent de traiter avec les Irlandais, et je suis étonné qu'ils veuillent nous intégrer dans la transaction. S'ils étaient seuls, ils se feraient plus de blé. Partager ne fait pas partie des traits de caractère de Nick Diamonds.

– Trav et Stan sont au courant ?

– Ouais. Nous aurons des renforts, des armes, et nous serons prêts à toute éventualité, mon frère.

– OK ! Et donc, ton job consiste à faire de la surveillance ?

Il me sourit en coin.

– Je me demandais quand tu allais reprendre ton interrogatoire.

– Alors ? me contenté-je de demander.

– Je surveille nos ennemis, ainsi que tous les mecs avec qui nous sommes en affaire, mais pas que. J'ai un petit business de programmes informatiques et j'ai développé quelques jeux, pour le compte du club, que je vends à de grosses boîtes. Ça marche plutôt bien, et ça rapporte.

– D'où tu viens ?

Il place ses mains sous son menton et se perd dans ses souvenirs.

– J'ai quitté ma famille lorsque j'avais 20 ans. Je… j'étais fiancé, et… ça a foiré. J'ai atterri à Kingsville, puis j'ai cherché du boulot. J'ai rencontré Samuel au Rider's, il m'a proposé d'entrer au club, j'ai accepté, et voilà… tu connais la suite.

Il s'arrête là. Visiblement, le sujet est encore douloureux.

– Je n'en saurai pas plus ?

– Non. Tu vas devoir te contenter de ça, mon frère.

– Ça me va, finis-je par laisser tomber après l'avoir longuement regardé.

Il soutient mon regard de ses grands yeux gris limpides. Si j'avais été une femme, je crois que ce regard ne m'aurait pas laissé de marbre, et je comprends que ma sœur soit accro. Ce type a un charme certain.

Je décide de changer de sujet pour ne pas le mettre dans l'embarras ; je sais comme les souvenirs sont tenaces, et nous mènent la vie dure. J'ai vécu ça ! Les évènements du passé font de nous ce que nous sommes, et c'est très bien comme ça. Il faut avoir le courage d'en tirer les leçons, et évoluer pour ne pas refaire les mêmes erreurs.

J'ai fait des erreurs, j'ai compris, et j'ai réparé…

– Sinon, tu as fait les recherches que je t'ai demandées ? À propos de cette agence immobilière de Corpus ?

Il cherche dans l'une des piles, en extirpe quelques feuillets, visiblement ravi lui aussi de changer de sujet.

– Bien sûr. Alors… je préfère te prévenir, il y a des zones d'ombre. Immostreet fait partie d'un gros groupe, dont le siège est à New York. J'ai trouvé des liens avec plusieurs sociétés offshore, des financements occultes, des rachats de biens quelque peu limites. En gros, ils rachètent à très bas prix, prétextant des défauts de construction ou des vices cachés, et ils revendent à prix d'or, en se faisant un max de plus-values. Depuis la crise des *subprimes*, leur chiffre d'affaires a plus que triplé.

– Tu as le nom du big boss ?

Il relit ses notes.

– J'ai eu beaucoup de mal à le découvrir. Il rachète par l'intermédiaire de prête-noms, ce qui me laisse à penser que le montage financier est louche. Il n'apparaît jamais directement, mais comme je suis coriace, et intuitif, j'ai fini par le dénicher… attends… je l'ai… voilà : Jacob. C'est ça, Jacob Howard.

Nom de Dieu !

Je me redresse sur ma chaise, et je m'empare de mon portable pour appeler June.

Ça sonne.

Putain, réponds, bébé, je t'en prie…

Elle ne répond pas. Qu'est-ce qu'elle fout ?

Je tape frénétiquement :

[Vire ce type, ne fais
aucune transaction
avec cette agence,
et rappelle-moi.
Tout de suite !]

J'ai bien conscience que je vais lui foutre la trouille, mais je lui exposerai la situation ce soir, et je rattraperai le coup.

Je trépigne, et ma jambe tressaute toute seule tant je deviens nerveux.

Putain… je devrais peut-être… ouais, c'est la seule solution ou je ne serai pas tranquille une seule minute, et un manque de vigilance peut m'être fatal lors de la livraison.

Je tape un message à l'intention de Chips.

[Va surveiller
la maison de June,
je t'envoie l'adresse.
Au moindre problème,
tu m'appelles ! Charlie]

Il me répond immédiatement qu'il se met en route.

Voilà, je suis un peu soulagé, mais malgré moi, un sentiment d'angoisse me tord le bide.

Est-ce dû à la livraison ? À June et au fait qu'elle est devenue ce que j'ai de plus important dans la vie, et que j'en crèverais s'il lui arrivait quelque chose ? À Jacob, qui refait surface sans que je m'y attende, justement au moment où je veux régler mes comptes avec lui ?

Je regarde Kurt pianoter sur son clavier.

– Je suppose que tu as fait des recherches sur lui ?

– Tu supposes bien, et figure-toi qu'il est né ici. À Corpus, répond-il, sans même me regarder.

– Marié ?

– Non.

– Des enfants ?

– Non.

Ça m'arrange. Il ne manquera à personne.

– Où habite-t-il ?

– Attends, je cherche. Putain, il est en prison ! Depuis huit ans ! Pour diverses malversations et surtout pour fraude fiscale, et…

Il continue de pianoter.

– Il vient juste de sortir. La semaine dernière !

J'ai l'impression de recevoir un coup de massue sur la tête.

Il se passe la main dans les cheveux, tout en continuant ses recherches, et je reste scotché à ses lèvres.

– Il est pire qu'Al Capone ! Ce mec est riche comme Crésus, et il a maintenant en permanence trois gardes du corps qui le protègent, ajoute-t-il, face à mon silence.

Putain…

– Pourquoi tout ce monde ? Ce n'est qu'un mec qui bosse dans l'immobilier !

– Je pense que c'est plus compliqué que ça. Il touche un peu à tout, par l'intermédiaire, comme je te l'ai dit, de tas de sociétés : les médias, l'industrie pharmaceutique, la banque…

Je lève un sourcil.

– La banque ? June était avec un banquier, tu te souviens, je t'avais demandé d'enquêter sur lui. Pourrait-il y avoir un lien entre eux ?

– Tout est envisageable, mon frère. Était ? Elle l'a largué ?

– Oui, mon frère.

– C'est parfait, alors ! Et en ce qui concerne ce Jacob ?

– Disons que lui et moi avons eu un léger différend par le passé.

– Si tu veux que je le surveille, tu dois tout me dire, Charlie.

Je prends une grande inspiration. Je n'aime pas particulièrement revivre cette partie de mon passé, ni ce qui en a découlé. J'ai fait le con, mais je n'oublie pas que le marasme de ma vie, je le dois à ce connard : Jacob Howard.

– Il est entré dans ma bande de potes peu de temps après

la mort de Rick, le frère de June. Ils se connaissaient. Je crois même que Rick a eu un problème avec lui, mais il est mort avant de pouvoir m'en parler. On trouvait Jacob sympa, il payait presque tout le temps à boire, ou à bouffer, les cinémas aussi, alors que nous, nous étions fauchés. Il avait un gros pick-up, il nous emmenait partout, et comme c'est lui qui conduisait, nous pouvions boire.

Kurt lève le doigt.

– Je pense à un truc. Le frère de June, c'est Rick Allen ?

– Ouais, c'est ça.

Il pianote sur son clavier quelques secondes, et imprime un truc, qui s'avère être une photo. Une photo de promo d'université. Qu'il fait glisser jusqu'à moi.

– Tu le reconnais ?

Je regarde la photo avec attention.

– Non.

– Vous n'étiez pas dans la même université ?

– Non. J'étais dans le privé.

Mes parents avaient fait ce choix pour que je fasse de grandes études. Ce qui m'avait amené à demander Columbia, sur un coup de tête, comme ça, pour tester mon niveau, tout en sachant que, cette célèbre université n'acceptant que cinq pour cent des demandes, j'avais peu de chance d'être reçu, et pourtant, j'ai été pris. J'ai repoussé l'échéance, mais après la trahison de June, j'ai accepté et je suis parti. J'avais 19 ans, le cœur brisé et il fallait que je m'éloigne d'elle et de Kingsville. Mon Bachelor en poche, j'ai bossé quelques années dans une grosse banque de Manhattan ; je gagnais très bien ma vie, je sortais beaucoup, j'avais toujours plusieurs nanas en même temps, mais je n'étais pas heureux.

Je savais qu'un autre destin m'attendait. Puis, mon père est mort et je suis rentré. Et là, j'ai su : mon destin était vraiment ici, dans ce club, avec mes potes. Il n'était plus question de grosses finances, mais je gagnais suffisamment pour m'amuser.

– Alors ? demande une nouvelle fois Kurt.

Je redescends sur Terre.

– Je reconnais Rick, mais pas Jacob.

Il entoure l'un des étudiants avec un stylo fluo.

– C'est lui.

– Ils avaient quel âge ?

– 16.

– Putain, je ne le reconnais pas.

Le mec de la photo n'a rien à voir avec le Jacob de mon passé. Celui-ci est massif, boutonneux, avec des lunettes, et une dentition dégueulasse.

– Visiblement, il était super doué, ajoute Kurt, les yeux toujours rivés à son écran. Le meilleur de la classe.

– Comment peut-on changer à ce point ?

– Chirurgie esthétique ! S'il avait du blé, ou sa famille, c'est possible. Attends… Effectivement, il a subi quelques transformations à ses 18 ans : rhinoplastie, liposuccions, pose de facettes dentaires, d'implants capillaires, réduction de la masse abdominale. Ainsi que plusieurs stages en hôpital psychiatrique pour troubles du comportement. Un genre de surdoué inadapté, quoi.

– Je vois.

Ce que je vois, surtout, c'est que je vais devoir me rappeler à son bon souvenir.

Et June qui ne répond toujours pas !

Putain, elle va m'entendre.

– Raconte-moi la suite de ton histoire, m'interrompt Kurt.

Je me racle la gorge, pour replonger dans mes souvenirs, et mettre le doigt sur… je ne sais pas… un truc qui pourrait m'en dire plus sur les intentions futures de Jacob.

A-t-il, dans sa tête de dégénéré, déjà planifié une vengeance à notre encontre ? En veut-il à June ?

Elle ne quitte pas mes pensées et je tripote mon portable avec de plus en plus de nervosité.

– Putain, c'est un tordu.

– Ouais, mon frère, un vrai malade. Tu imagines s'il avait drogué June plutôt que moi ?

– Ça veut dire que ce mec se baladait avec des drogues sur lui, pour arriver à ses fins avec les filles ?

– Ou pour se débarrasser d'un rival. Ce qui a été mon cas.

Nous marquons un silence. Je regarde mon portable. Aucun message de June, ni aucun appel. Et je me demande encore une fois ce qu'elle fout et pourquoi elle ne me rappelle pas.

J'envoie un message à ma sœur, tandis que mon angoisse monte d'un cran.

[N'ouvrez à personne
et reste avec June
jusqu'à ce que je vienne
vous retrouver.]

Putain, à quoi leur servent leurs portables ?

– Faut que j'y aille, mec, je ne suis pas tranquille, June ne répond toujours pas.

– Pas de souci, mon frère.

Il me tend la photo.

Je m'en empare.

Je saute de ma chaise, puis je me dépêche de sortir du club et d'aller enfourcher ma bécane.

Je prie pour ne pas arriver trop tard.

32

June

J'ai mis de la musique et, depuis une heure, nous briquons la maison en dansant et en faisant les folles. Kate semble heureuse et moi, je le suis. Charlie habite mon cœur, mon esprit et mon âme, et je n'en reviens toujours pas : il est à moi. Vraiment à moi. Rien qu'à moi. Et je suis à lui. Enfin. J'ai tellement attendu ce moment. Toute ma vie, en vérité. Et ça a été merveilleux. L'avoir en moi, à nouveau, alors que je pensais que ça n'arriverait jamais plus, m'a comblée. J'avais l'impression de rêver. Nous avons parlé du passé, et je crois que nous nous sommes pardonné nos erreurs. Non, je ne crois pas, j'en suis sûre. À notre réveil, il n'y avait aucune gêne, aucun embarras, bien au contraire, il y avait cette espèce de connivence, cette tendresse que nous avions l'un pour l'autre dans notre enfance, et nous aurions refait l'amour si ce… ce mec de l'agence n'était pas venu nous emmerder.

Je m'arrête, et je mets les mains sur mes hanches.

Nous avons déjà fait du bon boulot : la cuisine est propre,

et le salon ressemble à quelque chose. Nous avons dépoussiéré, tapé les coussins du canapé, changé les meubles de place, sous l'œil goguenard de mon chien, qui, de temps en temps, lève une paupière fatiguée.

Kate vient s'écrouler dans un fauteuil, et contemple, elle aussi, le chien à nos pieds.

– Tu lui as choisi un nom ?

– Non, toujours pas. Je ne trouve pas.

– Tu trouveras, j'en suis sûre. Bon, c'est pas tout ça, qu'est-ce que je fais de tout ce fatras ?

Elle me montre les sacs-poubelles.

– Dans le garage, s'il te plaît, je mettrai tout ça à la benne plus tard.

– OK, chef.

Elle empoigne les sacs, et je la suis un moment du regard.

– Kate ? la retiens-je.

Elle se retourne.

– Oui ?

– Tu voudrais m'aider à transformer cette maison, à la décorer, à en faire un vrai foyer ?

Le chien vient se frotter contre moi, et je me baisse pour le caresser et ne pas me laisser envahir par l'émotion. J'espère ne pas aller trop vite, ne pas griller les étapes, et j'espère surtout ne pas avoir à regretter toutes les décisions de ces dernières vingt-quatre heures.

Je sens le regard de Kate sur moi.

– Qu'est-ce qui ne va pas ? demande-t-elle, en venant s'accroupir près de moi.

Je me relève, et elle en fait de même. Je me noie dans ses beaux yeux noirs, tandis que le chien, comprenant certainement mon désarroi, vient se frotter contre mes jambes. Je tends le bras et je touche son pelage du bout des doigts, comme pour m'assurer de sa présence, et de sa protection. Avec lui à mes côtés, il ne peut rien m'arriver. Mes yeux se voilent.

– Qu'est-ce que tu as ? demande une nouvelle fois ma meilleure amie. June ?

– Je… j'ai peur, Kate. Peur que tout s'arrête, peur de ne pas avoir le temps de vivre tout ce que… tout ce que je veux vivre avec Charlie.

Ce que je ne dis pas, c'est que j'ai peur de le perdre. Peur que la vie me le prenne, comme elle a pris tous ceux que j'aimais.

Elle m'enlace.

– Tu n'as aucune raison d'avoir peur. Charlie est avec toi, il t'aime. Il t'aime depuis des années, et je crois qu'il te l'a prouvé, non ? Même si je suis persuadée qu'il ne te l'a pas dit.

C'est vrai…

– Il est secret, il ne parle jamais de ses sentiments, comme tous les mecs, mais moi, je sais qu'il tient à toi, continue-t-elle. Je crois que Kurt est encore pire que lui niveau mystères, c'est une véritable énigme. Toi, au moins, tu connais mon frère depuis toujours, tu sais d'où il vient, qui il est, alors que moi, je ne sais absolument rien de Kurt. Mais je craque pour lui, soupire-t-elle finalement.

– C'est ça, l'amour ! Tu es foutue, ma belle.

– J'en ai bien peur, s'esclaffe-t-elle.

– Je vois que tu n'as pas perdu ton sens de l'humour. Comment fais-tu ? Tu n'as jamais de doutes ?

– Jamais ! Ça sert à quoi ?

– Je sais. Je ne dois pas être normale.

Elle m'enlace à nouveau.

– La vie ne t'a pas fait de cadeaux. Mais les Miller vont te remonter le moral, tu verras. Fais-nous confiance, et débranche un peu ton cerveau. Profite, bordel ! La vie est courte, et tu as aujourd'hui tout ce que tu veux, non ? Tu es heureuse ?

Je me détache de ses bras réconfortants et je tente un sourire convaincant.

– Oui, Kate, je suis heureuse, et je vais arrêter de me lamenter, promis, et tout comme toi, je vais profiter de tous les bons moments.

– Bravo ! Bonne résolution, et si tu faillis, je saurai te remettre sur le droit chemin, fais-moi confiance.

Nous nous sourions.

– Du coup, tu ne m'as pas répondu, tu veux bien décorer ma maison ?

– Oui, évidemment !

– J'ai de l'argent. Ton prix sera le mien.

– Certainement pas ! Je ne vais pas faire payer ma future belle-sœur !

Sa future belle-sœur ? Euh… nous n'en sommes pas encore là.

Je me rends compte que je donnerais tout ce que j'ai pour devenir un jour Mme Charlie Miller. C'était mon vœu le plus cher, mon rêve secret lorsque j'étais ado, et que je fantasmais comme une malade sur lui.

– Ne fais pas cette tête-là, s'esclaffe-t-elle encore. Je sais que ça arrivera.

Ils se ressemblent tellement : la même fougue, la même force, la même détermination.

– Fais-lui confiance, June, s'il te plaît. Il a vraiment changé.

– Comment peux-tu le savoir ? Il est parti dix ans.

– Putain, June, il est revenu depuis trois mois, nous avons passé beaucoup de temps ensemble, beaucoup discuté, et je le connais. C'est mon frère !

Elle dit ça comme une évidence, comme si, parce qu'il est son frère, il a toutes les qualités de la Terre. Mais comme tout le monde, il a ses défauts : caractériel, dominant, un rien lunatique. Bien qu'un peu moins qu'avant, il me semble. Il a beau être tout ça, il est celui que j'aime et celui pour qui bat mon cœur, cet organe qui décide seul de celui qu'il veut aimer. Pour la vie.

Kate me met une claque sur les fesses.

– Allez, fainéante ! Nous avons du pain sur la planche. Ta maison a tout d'un musée, et il nous faudra du temps pour la mettre au goût du jour.

Elle tourne sur elle-même.

– On va enlever tous ces papiers peints qui datent de Mathusalem, changer le mobilier pour des trucs plus modernes, je verrais bien… des meubles clairs, du rotin, du verre, du fer forgé. Cette maison a un vrai potentiel, June, les pièces sont de tailles raisonnables, et cette cheminée donne vraiment du cachet à la pièce et ne nécessitera qu'un petit coup de peinture. J'ai carte blanche ?

J'éclate de rire.

– Oui, bien sûr, éclate-toi !

– Tu verras, ça va être génial !

– J'espère bien. Bon, on continue ?

– J'emmène ça dans le garage.

Elle s'éloigne, après avoir pris les sacs. Le chien, qui avait fini par se coucher – le pauvre –, lui emboîte le pas. Je le regarde marcher. Il appuie un peu sur sa patte, ce qui est plutôt bon signe. Malgré son handicap, malgré son pelage qui pend comme une cotte mal taillée et glisse sur ses os à chaque mouvement, il garde une posture majestueuse, et soudain, un nom s'impose à moi.

– J'ai trouvé, Kate.

Elle se retourne.

– Quoi ?

Je me rapproche d'eux, et je m'agenouille pour caresser le chien, et lui gratter le cou. Mes doigts s'enfoncent dans son pelage doux, encore dense pour son âge, qui semble déjà bien avancé, si je ne m'abuse.

Et toi, mon beau, quelle est ton histoire ? D'où tu viens ? me demandé-je soudain, les larmes aux yeux. Ce chien m'attendrit, c'est comme ça, j'aimerais qu'il soit heureux. Que nous soyons heureux tous les deux.

– J'ai trouvé un nom pour le chien. Hein, mon beau, qu'est-ce que tu dirais de Marquis ? Ça te plairait, Marquis ? Tu aimes ?

Il jappe, et me lèche la main.

– Ça a l'air de lui plaire, remarque très justement Kate.

Je l'embrasse sur la truffe, tout en continuant de lui gratouiller le cou.

– Oui, je crois que oui. Allez viens, Marquis, je t'emmène au jardin prendre l'air.

Je me redresse et fais quelques pas.

Je tape ma main contre ma jambe.

– Allez, viens !

Il jappe une fois de plus et me suit.

Je lui ouvre la porte de la terrasse et tandis qu'il descend les marches avec précaution, je m'installe sur la balancelle. Je ferme les yeux. Aussitôt, je pense à Charlie. J'ai dû m'assoupir une fraction de seconde, car je sursaute en entendant le chien japper, puis couiner.

Je saute sur mes pieds et je l'appelle :

– Marquis ? Viens, mon beau. Marquis !

Je descends l'escalier, sur le qui-vive, lorsque je le vois arriver du coin de la maison. Il n'est pas seul…

– Charlie !

Je m'élance dans ses bras.

Il me reçoit contre son torse, et, le nez dans mon cou, il me fait tourner. Puis il me repose au sol, et prend mes lèvres, dans un baiser passionné, qui semble ne jamais vouloir prendre fin. Sans quitter mes lèvres, il me pousse jusqu'à ce que mon dos soit contre le mur. Après quelques minutes de baisers torrides, j'ai tellement envie de lui que mes muscles intimes se serrent douloureusement.

Je m'attaque à son ceinturon, supplie :

– Viens. J'ai envie de toi.

– Je n'ai pas beaucoup de temps, grogne-t-il, en glissant ses mains sous mon tee-shirt.

– Ce n'est pas grave. On va faire vite, grogné-je, en le serrant encore plus fort.

Je dois être moite et puer la transpiration, mais je m'en fous, et il semble s'en foutre lui aussi.

– T'es toute chaude, bébé. Et trempée, grogne-t-il.

Si tu savais…

Il dégrafe mon pantalon.

– Tourne-toi !

Je m'exécute aussitôt, et je mets mes mains à plat contre

le mur. Il descend mon jean d'un coup sec, puis ma culotte, et, mettant son sexe à nu, il met une protection, attire mon bassin vers le sien, et me pénètre. Fort. Loin. Si loin, et si fort qu'un long gémissement franchit mes lèvres. Les siens me répondent aussitôt ; il gronde, tout en accélérant la cadence.

Putain, c'est bon !

Divin, même… Mes gémissements montent crescendo, ses doigts se crispent sur ma peau, s'enfoncent dans ma chair. Il ne retient rien, et me fait l'amour avec passion. Presque avec violence, mais je crois que j'adore ça. J'adore qu'il ne maîtrise plus rien, qu'il se laisse aller à m'aimer comme il en a envie, pour son plaisir, pour en tirer le maximum, tout en faisant exploser le mien.

Mon sexe s'inonde, se gorge de sève, gonfle de désir, sa queue devient divinement grosse et m'étire, à mesure que son plaisir prend de l'ampleur. Le souffle me manque. Ses coups de reins deviennent acharnés, ainsi que les miens. Je réponds à chaque mouvement de bassin. Nos gémissements emplissent l'espace. Je ne sais plus qui je suis, où je suis ; je perds la tête. C'est si fort. Ce qu'il se passe dans mon ventre, dans mon corps, dans cette partie de mon corps reliée à lui, envahie par sa présence, – ainsi que dans ma tête –, est si intense, que j'explose dans un orgasme immense. Il se tend, me redresse et me serre contre lui, me faisant me cambrer plus encore. Nos lèvres se rejoignent, alors qu'il est encore à l'intérieur de moi. Il bouge, coulisse, frappe violemment au fond de mon vagin ; il en veut encore. Un nouvel orgasme encore plus intense que le précédent me pulvérise, et mes cris se perdent dans sa bouche. Il serre mon visage dans sa grande main, m'embrasse intensément, violemment, à la mesure de son amour. Je le sais, je le sens. Car c'est ce que je ressens moi aussi. Et il continue, encore et encore.

– Bon Dieu, June, ça n'a jamais été aussi fort !

Le souffle lui manque lorsqu'il jouit enfin.

Il se retire doucement, tout en continuant de m'embrasser, les yeux fermés, avec un air béat, un bonheur si visiblement intense que mon cœur bondit de joie.

Je le rends heureux, vraiment heureux…

Je prie pour que rien ne change jamais. Je me rhabille, et il en fait de même. J'aimerais qu'il me dise, là, tout de suite, qu'il m'aime.

Il te l'a prouvé, non ? gronde une petite voix dans ma tête. *Contente-toi de ce que tu as, nom de Dieu, ou à trop en vouloir, tu vas tout perdre !*

Charlie n'est pas de ces hommes que l'on soumet, ou soudoie, ou que l'on pousse à faire ce qu'ils ne veulent pas. Puis, à quoi ça servirait de réclamer ? Il faut que ça vienne de lui, non ?

Je me réfugie dans ses bras, et l'embrasse dans le cou, le faisant frissonner.

– Je veux que tu m'accueilles comme ça tous les jours jusqu'à la fin de mon existence, grogne-t-il d'une voix sourde, en reprenant mes lèvres voracement.

Ma bouche s'étire contre la sienne, et je souris comme une débile.

Comment de simples petits mots peuvent-ils mettre autant mon cœur en joie ?

– Qu'est-ce qui nous en empêche ? dis-je, la voix cassée par l'émotion.

Il scelle ses prunelles aux miennes.

– Rien, tu as raison, et c'est ce qu'il se passera. J'ai envie de toi, bébé, à chaque instant de mon existence.

Mon sourire s'élargit.

– Sinon, tu voulais quelque chose de particulier, ou tu n'es venu que pour… ?

Ses sourcils se froncent.

– C'est ce que tu crois ? Que je suis venu pour baiser ?

Je mets ma main sur sa joue pour apaiser la colère qui gronde déjà dans ses yeux, devenus sombres.

– Non, bien sûr que non, et ce serait malvenu de ma part de faire la difficile. J'ai eu beaucoup de plaisir, et on recommence quand tu veux.

– J'aime mieux ça ! Si tu penses que je ne viens que pour ton cul, je vais devoir te faire changer d'avis sur mes intentions, ou te punir d'avoir de telles pensées. Je voulais te voir. Toi, termine-t-il, en mettant un doigt sur ma poitrine.

Je me suspends à son cou.

– Pardonne-moi. Je ne veux pas que l'on se dispute. Tu voulais me voir, dis-tu ?

– Tu n'as pas lu mon message ?

– Non, pourquoi ?

Devant son air soucieux, je demande, soudain inquiète.

– Qu'est-ce qu'il se passe, Charlie ?

– Ce type de l'agence, c'est toi qui l'as contacté ?

– Non, je réponds, un peu gênée. C'est Tim, avant que… enfin, avant que je lui dise que c'était fini entre nous.

– Je vois. Alors il faut que je te dise que l'agence immobilière appartient à Jacob.

Je le regarde, complètement perdue.

– Jacob ? Celui que l'on connaît ?

– Oui.

Il extirpe une feuille de sa poche, la déplie, et me la tend.

– Tu le reconnais, à côté de ton frère ?

Je regarde attentivement la photo de classe de mon frère. Il avait quoi ? 15, 16 ans ? C'était l'année avant qu'il n'entre au MC. J'approche la feuille de mes yeux, pour examiner ce visage qui ne m'est pas tout à fait inconnu.

– C'est Jacob, tu es sûr ? Il ne ressemble en rien à ce type qui était avec nous ce soir-là.

– C'est bien lui. Et je suis d'accord avec toi, on ne dirait pas le même mec. Kurt a découvert qu'il a fait de la chirurgie esthétique, et plusieurs séjours en hôpital psychiatrique pour des troubles du comportement. Tu ne l'avais jamais vu avant ce soir-là ?

– Maintenant que tu le dis, il est peut-être venu à la maison avec Rick, mais je n'ai pas fait attention à lui, et encore moins retenu son nom.

Charlie glisse une main le long de ma nuque.

– Nous allons devoir prendre des mesures, June. Pour ta protection.

– Mais, je… Enfin, rien n'est sûr et…

Putain, non… je ne veux pas vivre enfermée ! Je ne veux pas renoncer à ma liberté, il n'en est pas question.

– June ? J'ai trouvé ça sur ta poubelle, c'est quoi ? Charlie ? T'es déjà rentré ?

Je me retourne d'un bloc, et me fige en reconnaissant le carton. Je quitte les bras de Charlie et je me dépêche de rejoindre Kate, pour lui prendre le carton des mains.

– C'est rien, donne ! Je vais m'en débarrasser.

C'est pas vrai ! Timing de merde !

Si je pensais m'en tirer facilement, c'est mort. Charlie me rattrape, et me bloque le passage. Il me connaît trop bien, là est le problème. Je crois que cette fois-ci, la température de mes joues avoisine les mille degrés.

– Qu'y a-t-il dans ce carton, June ?

– Rien. Des bricoles à jeter.

Ses yeux me sondent ; il n'est pas dupe une seule seconde de mon attitude.

– Tu es soucieuse depuis hier, il s'est passé quelque chose, j'en suis persuadé. Ça a un rapport avec ce colis ?

Je détourne les yeux, embarrassée, en serrant le colis empoisonné contre ma poitrine. Je sais ce qu'il va se passer. Il va avoir peur pour moi, il va péter un câble et il me fera surveiller par les prospects, si ce n'est pas déjà fait avec cette histoire à propos de Jacob ; je ne vais plus pouvoir mettre un pied dehors sans une escorte.

Ça va être l'enfer.

– June, tu peux tout me dire, bébé. Je ne me mettrai pas en colère si c'est ce que tu crains.

Je me redresse.

– Tu penses que j'ai peur de toi ? Que ta colère, ou ce que tu penses de moi, pourrait m'empêcher d'agir à ma guise ? Tu es si présomptueux, tu…

Je le vois serrer ses poings.

– Ne change pas de sujet, nous réglerons cette question plus tard, entre quatre yeux. Donne-moi ce colis avant que je ne te le prenne de force.

– June, fais ce qu'il te demande. Si tu es en danger, nous devons le savoir, ajoute Kate qui s'est approchée de moi.

– Qu'est-ce qui vous fait croire que je suis en danger ? Je suis assez grande pour gérer mes problèmes moi-même. Je me suis passée de vous pendant dix ans, alors je peux tout à fait continuer.

Il y a soudain la même détresse, la même peine dans leur regard, et je m'en veux ; pas plus que moi ils ne sont responsables de ce qu'il s'est passé il y a dix ans.

– Dis-moi ce qu'il se passe, reprend Charlie en me caressant la joue. Ne me laisse pas comme ça. S'il te plaît.

Je capitule :

– D'accord. Venez.

Il me laisse le précéder, entrer dans la cuisine ; je pose le paquet sur la table, puis je leur fais face.

– Tu ne l'as pas ouvert, Kate ?

– Non. Je ne fouillerais pas dans tes affaires, répond-elle, outrée.

– OK, je vous préviens, ça ne va pas vous plaire, je…

– Putain, June, ouvre cette saloperie de merde ! gronde Charlie.

Je m'exécute.

Ils se penchent, et Kate pousse un cri, en mettant sa main sur sa bouche, tandis que Charlie écarquille des yeux. Aussitôt, la colère les fait flamber.

– Nom de Dieu, et tu voulais me cacher ça ? Qui est-ce qui…

– J'en sais rien, soufflé-je, en l'interrompant. Je l'ai trouvé sur mon palier hier après-midi, un peu avant ton arrivée.

Il contemple l'animal, qui dégage maintenant une forte odeur de putréfaction. Kate s'est mis la tête dans l'évier, en tentant de calmer sa respiration, tandis que Marquis se redresse sur ses pattes et se met à japper, nous mettant les nerfs à vif. Je m'approche de lui pour le serrer dans mes bras.

– Tout doux, mon beau. Ce n'est rien.

– Comment ça, ce n'est rien ?! s'insurge Charlie. Va prendre tes affaires. Je t'emmène au club.

– Non, il n'en est pas…

Il ne me laisse pas finir et me prend aux épaules, pour me tourner face à lui.

– Il est hors de question que je te laisse une minute de plus seule dans cette maison tant que nous n'en saurons pas plus, tu entends ?

Je me rebiffe :

– Je ne suis pas seule, j'ai le chien, et…

– Tu parles d'un chien de garde ! Regarde-le, il est vieux et boiteux.

Marquis nous regarde en inclinant la tête, les yeux malheureux ; je suis sûre qu'il comprend tout. Ou, tout du moins, les intonations de colère, les menaces…

– Je t'interdis de dire du mal de mon chien. Je suis sûre qu'il m'alertera d'un danger éventuel, et je pourrai t'appeler si besoin, ou tu mettras un prospect en surveillance devant la maison.

Il passe sa main dans ses cheveux, tandis que Kate s'assoit à la table, blanche comme une morte, tout en louchant sur la bête. Elle retient un haut-le-cœur. Sa mimique est si risible que je pourrais m'en amuser mais je crois que Charlie le prendrait très mal.

– C'est déjà fait !

– Pardon ?

– Pour le prospect, c'est déjà fait ! Lorsque j'ai su pour Jacob, j'ai envoyé Chips.

– Bon, alors tu vois, l'affaire est réglée.

– Non, June. Ça ne me suffit pas. Je veux te savoir en sécurité. Au club. Kate, tu viens avec nous.

Elle lève la tête.

– Je vais plutôt rentrer chez moi. Je me lève tôt demain, et honnêtement, je ne crois pas être en danger.

Charlie pousse un soupir, l'air de dire : « Putain, ces bonnes femmes ! »

– C'est au club d'en décider, Kate. En s'en prenant à June, cette personne s'en prend à tous les membres du club, à toute la famille. Alors tu viens, toi aussi. C'est non négociable.

Sa voix devient tranchante, et je comprends qu'il est à bout de patience.

Je profite de leur discussion pour m'éclipser.

Tout en montant l'escalier, je les entends parlementer et quelques minutes plus tard, Charlie me rejoint.

Il s'adosse contre la porte.

– Tu n'allais rien me dire ?

– Non, bougonné-je, tout en mettant mes affaires dans un sac de voyage.

Je prends mon passeport que j'avais mis dans le chevet, le fourre dans le sac, et je prends ma veste en jean. Ses yeux me scrutent lorsque j'arrive à sa hauteur.

– Pourquoi ?

– J'en sais rien, Charlie, je ne voulais pas t'inquiéter inutilement avec mes histoires, et… c'était avant que… enfin, avant que tu ne reviennes dans ma vie. Je ne pensais pas que ça t'intéresserait.

Je baisse la tête, mais il prend mon menton entre ses doigts pour que je la relève.

– D'acçord, avant, je veux bien, mais après ?

– Ça m'est complètement sorti de la tête, je réponds, en soutenant son regard.

Ce qui est la vérité. Je sais, je suis inconsciente, tête en l'air, mais il m'a complètement déboussolée. Il n'y avait plus que lui qui comptait, et le fait qu'il veuille de moi, et me le prouve. Je ne voulais penser à rien d'autre.

On ne va pas en faire tout un fromage, bordel !

– J'ai oublié, d'accord ! insisté-je, devant son regard noir.

Il se radoucit.

– D'accord. Mais ne dis plus jamais que ça ne m'intéresse pas. Tout ce qui te concerne me concerne, June. Pourquoi as-tu pris ton passeport ?

Il remarque tout, c'est pas vrai !

– Je repars pour Philadelphie.

Il ouvre la bouche de surprise.

– Pardon ?

Je mets ma main sur sa joue pour l'apaiser.

– Je pars, mais je reviens le plus vite possible.

– Il n'en est pas question, aboie-t-il.

– Je dois récupérer des affaires importantes, des papiers, voir la directrice de l'école et demander un congé supplémentaire. J'aime mieux partir que rester enfermée au club, je ne le supporterai pas.

Il se prend la tête entre les mains.

– Putain… alors emmène Kate.

– Elle a certainement des tas de choses à faire. Ça ira, je suis une grande fille, je saurai me débrouiller, comme je l'ai toujours fait.

– Je ne sais pas si tu te rends bien compte du problème,

June : la personne qui t'a envoyé le colis est probablement dangereuse, prête à tout, et il y a Jacob.

Je m'approche, pour poser ma main sur sa joue ; j'ai remarqué que ça le calmait.

– Je ne crains rien à Philadelphie, j'en suis persuadée, et ça permettra que les choses se tassent. S'il te plaît, laisse-moi partir. Fais-moi confiance.

Il prend mon visage entre ses mains.

– J'ai confiance en toi, June. C'est juste que… je n'aime pas te savoir seule.

J'embrasse ses lèvres, tout doucement.

– Je ne serai pas seule, je serai en pleine ville, et je resterai vigilante, je te le promets. On ne pourrait pas arrêter de parler de tout ça, et passer une bonne soirée ? continué-je, en mettant mes bras autour de son cou et en l'embrassant. Tu te souviens, le restau, la balade sur la plage… On ne va pas s'arrêter de vivre parce qu'un petit malin m'a fait une mauvaise blague.

Il répond à mon baiser, et laisse échapper un gémissement.

– S'il te plaît, s'il te plaît… insisté-je, en l'embrassant partout sur son visage.

– Tu me rends dingue, tu sais ça ?

– Je sais. C'est pour ça que tu t'intéresses à moi, tu me trouves récréative.

Il me plaque contre lui, et met ses mains sur mes fesses.

– Récréative, ouais, c'est ça, se moque-t-il. Récréative, sexy, chaude comme la braise. Mmm, ouais, mademoiselle Allen, vous faites plus que m'intéresser, vous me fascinez.

Un gloussement m'échappe lorsqu'il promène ses lèvres sur ma peau, dans mon cou.

– Tu seras sage ? ronronne-t-il, en glissant une main sous mon tee-shirt, et en s'emparant d'un sein.

Aussitôt, le désir vibre dans mon ventre. Un désir ardent, mordant. Je gémis. J'ai envie de lui appartenir, encore. De le laisser me faire l'amour. J'ai tout le temps envie de lui.

– Promis. Tu n'as pas à te faire du souci pour moi, je réponds, enfiévrée.

Il suce ma peau, me marque, comme un signe d'appartenance.

– Et ton chien ?

– Son sort t'intéresse finalement ?

Sans même me répondre, il gronde, me pousse jusqu'à mon lit, pour me faire tomber.

Sans quitter mes lèvres, il défait mon jean. Je me tortille pour l'aider à retirer une jambe, ainsi que ma culotte, puis je l'aide à en faire de même. Mis à nu, nos sexes ne demandent qu'à se rejoindre. Mon sang bouillonne dans mes veines. Impatient lui aussi, il enfile une protection et entre en moi d'une poussée. D'une divine poussée qui me fait me cambrer. Il est gros, il m'étire délicieusement, et lorsqu'il entame de puissants va-et-vient, je ne peux que gémir. Il va vite, il est brutal. Il me prend, durement, impitoyablement, pour me punir de vouloir m'éloigner, très certainement. Mon plaisir en est décuplé, mon cœur s'emballe : je compte pour lui… ma jouissance est rapide, urgente, fulgurante. Et déclenche aussitôt la sienne. Il se libère, puis s'affale sur moi.

Je le serre contre mon cœur, pour qu'il comprenne à quel point je l'aime et à quel point m'éloigner de lui est une torture.

Il se redresse sur les coudes et plonge ses yeux dans les miens.

– Tu es vraiment décidée à partir ?

– Oui. Et ce que nous venons de faire ne change rien.

Il me regarde comme s'il avait pris un coup dans le plexus.

Il se redresse et se rhabille, le visage fermé.

Grrr, monsieur dominant a laissé la place à son double maléfique : monsieur colère.

– Charlie… tenté-je.

– Je t'attends dehors.

OK…

Il m'énerve quand il se comporte comme un enfant gâté !

Mon ange intérieur me dit que son comportement n'est dû qu'à l'attachement qu'il a pour moi, parce qu'il a peur qu'il m'arrive quelque chose, et qu'il ne veut pas que je parte. Mais une petite partie de moi se rebelle, en pensant qu'il ne s'agit là que d'un pur instinct de possession de mâle dominant. Bon, j'y suis peut-être allée un peu fort et j'espère ne pas avoir à le regretter, mais s'il croit pouvoir tout décider pour moi, il faut qu'il comprenne qu'il ne le peut pas, et ne le pourra jamais. Je ne l'accepterai pas. Je peux me laisser dominer dans un lit, le laisser faire ce qu'il veut de moi, mais en dehors du lit, je suis encore maîtresse de mes actes, de mes choix, et je compte bien mener ma vie comme je l'entends.

Je saute du lit, me rhabille en quatrième vitesse, pour le talonner et espérer lui faire entendre raison, mais il reste sourd à mes appels.

– Vous en avez mis du temps !

Charlie ne répond rien, et elle me lance un regard interrogateur.

– Qu'est-ce qu'il a ? Il est en colère ?

Je soupire :

– Pas plus que d'habitude. Nous passons notre temps à nous disputer.

– C'est bien, ça évite l'ennui ! Comme ça, vous pourrez vous rabibocher sur l'oreiller.

– Tu as vraiment réponse à tout.

– Ouais, s'esclaffe-t-elle. Appelle-moi Kate, experte en coaching sexuel. Vous avez baisé ? demande-t-elle, à voix basse.

– Tais-toi ! C'est gênant, je te l'ai déjà dit, je réponds sur le même ton, alors que je ne peux m'empêcher de sourire.

33

Charlie

J'attends près de ma bécane que ces dames daignent sortir de la maison, et j'allume une cigarette pour tromper ma nervosité. Cette fille va me rendre enragé. Comment lui faire comprendre que je tiens à elle, que j'ai peur pour elle, et que je veux seulement la protéger et non l'emprisonner ?

Elle est tellement… indépendante, elle se fout de ce que je pense, de mes sentiments, de mes angoisses en ce qui la concerne ; elle s'en balance. La preuve : elle se tire à l'autre bout du monde, après m'avoir accordé seulement quelques heures de bonheur, en se moquant bien de ce que je peux ressentir, ou de ce que ça me fait.

Si elle trouvait Philadelphie plus à son goût ? Si elle était incapable de quitter son job, ou si elle ne voulait pas de moi, finalement, pour ne pas reproduire le schéma maternel ? Elle ne peut pas ne pas y penser. La vie ne fait pas de cadeaux, et June a payé le prix fort : son frère, son père, puis sa mère.

Un retour de bile me brûle l'œsophage.

Putain, il faut que je trouve une solution.

Je pourrais l'obliger à m'obéir, l'attacher, l'enfermer dans ma chambre, mais ce n'est pas ce que je veux, je ne désire pas ce genre de relation avec elle.

J'écrase ma clope en voyant June venir dans ma direction, après avoir posé son sac de voyage dans la voiture de Kate, et emmené le chien chez ma mère.

– Tu veux bien que je monte avec toi ?

– Ne pars pas.

Je ne reconnais pas ma voix. C'est plus fort que moi, il fallait que je le lui dise, tout en me traitant intérieurement de tous les noms. Elle se pend à mon cou et je peux sentir, à travers mon tee-shirt, la chaleur de sa poitrine.

Je ne veux plus avoir mal.

Je ne veux plus la perdre.

– On en a déjà parlé, Charlie, je fais l'aller-retour et ensuite, je suis toute à toi.

– Tu es déjà toute à moi, non ?

Je la sens se raidir.

– Ne joue pas sur les mots !

C'est bon, j'ai compris.

Je lui tends un casque, sans la regarder, et je l'entends pousser un soupir de découragement.

Puisque je l'agace, à quoi bon parlementer… Fait chier !

Elle monte derrière moi. Je mets mon propre casque, je démarre, et j'accélère comme un taré. Je la sens se pencher dans chaque virage, épouser parfaitement les trajectoires. Après quelques minutes, elle se colle contre moi, elle met ses bras autour de ma taille, et sa tête entre mes omoplates. Malgré moi, sa présence me détend et je serais prêt à aller au bout du monde avec elle, comme ça, rien que tous les deux. Où irions-nous ? Je me demande soudain si… si je ne ferais pas mieux de quitter le club, et de l'emmener loin de toute cette merde.

Putain, qu'est-ce qui m'arrive ?

Ce club est tout pour moi et j'aime cette vie. Je l'ai choisie, mais… est-ce bien raisonnable ? Est-ce vraiment ce que je veux ? Est-ce que ma décision mérite tous ces sacrifices ? Ma mère ne me parle plus, mon père est mort, et moi… Qui sait ce qui m'attend demain ?

Putain, Charlie ! Arrête !

Perdu dans mes pensées, je ne vois pas défiler les kilomètres.

Je franchis les portes du MC, et je me gare sous l'appentis en marche arrière. Mes yeux croisent les siens. Elle descend aussitôt le moteur coupé et me tend son casque. Je le prends sans un mot, le pose sur le guidon, puis j'enlève le mien, et je descends à mon tour.

Je m'éloigne.

– Charlie !

En entendant mon prénom, je me retourne.

June court pour se jeter dans mes bras.

Je décide de laisser de côté nos différends et de profiter du temps qu'il nous reste avant son départ, car, quoi que je fasse, elle partira puisqu'elle l'a décidé.

Quel caractère de merde…

Je l'enlace et colle mon nez dans son cou comme un putain de camé.

– Tu vas me manquer.

Sa voix est rauque.

– Toi aussi, bébé. Repose-toi, car cette nuit, je ne te

laisserai pas dormir. Je vais profiter de toi et te faire l'amour si passionnément et tellement de fois que tu pourras à peine marcher.

– Je te reconnais bien là. Tu n'as pas tant changé que ça, finalement.

Son petit sourire en coin contredit la causticité de ses paroles.

– Si, j'ai changé ! Je suis encore meilleur au pieu.

– Vantard !

– Allumeuse !

Nous nous regardons, pour plonger, chacun à notre manière, dans les souvenirs qui appartiennent au passé. Ses yeux redeviennent graves.

– Je t'aime, Charlie.

Mon cœur manque un battement.

– Blondie, je…

– Charlie ! vocifère soudain Elliott, me coupant dans mon élan.

Nom de Dieu, je le lui dirai, je m'en fais la promesse.

Je caresse sa joue tendrement, après m'être noyé dans le bleu de ses yeux. Elle n'est pas encore partie, alors je vais profiter de sa présence jusqu'au bout, tant que je l'ai toute à moi.

– Il faut vraiment que j'y aille, murmuré-je. Tu sais où est ma chambre ?

– Non, mais Kate me montrera. Va, je vais l'attendre.

Je fais un pas et reviens.

Putain, Charlie, stop !

Je l'embrasse. Si fiévreusement que des soupirs s'échappent de ses lèvres. Je me force à me détacher, alors que j'aimerais la plaquer contre moi, qu'elle sache combien je la désire, avant de l'emmener dans ma chambre à fond de train, pour la posséder, encore et encore.

– Je…

Elle attend la suite.

– Je me dépêche. Ne quitte pas le club, sous aucun prétexte.

Ce n'est pas du tout ce que je voulais lui dire, et je crois qu'elle le sait. Un jour ; oui, un jour, je pourrai lui dire à quel point je l'aime. Un jour, mais pas maintenant, alors qu'elle va me quitter dans quelques heures, et que la table requiert ma présence.

Je veux prendre mon temps, lui avouer mes sentiments en la regardant droit dans les yeux, bien profondément enfoui dans son corps, bien au chaud, là où rien ne pourra jamais m'atteindre.

34

June

Je le regarde courir en direction du club. Je ne me lasserai jamais de le regarder. J'aurais dû le prendre en photo, pour capter chacun de ses regards sur moi, comprendre chacune de ses attitudes, chacune de ses expressions, pour savoir quel homme il est devenu loin de moi, pour pouvoir me les repasser lorsque je serai loin de lui.

Je regarde autour de moi : les motos, l'effervescence, les brebis qui se la coulent douce sur des bains de soleil, occupées à boire et fumer. Je les regarde attentivement.

Gare à celle qui essayera de me le prendre, elle aura affaire à moi ! Je me sens l'âme d'une tueuse ; je serais prête à tuer pour lui, pour le garder.

Que fait-il de moi ?

Qu'est-ce que l'amour est en train de me faire, alors que je devrais être heureuse, comblée, et non en train de penser à tuer la première qui le regardera d'un peu trop près ? Le problème, ce sont ces filles ! Il en a toujours été ainsi. Ma mère en souffrait et Sue aussi, certainement. Toutes les régulières en souffrent. Je n'accepterai jamais qu'il me trompe, et je vais devoir le lui dire clairement avant de partir.

Est-ce bien raisonnable, finalement ?

S'il profitait de mon absence pour remettre la pétasse peroxydée dans son lit, ou une autre ?

Je suis vraiment trop conne…

Je viens seulement de le retrouver et je me barre.

Je pousse un soupir, mais je me secoue en voyant Kate franchir le portail d'entrée et se garer. Je cours vers elle et prends mon sac de voyage.

– Ça n'a pas l'air d'aller ? demande Kate.

– Je ne sais pas si j'ai raison de partir.

Elle entoure mes épaules.

– Alors ne pars pas. Pas tout de suite en tout cas. Il est en colère.

– Je sais.

– Mets-toi un peu à sa place, continue-t-elle, tout en poussant la porte du club. Tu aimerais qu'il te fasse un coup pareil ? Qu'il sorte de ton lit au bout de vingt-quatre heures pour partir à trois mille kilomètres ?

Euh… dit comme ça, effectivement.

– Tu viens juste de le retrouver, June. Ne gâche pas tout.

– Ce n'est pas mon intention. Je pensais que m'éloigner quelque temps était une solution pour tout le monde, pour que les esprits se calment, et faire croire à la personne qui m'a envoyé ce colis qu'elle a réussi, tu comprends ? Pour gagner du temps, et réfléchir calmement à tout ce qu'il s'est passé ces dernières heures. Peut-être aussi pour ne pas être un poids pour Charlie, pour rester indépendante, pour ne pas perdre ma liberté, oh putain, j'en sais rien…

– Tu regrettes ce qu'il s'est passé entre vous ?

Elle me fait prendre la direction des chambres, et m'ouvre celle de Charlie. Mon cœur s'emballe.

– Non, bien sûr que non. Charlie est tout ce que j'ai toujours voulu dans la vie.

Elle me regarde, en attendant que j'aille au bout de mon raisonnement, et que je prenne une décision.

– Je veux juste ne pas avoir à rester coincée ici. Je n'ai jamais aimé les confinements, la promiscuité, je détestais ça quand j'étais petite. Ça me… ça m'a toujours stressée.

Elle prend mes mains, et m'entraîne vers le petit salon placé à un angle de la pièce.

– Je sais, sœurette, mais Charlie… il… il veut juste prendre soin de toi, ça part d'un bon sentiment, te protéger. Moi non plus, je ne veux pas que tu partes, je ne serai pas tranquille de te savoir seule hors du club. Tu pourrais différer ton départ, il serait content, et…

– Qui sera content ? demande une voix.

Comme à son habitude, lorsque je suis près de lui, mon cœur s'emballe et mon corps le réclame. Je me retrouve au centre de la pièce sans le vouloir vraiment.

– Je vous laisse, les tourtereaux, je vais m'installer, dit Kate en riant, avant de s'éclipser.

Je ne l'avais même pas vue passer à côté de moi. Je ne vois que lui. Je n'ai toujours vu que lui.

Il vient m'enlacer, mettre son nez dans mon cou.

– Alors ? Qu'est-ce qui fera de moi un homme heureux ?

– Nous ne parlions pas de toi.

– Vous mentez très mal, mademoiselle Allen.

– Et vous, vous êtes trop curieux, monsieur Miller.

Sans prévenir, il me fait basculer sur son épaule et me jette sur son lit, pour ensuite s'allonger sur moi. Puis il s'empare de ma bouche. Sa langue entre en contact de la mienne, me donnant terriblement envie de le sentir en moi. J'attrape sa nuque et, nos baisers se faisant ardents, ma passion se déchaîne. Je gémis dans sa bouche, halète, ondule sous lui, pour qu'il comprenne à quel point j'ai envie de lui et que je suis toute à lui.

Il se détache de moi et se remet debout, luttant visiblement pour reprendre la maîtrise de son corps.

– Je n'ai pas le temps, Blondie, nous décollons.

Il me tend la main et je m'en empare, la tête en vrac et le corps en ébullition.

Il me plaque à nouveau contre lui, contre son sexe épanoui qui me désire.

– Tu m'accompagnes ? murmure-t-il à mon oreille.

– Bien sûr.

Il noue ses doigts aux miens et nous sortons de sa chambre, puis du MC, pour rejoindre les autres qui l'attendent déjà. Il enfourche sa moto, sans que ses yeux ne quittent une seule seconde mon visage. Comme s'il voulait emporter mon image avec lui. Je place mes mains sur ses joues et je l'embrasse. Avec tout mon amour, et tout mon soutien, car je sais qu'il va risquer sa vie, où qu'il aille. Mes yeux se ferment. Les siens également. Il sait à quoi je pense, et je sais qu'il y pense aussi. Je me détache de ses lèvres en me faisant violence, tout comme je retiens mes larmes. Je ne dois pas lui montrer mes faiblesses, ma peur, mais au contraire le soutenir, le réconforter, l'encourager et lui sourire. Pour que mon sourire lui réchauffe le cœur, et qu'il l'emmène avec lui. Là, maintenant, en cet instant, il n'y a que ça qui compte : qu'il parte serein, confiant, sûr de mon amour, de *notre* amour, et qu'il me revienne sain et sauf.

– Reviens vite, murmuré-je, tout contre sa bouche.

– Compte sur moi. À plus, bébé.

Je lui réponds d'un sourire.

Il met son casque et fait démarrer sa moto. Je me décale, pour le laisser partir, mais je ne peux m'empêcher de lui serrer une dernière fois le bras avant qu'il ne m'échappe. Il prend ma main, embrasse mes doigts.

Je fonds.

C'est le moment… Trav s'engage, puis Stan, Elliott, Kurt, et Charlie s'élancent à son tour.

Une prière s'élève de mon cœur au supplice tandis que je reste à le regarder, le ventre noué, jusqu'à ce qu'il sorte de l'enceinte du club.

Les heures à l'attendre vont être terribles, je le sais. Kate, sentant certainement que j'ai besoin d'une épaule sur laquelle m'appuyer, vient m'enlacer.

– Tout va bien se passer.

– Je l'espère, Kate.

Oui, je l'espère. De tout mon cœur.

35

Charlie

Tandis que nous attendons les Diamonds au point de rendez-vous, je m'approche d'Elliott, lui tends mon paquet de clopes. Il se sert, allume sa tige et j'en fais de même.

– June est en danger, asséné-je à brûle-pourpoint.

Il s'étouffe avec la fumée et manque de vomir ses boyaux.

– Putain, Charlie, ça va pas de me sortir ça comme ça ! Qu'est-ce que tu veux dire par « en danger » ?

– Elle a reçu un colis avec un rat mort à l'intérieur. Il y avait un mot.

– Que disait-il ?

– « Il n'y a pas de place pour toi ici, retourne d'où tu viens ou tu finiras comme ce rat », enfin, c'est l'idée.

– Nom de Dieu ! Tu as raison, il faut demander sa protection au prés', qui ne la refusera pas, et tu as bien fait de l'amener au club.

– Ouais, c'est plus sûr.

– Et ta sœur ?

– Elle lui tiendra compagnie et veillera sur elle. Je ne pense pas que Kate coure le moindre danger.

– Tu as une idée de la personne qui aurait pu faire ça ? Une brebis ?

– Je sais à qui tu penses, dis-je, au bout de quelques secondes de réflexion. Pourquoi pas, effectivement ? Elle est toujours avec Kurt ?

– Plus ou moins. Je crois qu'elle s'amuse avec Lohann également.

– Je vois. On devrait la surveiller d'un peu plus près. Je demanderai à Kurt de mettre un traceur sur son portable. Je lui ai demandé de le faire pour June, d'ailleurs.

– Elle t'a laissé faire ? s'étonne-t-il.

– Elle ne le saura pas. Je m'arrangerai pour qu'elle laisse son téléphone dans ma piaule ce soir, lorsque je l'emmènerai faire un tour à bécane.

– Oh, tu as prévu une soirée romantique ?

– Ouais, mon frère. Romantique, c'est le mot. Je vais lui demander de devenir ma régulière, et j'espère qu'elle acceptera.

Il me tape dans le dos, visiblement content pour moi, et de la tournure des évènements.

– Elle dira oui, Charlie, j'en suis persuadé.

Je regarde ma montre, soudain soucieux et mal à l'aise.

Quelque chose cloche…

– Putain, les Diamonds devraient déjà être là, non ?

Il regarde sa montre.

– Ils ont une demi-heure de retard.

– C'est dans leurs habitudes ?

– Non.

– Ils sont combien ?

– Une quinzaine, je dirais.

– Et nous une bonne cinquantaine. Nous avons bien fait de ne pas leur dire que les BlackHorses et nos frères d'Austin seraient présents.

– Je le pense aussi. Trav est aussi rusé qu'un renard, mon frère, il ne fait confiance à personne et il a parfaitement raison. Nous n'avons pas d'amis, que des ennemis.

– « Tuez-les tous, Dieu reconnaîtra les siens. »

– Exact. Tant pis pour ceux qui se mettent en travers de notre chemin, ou nous trahissent. En général, ils ne vivent pas assez longtemps pour le regretter.

– Je voulais te dire, je suis désolé pour ce que Mitchell t'a fait.

Il lève un sourcil, surpris.

– June t'a dit quelque chose à propos de ça ?

– Non. Je ne pensais pas, d'ailleurs, que tu lui en avais parlé. J'étais là, je te rappelle, j'ai tout vu, et à la façon dont tu lui as réglé son compte, j'ai compris.

Il tire sur sa clope, laisse errer son regard sur le terrain vague à perte de vue.

– Merci.

– Pas de quoi.

Sujet clos. J'ai dit ce que j'avais à dire.

Je regarde autour de nous : nos frères occupés à discuter, l'air détaché, par petits groupes, à fumer tranquillement, mêlés à ceux de l'Arkansas et d'Austin. Trav et Stan sont adossés à l'un des camions, semblant en pleine discussion eux aussi. Nous avons les armes, plusieurs centaines, ainsi que des munitions et des armes de poing. Des gilets pare-balles, des tenues de camouflages. Trois semi-remorques complets, et ce n'est qu'un début. Pour plus de sécurité, nous avons échelonné les livraisons.

Soudain, une nuée d'oiseaux s'envole en piaillant. Au sud. Plus loin, des points noirs accompagnés d'un nuage de poussière apparaissent sur le seul chemin qui mène à cette exploitation agricole désaffectée, lieu de la transaction. Je lève le menton en direction des formes, mouvantes comme un mirage.

– Les voilà !

Elliott acquiesce, mais en entendant un bruit étrange, je me tends.

On dirait… Ouais, on dirait des hélicos.

En un rien de temps, ils sont sur nous.

– À couvert ! hurlé-je. Prenez vos armes. Des hélicos !

– Mettez-vous à l'abri ! hurle Trav à son tour. La grange !

Nous courons, la tête rentrée dans les épaules, alors que le sol crépite autour de nous. Elliott et moi sommes trop éloignés de la grange, nous ne l'atteindrons pas. Je fais des zigzags pour éviter les balles, et je riposte avec mon flingue, mais à cette distance, mes tirs n'atteignent pas nos assaillants.

– Charlie ! Au camion ! crie Elliott. Suis-moi !

Je le repère à quelques mètres et le talonne. Je ne sais pas où sont passés les autres, ni s'ils ont réussi à se mettre à l'abri. C'est le chaos total.

Nos bécanes sont pulvérisées et criblées de balles.

Je glisse à la suite d'Elliott sous le semi-remorque le plus proche, tandis qu'une roquette, tirée de l'un des trois hélicos, détruit une bonne partie de la grange, et j'ai une pensée pour mes frères, en espérant qu'ils ne soient pas ensevelis sous des tas de gravats.

Nom de Dieu de bordel de merde !

– Il y a des kalachnikovs et des grenades dans le camion, crié-je à Elliott. Couvre-moi !

Je le sais, parce que c'est moi qui les ai mises là, sur l'ordre du prés'.

Sans attendre sa réponse, je prends une grande inspiration, et, profitant de la riposte de mes frères par les fenêtres de la grange, je sors à découvert. J'ouvre la portière passager, je grimpe dans l'habitacle et me saisis des armes planquées sous les sièges. Je remplis mes poches de grenades. Elliott vient en renfort tandis que je canarde l'hélico le plus proche, en me protégeant avec la portière. Il jette son flingue, au chargeur vide, et s'empare du AK que je lui tends.

– On va leur faire la fête à ces connards ! beugle-t-il.

Il se décale du camion, et avance, comme s'il était invincible.

Nom de Dieu, ce type est fou !

Il va se faire abattre. L'un des hélicos pique du nez, et s'écrase au sol, où il prend feu immédiatement. La chaleur du brasier est insoutenable. Des cris de victoire s'élèvent. Je saute du marchepied et rejoins Elliott devant le camion, tout en faisant feu, alors que nos frères s'éparpillent en renfort devant la grange en flammes. Les cris s'élèvent à nouveau lorsque les deux derniers hélicos se crashent. Des débris volent, arrivent sur nous. Je saute sur Elliott pour le faire tomber avant qu'il ne soit fauché par un morceau de pale qui aurait pu le décapiter.

J'ai senti l'air dans mes cheveux, et je respire après coup, en pensant que j'aurais pu me faire tuer à sa place.

Je me redresse, lui tends la main.

– Merci, mon frère, à charge de revanche, dit-il, après s'être remis sur ses pieds.

– Je t'en prie, El, pas de ça entre nous. Tu aurais fait la même chose pour moi. Nous sommes frères, souviens-toi.

– Ça va, les mecs, rien de cassé ? demande Trav en accourant vers nous.

Tous viennent nous entourer, nous féliciter, nous mettre de grandes tapes dans le dos. Le combat n'a duré que quelques minutes, mais je suis exténué, vidé, avec les jambes en coton.

– C'est pas fini, mes frères, ils arrivent, crie Kurt.

– Tout le monde à terre ! ordonne le prés'.

Nous nous couchons aussitôt, nos armes à la main.

– On fait les morts, continue Trav. Et à mon signal, on se met debout, et on tire. N'importe où. Pourvu qu'ils crèvent.

Des cris de mort s'élèvent : vengeance !

Mon cœur tambourine dans ma poitrine, ma respiration s'accélère. Je relève un peu la tête, pour regarder approcher nos ennemis. *Ouais, ce n'est pas encore terminé !* Les Diamonds descendent des véhicules, et un type, vraisemblablement le chef, prend la parole.

– Vérifiez qu'ils sont tous morts et terminez les blessés d'une balle dans la tête si ce n'est pas le cas. Ces connards n'auront que ce qu'ils méritent !

– Ouais, à nous leur territoire ! hurle un autre. Allez les mecs, on se disperse !

Ils avancent, et ne sont plus qu'à quelques mètres.

Je compte dans ma tête pour tromper mon angoisse.

Huit.

Neuf.

Dix…

– Maintenant ! hurle Trav.

Nous sautons sur nos pieds et canardons les Diamonds, ne leur laissant aucune chance d'en sortir vivants. Je prends part à la bataille une fois de plus et je retiens un rire nerveux, en voyant l'un des mecs tomber sous mes balles. Connard toi-même ! Une espèce de folie meurtrière s'empare de moi, et il en faudrait peu pour que je passe de l'autre côté de la barrière et devienne une bête assoiffée de sang, shootée à l'adrénaline du combat. Je ne veux pas devenir ce genre de mec. Pour June. Pour moi. Je ne veux pas qu'elle partage sa vie avec un meurtrier sanguinaire. Je ne veux pas perdre mon humanité, ni escalader les marches menant vers la violence. Je veux que chaque vie fauchée me touche, et je veux regarder le type dans les yeux lorsqu'il passera de vie à trépas.

Tous les Diamonds sont à terre, morts, ou agonisants.

C'était eux ou nous.

Nous étions dans notre droit, nous n'avons fait que nous défendre, c'est la dure loi de notre monde. Nous le savons, ils le savent, alors mes états d'âme n'ont pas lieu d'être.

Je m'approche d'un mec des Diamonds que j'ai atteint. Il geint, touché à l'abdomen. Son gilet sans manches est criblé de balles, et je remarque, surpris, qu'il n'a pas de pare-balles.

Étaient-ils si sûrs de nous avoir qu'ils ne se sont même pas protégés ?

Je me baisse, pour lui dire à l'oreille :

– Tu veux que j'abrège tes souffrances, mon frère ?

Il lève vers moi des yeux gorgés de larmes, et n'ayant plus la force d'émettre un son, il se contente de hocher la tête. Il n'en a plus pour longtemps, mais sa fin sera insoutenable, il le sait. La douleur a déjà pris possession de son cerveau.

– Alors, réponds simplement à cette question, qui vous a fourni les hélicos ?

Il cligne plusieurs fois des yeux.

– Parle, et tu seras libéré. Tu pourras rejoindre ton Créateur, sinon je te jure que je te fous dans le feu encore vivant.

Cette fois-ci, il semble prendre mes paroles au sérieux, et marmonne un truc inaudible, m'obligeant à me pencher :

– Un… un type… friqué… mais… je… je ne connais… pas… son… nom. Pitié…

Sa tête retombe sur le côté. C'est fini pour lui.

Je rejoins les autres en évitant de m'appesantir sur tous ces corps déchiquetés. Il y a du sang partout. Des flaques se rejoignent pour former des rigoles, et des corbeaux croassent déjà dans le ciel, dans l'espoir de se repaître de proies faciles.

Je m'approche d'Elliott, qui me dévisage.

– Ça va ?

– Ouais.

– Ça fait quoi, de tuer un mec ?

– J'en sais rien, El. Bizarre, je dirais.

Il met une main sur mon épaule, et la serre.

– Ça ne fait pas de toi un monstre, Charlie. C'est ce que tu es au fond de toi qui compte.

Il me montre les corps au sol.

– Ça aurait pu être nous, Charlie, ils voulaient nous éliminer.

– Je sais.

Je me frotte le visage.

Non, ça ne fait pas de moi un monstre. Je sais ce que je suis, qui je suis. Je ne tuerai jamais un mec qui ne m'a rien fait, juste pour le plaisir. Je ne serai jamais comme ça. Mais si Jacob était sur ce champ de bataille, je crois que je prendrais plaisir à le faire souffrir, car mon intuition me dit qu'il est derrière toute cette merde.

Je désigne du menton Trav qui tabasse un mec, certainement pour le faire parler.

– C'est qui ?

– Bob Diamonds.

– Et son fils ?

– Tué sous ses yeux, pour qu'il parle, mais ce vieux dur à cuire ne lâche rien.

– Vous avez pu apprendre quelque chose ?

– Pour l'instant non.

Merde...

Je me rapproche.

Diamonds a le visage dans un sale état, mais il continue de défier Trav, qui ne faiblit pas, alternant les questions et les coups. Stan s'accroupit à côté de lui, et il lève la main pour que Trav s'arrête.

Il lui tape la joue.

– Bob, mon petit Bob, tu ne veux pas nous obliger à te torturer ? dit-il d'une voix doucereuse. Le type que tu protèges n'en a rien à foutre de toi. Il t'a envoyé au casse-pipe et se serait certainement débarrassé de toi à la première occasion pour ne pas avoir à te payer ce qu'il te doit. Que t'a-t-il promis ?

L'autre ne répond rien, se contentant de le fixer. Quelques larmes glissent sur ses joues.

– Alors que nous, on pourrait donner du fric à ta régulière, et à ta fille. Elle est belle, ta fille, elle pourrait se trouver un gentil mari, se construire une vie loin de toute cette merde, continue-t-il, tandis que Diamonds le fixe avec attention.

– Je… je peux vous faire confiance, vous le ferez ?

Trav prend le relais, en s'accroupissant lui aussi.

– Nous n'avons qu'une parole, Bob. Tu as peut-être oublié nos dix ans de collaboration, mais pas nous. Putain, quand Samuel va savoir ça, ce que tu nous as fait, il va… putain, il ne va pas en revenir. C'est pas toi, Bob, hein ? C'est ton connard de fils qui a conclu le marché contre nous, n'est-ce pas ?

Diamonds se met à chialer, visiblement à bout.

– Il t'aurait tué, Bob. Un jour ou l'autre, pour prendre ta place, il t'aurait tué, et tu le sais. Donne-nous son nom, on s'occupe de ta famille, et tu mourras dignement. Tu es fini, Bob.

– L'intermédiaire s'appelle Harald Franklin, dit soudain Diamonds.

Putain… Franklin ? Comme le type de l'agence ?

– On va l'appeler, et tu lui diras que vous avez réussi, enchaîne Trav. Dis-lui que les BlackAngels sont morts. Jusqu'au dernier.

J'en ai des frissons dans le dos.

Putain, ouais, nous aurions pu tous y passer. En plus, ça nous donnera le temps de nous retourner si notre ennemi nous croit à terre.

Trav prend le portable de Diamonds dans sa poche poitrine, et après avoir trouvé sur ses indications un numéro sur la liste, il le lui colle contre l'oreille. La conversation ne dure que quelques secondes.

Trav se relève et met en joue Diamonds.

– Adieu, mon frère.

Il le tue de trois balles dans la poitrine.

Moins d'un quart d'heure plus tard, nous sommes tous rassemblés devant la grange en flammes. Le gang des Diamonds est dorénavant rayé de la carte, et nous veillerons à ce qu'il n'en reste aucun, pour éviter des représailles. Je doute que nous prenions leurs territoires, Trav veut sortir du trafic d'armes et cette livraison est l'avant-dernière. Ensuite, nous nous consacrerons à nos activités légales, mais est-ce que les autres gangs nous foutrons la paix ?

Nous allons pouvoir nous pencher sur le cas de Jacob. J'en ferai une affaire personnelle, et c'est moi qui le tuerai.

36

June

J'entends Kate hurler mon prénom dans le couloir, et je saute du fauteuil dans lequel je m'étais installée pour tenter de tromper l'attente en lisant. Mon livre glisse au sol et tombe avec un bruit mat. Quand elle franchit la porte, le visage défait, je sais que quelque chose de grave vient d'arriver.

Non ! Pitié, non !

– Ils ont été attaqués !

Mon cœur s'arrête de battre un instant.

Me voyant incapable de faire un geste, elle prend ma main et m'entraîne au bar, où tout le monde est rassemblé. Je regarde autour de moi, les visages sont soucieux, fermés, ce qui ajoute à mon malaise.

Kate s'installe sur un tabouret, et j'en fais de même.

– J'ai besoin d'un whisky, Chips, s'il te plaît.

– Tout de suite, Kate. Et vous, June ?

– Oui, merci. Il sera le bienvenu. Que savez-vous exactement ? Il y a des blessés ?

– Oui, mais la communication a été coupée avant de savoir qui, et si c'est grave.

– Merde, commente Kate.

Les minutes sont interminables. Chips regarde sa montre de nombreuses fois et ne cesse de trépigner. Un autre prospect vient le rejoindre et ils parlent à voix basse.

– Ils ne devraient plus tarder, me rassure Kate en prenant ma main.

Je lui retourne un regard douloureux. Est-ce que je le sentirais s'il lui était arrivé quelque chose ? S'il était blessé ? Ou pire ? Non, je ne peux pas penser à ça maintenant, ou je vais devenir folle.

Je prends mon portable, je l'appelle, mais je n'obtiens aucune réponse.

Mon Dieu, faites que tout aille bien pour lui.

L'attente est horrible et je suis incapable de prononcer la moindre parole, perdue dans une angoisse indicible qui me tord les entrailles et me met au supplice. Je ne cesse de regarder l'entrée de la cour, en espérant les voir arriver.

Deux heures passent sans que je m'en rende compte.

Soudain, un bus entre dans l'enceinte. Je saute sur mes pieds, tandis que les portes s'ouvrent. Le premier à descendre est Trav, suivi de Stan. Puis Elliott, Kurt. Le cœur au bord des lèvres, j'attends. Enfin, c'est son tour. Il saute sur le bitume, et regarde partout autour de lui. Dès qu'il m'aperçoit, son visage s'éclaire et je m'élance vers lui.

– Tu n'as rien ? Tu vas bien ?

Il caresse mon visage, repousse mes cheveux, et m'embrasse doucement.

– Je n'ai rien et je vais bien, dit-il avec un sourire magnifique.

Plus que bien, même, depuis que tu es dans mes bras. Tu m'as manqué, Blondie.

– J'ai eu si peur. On n'avait plus de nouvelles, je pouvais à peine respirer et j'ai imaginé le pire !

Je parle sans discontinuer, sans cesser de le toucher. Je parle tellement que je le fais rire, et il m'arrête d'un baiser.

– Je suis là, calme-toi. Je vais bien, réitère-t-il.

– Oui, mais…

– Viens, j'ai besoin d'une douche.

Il prend ma main et m'entraîne au pas de course.

37

Charlie

Juste avant d'atteindre ma chambre, je prends June sous les genoux et je l'élève dans les airs, la faisant pousser un petit cri, qui met le feu à mon corps. Je ne rêve que d'une chose, là, maintenant, tout de suite : me coller sous une bonne douche brûlante, et me perdre en elle.

Je prends ses lèvres, ouvre la porte, puis je la plaque contre le mur. Mes frères pourraient nous voir, n'importe qui passant dans le couloir pourrait être témoin de notre passion, et penser que nous allons baiser contre ce mur, mais je m'en fous ; j'ai envie d'elle, envie de son corps, et plus rien d'autre n'a d'importance.

Soudain, les heures que je viens de passer me reviennent en mémoire, attisant mon désir.

J'aurais pu mourir aujourd'hui, putain !

J'aurais pu tomber sous les balles, y laisser ma peau, et l'adrénaline n'a pas encore complètement quitté mes veines. Je n'ai pas eu le temps d'avoir peur, j'ai réagi à l'instinct, mais toutes mes pensées étaient centrées sur June, et sur le désir de la revoir, pour enfin lui dire que je l'aime. Je dois le lui dire ; je n'ai que trop attendu.

Je ronronne dans son cou :

– Alors, on la prend cette douche, où je te baise contre ce mur ? Parce que j'ai passé la limite de non-retour, bébé.

Je lui fais toucher ma queue et elle éclate de rire.

J'aime ce son...

– Viens.

Elle claque la porte de la chambre et m'attire dans la salle de bains.

Là, elle me fait face.

Lentement, en prenant tout son temps, elle retire l'élastique maintenant ses longs cheveux blonds. Puis elle commence à se déshabiller. Je m'appuie contre le chambranle de la porte, en me mordillant les lèvres. Elle est si belle, si désirable. Elle s'effeuille tout doucement, en se cambrant exagérément, et une bouffée d'amour pur fait s'envoler mon cœur, suivie d'une autre de désir.

J'ai tellement envie d'elle que j'ai mal.

J'aurais pu ne jamais la revoir, et ça me rend malade.

Je débranche mon foutu cerveau : ce n'est pas le moment de penser à toute cette merde ; je suis vivant, ici, avec elle, et je compte bien profiter de ce que la vie veut me donner. Et profiter de sa chatte, pour me perdre et tout oublier.

Avec un sourire tout en séduction, elle me tourne le dos, me laissant baver sur son cul rebondi. Son merveilleux cul que je rêve de découvrir. J'ai envie de tout lui faire, de l'aimer de toutes les manières possibles et imaginables, et au regard qu'elle me lance, je comprends qu'elle est consentante, et que je peux tout lui demander.

Elle ouvre les robinets, puis se place sous les jets.

Le visage levé, elle laisse l'eau ruisseler dans son dos, tomber en pluie sur ses épaules comme une chape transparente. Des gouttelettes serpentent sur son ventre, ses cuisses, ainsi que sur ses seins, au galbe parfait. Je reste comme un con face à tant de grâce et de perfection. Cette vision, l'avoir près de moi suffisent à mon bonheur. Je me rends compte soudain que je ne désire rien d'autre que la contempler, jusqu'à mon dernier souffle, du matin au soir, et du soir au matin, chaque seconde de mon existence.

Je ne demande rien d'autre : juste elle, moi, et notre amour.

Je m'avance, nu, et j'enfile le préservatif que j'ai récupéré dans la poche arrière de mon jean.

Adossée à la faïence, elle n'en perd pas une miette, et me regarde intensément. Sa respiration s'accélère, ses joues se colorent à l'idée de bientôt m'avoir en elle. Elle aime autant jouir de mes assauts que moi d'elle, et je ne connais rien de plus beau, rien de plus fort, que de jouir de son corps tant aimé, et ne faire qu'un.

Jamais, ô grand jamais je n'ai autant fait l'amour avec la même femme, ni autant joui. Elle me rend dingue. Je suis dingue de sa peau, de son corps, et même de son caractère de merde. Qu'elle passe son temps à me contredire et à m'énerver est également une nouveauté pour moi.

Ma petite Blondie furieuse…

Elle peut faire ce qu'elle veut de moi, et je crois qu'elle le sait pertinemment.

Je m'empresse de la rejoindre, la main sur ma bite.

Je me jette sur sa bouche, en prenant une bonne poignée de

cheveux à pleines mains, et je lève son visage vers moi. Je veux que ce soit violent, passionné, absolu, tout comme les sentiments qu'elle m'inspire. Elle gémit, répond à mes baisers avec impatience, tout en s'emparant de ma queue pour me caresser.

Oh oui, bébé…

Elle me veut aussi fort que je peux la vouloir ; nous avons cette même soif l'un de l'autre, ce même besoin de prendre et de donner, cette même envie du corps de l'autre.

– Prends-moi, Charlie, maintenant, supplie-t-elle contre mes lèvres, haletante. Je te veux en moi.

Je glisse mes doigts le long de son ventre, pour caresser son sexe, puis je la pénètre avec mes doigts.

Putain, elle est trempée.

Je grogne, tout en tirant durement sur ses cheveux.

Elle soude ses iris au mien, bouche ouverte, surprise, mais je crois… excitée. *Putain, oui…* Ses muscles vaginaux se resserrent autour de mes doigts.

La fièvre s'empare de mon corps.

Je retire mes doigts.

– Tiens-toi à moi, bébé.

Elle s'exécute, et je la soulève sous les cuisses, pour la pénétrer. Sans douceur. Elle laisse échapper un râle, puis hoquette sous mes coups de reins enfiévrés, pour ensuite se laisser emporter. Ses ongles s'enfoncent dans ma chair, son bassin bouge à l'unisson du mien et répond à chacun de mes coups, en aiguillonnant ma fièvre.

Putain, c'est tellement bon que mes yeux se noient.

Notre plaisir est rapide, fulgurant. Et rapidement, je suis prêt à jouir. En entendant ses gémissements aller crescendo, ma queue prend de l'ampleur, et soudain, en la sentant se répandre sur moi, je ne maîtrise plus rien et mon foutre gicle dans la capote.

Bon Dieu…

J'ai du mal à reprendre ma respiration. Tout tourne. Je pose mon front contre celui de June, tout en la serrant contre moi.

Elle tremble entre mes bras, en transe elle aussi.

– Mon Dieu, Charlie…

Je sais, bébé…

Je ne peux m'empêcher d'avoir un sourire débile ; avec le sentiment d'être le roi du monde.

Je la prends dans mes bras avant qu'elle ne s'effondre, et je vais la coucher sur mon lit. Je me couche contre elle, dans son dos, et je nous recouvre de la couette.

Elle saisit ma main, la place tout contre son cœur.

– Charlie ?

– Mmm ?

– Tu veux bien me raconter ce qu'il s'est passé cet après-midi ?

Je soupire.

Je m'y attendais, en me demandant quand est-ce qu'elle allait poser cette foutue question qui certainement lui brûle les lèvres depuis que je suis rentré.

Ah, les femmes et leur putain de curiosité !

Je la fais se retourner, puis je me positionne sur elle.

– Nous avons mieux à faire que parler boulot, non ?

Je mords sa lèvre.

– Hé ! ronchonne-t-elle.

– Quoi, hé ?

Je l'immobilise.

– Tu sais ce que j'aimerais ?

Elle me serre contre elle, et bouge sous moi, me tentant plus que de raison, mais je suis KO et j'ai une autre idée en tête.

– Non, mais tu vas me le dire.

– J'aimerais te sentir. Toi. Sentir ta peau, sans rien entre nous. Ça te dirait d'aller voir le doc du club et de faire un test ? Pour pouvoir nous passer de cette saloperie de plastique, continué-je.

– Bien sûr, Charlie, tout ce que tu voudras.

Je sonde son regard.

– Tu prends la pilule ?

– J'ai un stérilet.

– Alors tu es d'accord ?

– Oui, je suis d'accord, on ira faire ce test.

– Ce soir ?

Elle rit, en enroulant ses bras autour de mon cou.

– Oui, si tu veux, ce soir.

– Super !

Je l'embrasse et saute du lit.

Elle roule sur le côté, et me regarde m'habiller, un bras sous la tête.

– Tu ne serais pas un peu hyperactif ?

Je lui fais un sourire en coin.

– Certainement, mais tu ne vas pas t'en plaindre, si ? Allez, debout, sinon nous ne réussirons jamais à sortir de cette chambre.

Elle continue de m'observer avec attention, pour finir par laisser tomber :

– Tu sais que t'es canon ?

– Ouais, bébé, je sais !

Elle s'agenouille sur le lit et me défie.

– Vantard !

– Non, absolument pas, c'est toi qui l'as dit, pas moi ! Sors de ce lit, Blondie, avant que je te charge sur mon épaule pour te forcer à obéir.

Elle fronce des sourcils, et vient se planter devant moi, mais avant qu'elle ne prononce un mot, je la prends sous les cuisses pour la faire basculer sur mon épaule, et je tourne sur moi-même. Je ris en sentant ses petits poings rageurs marteler mon dos, et en entendant ses cris suraigus.

– Pose-moi tout de suite, Charlie ! Pose-moi, ou je hurle.

– Tu hurles déjà, bébé, et tu peux hurler autant que tu veux, personne ne viendra te délivrer. Mes frères sont habitués aux cris provenant de ma chambre, raillé-je, la mettant encore plus en fureur.

Je la fais tomber sur le lit, et je me jette sur elle, en prenant ses poignets, et en les élevant au-dessus de sa tête pour l'immobiliser. Elle met tout ce qu'elle a d'énergie à essayer de me faire tomber sur le côté, mais comme elle sait qu'elle n'est pas de taille à m'affronter, elle change de tactique, et arrête subitement de gigoter. Elle me regarde, avec tellement d'amour, que mon cœur, mon âme, tout mon être vacille. Elle mouille ses lèvres sensuellement, fait aller et venir sa petite langue rose.

Je me redresse, pour terminer de m'habiller.

Je ne sais pas ce qu'elle lit dans mes yeux, mais les siens deviennent graves.

– Je t'appartiens, Charlie.

Je relève la tête, ému plus que je ne saurais dire.

Je prends une grande inspiration et lui tends la main. Elle se lève et vient immédiatement y déposer la sienne. J'embrasse ses doigts, un à un, je prends tout mon temps, en savourant la lumière intense de ses iris posés sur moi.

– June, je… veux-tu devenir ma régulière ?

Elle me saute au cou avec un grand cri.

– Oh, mon Dieu, mon Dieu, j'y crois pas… oh, mon amour…

Je prends son visage entre mes mains.

– Je te veux dans ma vie. Pour toujours, je te veux sur ma bécane, dans mon dos. Je n'ai jamais rien voulu d'aussi fort de toute ma vie.

Sa bouche fait un joli O.

Je caresse sa lèvre.

– Dis-moi que c'est ce que tu veux, June. Dis-moi que je ne te fais pas horreur.

Ses yeux se noient.

– Non, bien sûr que non, pourquoi me ferais-tu horreur ? Je t'aime, Charlie. Toi.

Elle met ses mains sur ma poitrine.

– Peu importe que tu sois biker, ou autre chose, peu importe ce que tu as fait, ou ce que tu seras obligé de faire, je sais ce que tu es, je te connais, et c'est toi que j'aime. Ce qu'il y a en toi, ce qu'il y a là, dans ton cœur. Tu es une belle personne, Charlie, et tu es celui avec lequel je veux vivre, alors oui, je veux devenir ta régulière. Je t'aime depuis toujours, je t'ai voulu toute ma vie, et c'est ce que je désire le plus au monde moi aussi, et je…

Je ne la laisse pas finir.

Je m'empare de ses lèvres, pour l'embrasser.

– Alors c'est oui ?

Son « oui » résonne dans toute ma chambre, faisant exploser mon cœur de bonheur.

38

June

Charlie a écrit un message au doc du club, Alan Foster, qui a bien voulu nous prescrire des examens de sang, que nous venons de faire dans un labo indépendant de Corpus. Nous attendons patiemment de le rencontrer pour nos résultats, en déambulant dans la ville, main dans la main. J'ai conscience que notre relation prend un nouveau tournant ; une fois ces tests faits, nous nous engageons à être exclusifs. Ça ne me pose aucun problème, je lui serai fidèle, mais qu'en est-il de lui ? Et des brebis qui gravitent autour de lui ?

En passant devant un tatoueur, Charlie marque un temps d'arrêt, et pousse la porte.

– Mais… Charlie, que…

– J'ai envie de te faire tatouer sur ma peau.

Hein ?

Avec un sourire énigmatique, il entre dans la boutique.

– Bonjour, que puis-je faire pour vous ? s'enquiert une hôtesse, en dévorant mon beau brun du regard.

Charlie amène ma main à sa bouche et embrasse mes doigts.

– Auriez-vous quelqu'un de disponible pour me tatouer les initiales de la femme de ma vie ?

– Maintenant ?

– Oui, maintenant !

– Eh bien, moi, si vous voulez.

Quelle surprise !

Je lui retourne un regard noir. Et soudain, je me lance :

– Moi aussi, je veux le faire !

Avant qu'il dise quoi que ce soit, je me pends à son cou et murmure :

– Je veux t'avoir dans la peau, bébé.

– Mmm, je suis d'accord. Deux tatoueurs, s'il vous plaît, dit-il à l'hôtesse, rougissante et visiblement gênée par nos effusions. Vous auriez ça en magasin ?

– Je vais voir, monsieur.

Elle s'éclipse dans l'arrière-boutique, et Charlie en profite pour me plaquer contre lui et lutiner mon cou.

– Je crois que tu lui fais de l'effet, marmonné-je.

– Je m'en tape ! Il n'y a que toi qui m'intéresses, Blondie. Les autres femmes ne comptent pas.

– D'ailleurs, à ce propos, qui dit faire l'amour sans protection, dit confiance, et… enfin, il est hors de question que tu te tapes des brebis.

– Je vais faire de toi ma régulière et je viens de décréter que les autres femmes ne comptent pas, alors que te faut-il de plus ? Je n'ai que faire des brebis, alors que je t'ai, toi.

– Même si… enfin… même si c'est juste pour du sexe ? Tu me le promets ?

L'arrivée de l'hôtesse le dispense de répondre.

– Veuillez me suivre, s'il vous plaît.

– Nous en reparlerons, et je saurai te convaincre, dit Charlie à mon oreille tout en mettant une main dans mon dos pour m'inciter à la suivre.

Elle nous fait entrer dans une pièce où sont disposées deux tables.

– Où voulez-vous faire votre tatouage, monsieur ?

– Sur mon cœur.

– Très bien, et vous, mademoiselle ?

– Pareil !

– Je vous laisse alors vous déshabiller, et vous installer sur le dos, mon collègue ne va plus tarder.

Je retire mon tee-shirt et je m'installe.

– S'il mate tes seins, je te jure que je l'emplafonne, commente Charlie en s'installant à mes côtés.

Je ne peux m'empêcher de rire.

– Il peut toujours mater, ils sont à toi, bébé.

– J'aime mieux ça !

Il se tait, en roulant des yeux et en fronçant des sourcils, lorsqu'un mec s'approche de moi. Charlie me tend la main, et je m'en saisis.

Nos yeux ne se quittent pas de toute la séance.

Il y a des moments qui touchent notre âme, et ce moment-là, je le sais, j'en ai l'intime conviction, restera comme l'un des plus forts et les plus émouvants de notre histoire.

Main dans la main, yeux dans les yeux, indifférents à tout ce qui nous entoure, plus rien n'existe que nos peaux à vif, que ces petites souffrances que nous désirons comme serment d'amour éternel, que nos chairs marquées à vie avec les initiales de l'autre.

Une petite larme naît au coin de l'œil de Charlie, et glisse lentement sur sa joue. Je la regarde se perdre dans ses cheveux. Je savais qu'il m'aimait, il me l'a prouvé depuis que nous nous sommes retrouvés, mais je ne pensais pas à ce point. Je ne pensais pas être si importante pour lui.

– Oh, bébé…

Je suis tellement émue que des larmes noient mes yeux.

– Je t'aime, June.

Mon cœur manque un battement, puis s'envole de bonheur, car c'est la toute première fois que ces mots tant attendus franchissent ses lèvres.

Je serre ses doigts.

– Je t'aime aussi, Charlie.

Un sourire magnifique me répond, tandis que sa tatoueuse, visiblement émue, émet un reniflement, suivi d'un long soupir.

– C'est beau, l'amour, murmure-t-elle.

Son collègue se moque gentiment d'elle, puis nous invite à nous asseoir. En découvrant les initiales de Charlie sur ma peau, en très belles lettres gothiques, des larmes envahissent de nouveau mes yeux.

Je saute de ma table pour l'enlacer et il referme ses bras sur moi, en mettant son nez dans mon cou.

Une bouffée d'amour me consume ; je l'aime tellement que j'ai l'impression que mon cœur va imploser sous la force de mes sentiments.

Je me décale et nos yeux se cherchent, pour ne plus se lâcher, dans un dialogue muet où toutes nos émotions se révèlent au grand jour, sans que nous ayons besoin de mots.

39

June

Charlie prend ma main et entrelace nos doigts.

– Tu es stressée ?

– Pas toi ?

– Non. Impatient, je dirais.

Il m'attire à lui.

– Impatient de sentir ta petite chatte autour de…

Je pouffe lorsqu'il s'arrête subitement en voyant la secrétaire du doc entrer dans la salle d'attente.

Elle nous sourit.

– C'est à vous. Veuillez me suivre, s'il vous plaît…

– Tu ne perds rien pour attendre, grogne-t-il, en me faisant passer devant lui.

Je sens son regard sur mes courbes, j'exagère mon déhanché et je pouffe en entendant son raclement de gorge nerveux.

Le doc se lève pour nous accueillir, et nous désigne deux chaises devant son bureau.

– Installez-vous, je vous en prie.

Je le détaille discrètement alors qu'il contourne son bureau et s'assoit : roux, la petite quarantaine, le visage avenant ; il suit les membres du club depuis une bonne dizaine d'années, d'après ce que m'a dit Charlie.

Il prend une pochette sur son bureau, l'ouvre, et en sort deux feuilles.

Il nous sourit, puis nous regarde tour à tour.

– Bien. J'ai vos résultats. Vous êtes tous les deux séronégatifs, et porteurs d'aucune maladie sexuellement transmissible, ce qui est déjà une bonne chose.

Charlie a un sourire en coin, l'air de dire : « prépare-toi, bébé, ça va être ta fête ! ».

– Mais… reprend le doc en levant la main. Avant de vous réjouir, j'ai besoin de savoir à quand remonte votre dernière relation sexuelle non protégée car vous n'êtes pas sans savoir qu'il faut au moins trois mois pour être sûr d'une séronégativité. Charlie ?

– Merde, doc… je… putain…

Il se passe la main dans les cheveux, et me jette un regard anxieux.

– Je… à vrai dire, je ne sais pas si… enfin, parfois j'étais tellement bourré que je ne me souviens pas de tout. Je suis désolé, bébé.

Je prends sa main et la serre.

– Ce n'est rien, Charlie, moi-même je…

Je me tourne vers le médecin.

– Ce n'est pas un problème, nous attendrons. Hein, bébé ?

Je retiens un rire en voyant Charlie les sourcils froncés et les mâchoires serrées.

– Trois mois, c'est rien ! ajouté-je.

Il se lève après avoir bougonné : « C'est ça, ouais… »

– Je vous laisse envoyer la note au club, doc, lâche-t-il en m'entraînant au pas de charge hors du bureau.

À peine les portes de l'ascenseur refermées sur nous, il me colle contre la paroi.

– Putain, June, ça me rend dingue. Tu me rends dingue.

Il se rue sur mes lèvres, ponctuant chaque baiser :

– Tu-Es-À-Moi.

Je le serre dans mes bras.

– Oui, Charlie, je suis à toi.

Il pose son front contre le mien, et soudain, je comprends. Je le repousse doucement.

– Pourquoi est-ce si important pour toi ?

Il plonge ses beaux yeux noirs dans les miens.

– Je te l'ai dit. J'ai envie de…

– Non. Je veux la vraie raison.

Il se frotte le menton. J'aimerais être dans sa tête pour savoir ce qu'il s'y passe.

– Ne me dis pas que c'est parce que je pars ? insisté-je. Tu n'as pas confiance en moi ?

– Si, bien sûr, mais…

– Tu veux me marquer ? Ou un truc dans ce genre ?

Un truc de dominant possessif à la con ?

– Que vas-tu imaginer ? Bien sûr que non.

– Je te connais par cœur, Charlie Miller, et je sais que j'ai raison.

Il me surprend en me plaquant contre lui.

– Quand bien même ? Où est le problème ?

– Alors tu avoues ? Tu as peur ?

Les portes s'ouvrent.

– Viens. Allons manger, nous en reparlerons plus tard.

Ouais… c'est ça ! Comme des brebis, ainsi que du fait d'être exclusif, ou de ce qu'il s'est passé aujourd'hui, car je n'ai pas oublié qu'il n'a pas non plus répondu à ma question les concernant.

40

June

– Tu aimes ?

– J'adore.

Nous nous sommes arrêtés dans un petit restaurant du bord de mer, simple, rustique, mais excellent. Je viens de terminer mon risotto aux gambas et noix de Saint-Jacques flambées (une tuerie !), lui son plat de poisson du jour, et je me perds dans la contemplation du magnifique coucher de soleil. À l'émotion qui m'étreint le cœur en contemplant la mer, je comprends à quel point je suis attachée à mes racines et à quel point cet endroit m'a manqué. À quel point je suis bien ici, avec lui ; et à quel point je l'aime.

Un sourire flotte sur mes lèvres. Je repense au tatouage qui brûle ma peau à chacun de mes mouvements, me rappelant que, maintenant, Charlie est là, gravé sur mon cœur, et je suis heureuse. Incroyablement heureuse. Plus que je ne l'ai jamais été. Et ça, je le lui dois.

Aujourd'hui, notre relation a pris une autre orientation,

même si nous devons éclaircir certaines zones d'ombre, notamment cette histoire de brebis, mais pas ce soir.

Je ne veux pas parler des brebis, ni du test, ni de sexe puisque le sujet semble délicat, mais il y a quand même une question à laquelle j'aimerais qu'il réponde :

– Tu veux bien me parler de ce qu'il s'est passé cet après-midi ? Tu étais couvert de sang, tu…

Il se passe une main fatiguée dans les cheveux.

– June, c'est… ce n'est pas que je ne veux pas, mais…

Je tends le bras, et je pose ma main sur son autre main.

– Tu peux tout me dire, bébé, je ne te jugerai pas. Parler peut soulager, et n'oublie pas que je sais ce qu'être dans un club de bikers implique, j'ai connu ça toute ma vie.

Il a un sourire magnifique.

– Je n'ai aucun problème avec ce que le club me fait faire, bébé, j'y suis entré en connaissance de cause, et j'aime ce que je fais. Je ne voudrais pas d'une autre vie.

– Alors c'est quoi ? Tu veux me protéger, c'est ça ? Je veux faire partie de ton univers, Charlie, je veux partager ta vie, pas seulement ton lit.

Ses sourcils se froncent.

– C'est vraiment ce que tu penses ? Que je ne suis avec toi que pour le cul ?

Je vois des regards outrés se tourner vers nous.

– Chut, moins fort.

Il se penche, m'observe gravement.

– Il n'y a pas que ça entre nous, June, et tu le sais. C'est avec toi que je veux vivre, continue-t-il, en m'observant gravement. Tu es celle que j'ai choisie, bébé, mais les histoires du club restent au club, je n'ai pas le choix, désolé. Moins tu en sais, mieux c'est. Pour ta sécurité, tu comprends ? Ce n'est pas que je ne veux pas, je te le répète, mais je ne peux pas, alors s'il te plaît, n'insiste pas. Ça n'a rien à voir avec ce qu'il se passe entre nous. Nous avons des codes, insiste-t-il encore, ce n'est pas à toi que je vais apprendre ça. Tu fais partie de ce monde, bébé, tu sais comment ça fonctionne.

– Je sais tout ça, mais je veux partager ta vie, tes soucis, tes espoirs, tes failles aussi, tes doutes. Je veux me sentir utile et que tu aies besoin de moi, comme j'ai besoin de toi.

– J'ai besoin de toi, June, je te l'ai dit, et prouvé maintes et maintes fois. Je ne veux pas t'inquiéter inutilement, ou te rendre malheureuse, mais je te promets… Écoute-moi bien… je te promets que le jour où ce sera trop lourd à porter et que j'aurai besoin de t'en parler, je le ferai. OK ? Tu me crois ?

– Oui, bébé, je te crois.

Il se recule dans son siège et me regarde avec tellement de passion et de désir que mon ventre se serre.

– À quelle heure est ton avion demain ?

– Attends, je regarde.

Je sors mon portable de la poche de ma veste en jean.

– Tu as pris ton portable ?

– Oui, pourquoi ?

– Pour rien. Alors ? s'empresse-t-il de dire.

– Dix heures vingt.

– Nous irons à moto, ça ira plus vite.

– J'en serai très heureuse. Je ne pensais pas que tu aurais le temps de m'accompagner.

– J'ai un job, c'est vrai, qui me demande beaucoup de sacrifices, mais tu passeras toujours avant lorsque c'est important.

– C'est vrai ? Tu ne dis pas ça pour me faire plaisir ?

– C'est vrai, bébé. Tu es ce que j'ai de plus précieux. Ne l'oublie jamais.

Il retourne ma main qu'il n'a pas lâchée et en embrasse la paume.

– On rentre ?

Sa voix est délicieusement rauque et allume un petit incendie entre mes cuisses.

– Oui, mon amour, on rentre.

Il demande l'addition, règle puis se lève et j'en fais de même. Il enlace mes épaules et nous sortons du restaurant pour rejoindre sa moto. Après être montée derrière lui, je le serre entre mes bras, et je pose ma tête contre son dos.

Mon cœur bondit dans ma poitrine lorsqu'il recouvre ma main de la sienne.

Beaucoup de questions tournent dans ma tête, mais je suis sûre d'une chose ; nous nous aimons, et c'est la seule chose qui compte.

41

Charlie

Je grille clope sur clope tout en regardant la femme de ma vie dormir. Nous avons fait l'amour, puis elle s'est endormie dans mes bras. Je la contemple depuis des heures, incapable de trouver le sommeil ; tout tourne dans ma tête. Je me refais le film de la journée, et je me revois verser ma petite larme alors que l'outil de tatouage entrait dans ma chair et me marquait.

Putain… une vraie gonzesse !

Mon père me disait, lorsque j'étais petit, que j'avais la sensibilité d'une femme : je pleurais pour un rien, j'étais hyper réactif, je sursautais aux voix trop fortes, j'aimais dessiner et m'isoler pour réfléchir ou jouer au calme. Puis j'ai changé. Je suis devenu celui qu'il voulait que je sois : un mec, un vrai, avec des couilles, et un putain de connard avec les meufs. Jusqu'à June. Cette nana a su toucher mon cœur, et sa chatte a fait le reste.

Je lui ai dit que je l'aimais, bordel !

Oui, je l'aime, plus que tout, et j'en crève de devoir la laisser s'éloigner, surtout que Kurt n'a pas pu mettre un traceur dans son téléphone.

S'il lui arrivait quelque chose alors qu'elle est loin de moi ? Si je n'étais pas là pour la protéger ? J'ai cette peur viscérale chevillée au corps qu'elle me soit enlevée, de la perdre.

Allez, putain, Charlie, garde confiance !

Je ne cesse de me répéter cette phrase, mais rien n'y fait. Je suis mort de trouille, et mon cerveau imagine de la merde.

June gémit dans son sommeil, et se tourne, dévoilant un sein.

J'ai envie d'elle. Encore. Je ne me lasserai jamais de son corps, de ses cris de jouissance, de cette rage qui me prend de la posséder lorsque je la tiens contre moi, ou même lorsque je la regarde. Je suis raide dingue de sa chatte, c'est comme ça.

J'écrase ma cigarette, et je me lève péniblement du fauteuil. J'ai mal partout, j'ai l'impression que mon corps a été passé au rouleau compresseur, ou bien est-ce à cause du stress, et des emmerdes en tous genres : Jacob, la trahison des Diamonds, le départ de June pour Philadelphie, vers ce qui a été son univers pendant dix ans.

Je frotte mon visage, mon cuir chevelu énergiquement, et je file sous la douche, pour ensuite revenir déposer un baiser sur les lèvres de ma belle endormie. Elle s'étire, en faisant une petite moue adorable, puis elle ouvre les paupières. La lumière intense de ses iris azur fait chavirer mon cœur ; je veux leur lumière sur moi jusqu'à la fin de mes jours. Surtout avec cette lueur d'adoration qui me ferait faire n'importe quoi pour elle.

– Salut.

Sa voix est rauque, gorgée de sommeil. Elle m'attire, pour que je me couche sur elle, et frisonne en sentant ma peau fraîche sur la sienne, incandescente.

Ma queue se redresse, demandeuse, impatiente, joueuse.

Je ronronne dans son cou, tout en glissant mes mains sur sa peau nue :

– Salut, bébé. Bien dormi ?

– Comme un loir. Et toi ?

– Ça va…

Ma réponse, pour le moins laconique, la fait se tendre.

Elle me connaît si bien que je ne peux plus rien lui cacher. Elle prend mon visage entre ses mains.

– Tu as l'air fatigué.

– Non, ça va… réitéré-je.

Au froncement de ses sourcils, je sais que je ne l'ai pas convaincue.

– Je peux prendre un jet des Wings, non ? Ça m'embête de te faire faire autant de kilomètres, et de te savoir seul sur la route au retour.

– Mmm, oui, pourquoi pas ? C'est plutôt une bonne idée.

Elle descend ses mains le long de mon dos, jusqu'à mes fesses. Elle appuie sur mon bassin, pour plaquer mon sexe contre le sien.

– Comme ça, nous avons tout le temps de… murmure-t-elle en s'attaquant à la serviette de toilette ceignant mes hanches.

Un gémissement franchit ses lèvres alors qu'elle m'empoigne, me faisant durcir.

– J'ai envie de toi, Charlie.

– Vous m'en voyez ravi, mademoiselle Allen, et je crois que moi aussi.

– Moi je ne crois pas, j'en suis sûre, ajoute-t-elle.

Je me sens grossir de plus en plus dans sa main. Je tends le bras pour prendre un préservatif sur le chevet, qu'elle m'arrache des mains, avec un petit air espiègle sur le visage. Je sais où elle veut en venir, et je joue le jeu lorsqu'elle me pousse sur le dos, pour se mettre à califourchon sur mes hanches, ses cuisses nues de part et d'autre de mon bassin.

– Laisse-moi faire ! Depuis le temps que j'ai envie de faire ça…

Elle déchire l'emballage avec ses dents, mais ses yeux s'écarquillent lorsque mon pouce vient jouer avec son clitoris. Le souffle un peu court, elle me branle furieusement, puis déroule la protection sur ma bite dressée. Je continue de torturer son bourgeon dardé, et ses gémissements s'intensifient, me donnant encore plus envie d'elle. Je veux la sentir se serrer autour de moi, m'enserrer dans son étau de chairs voluptueuses. Là, maintenant, je tuerais pour assouvir ce besoin que j'ai d'elle et de sa chaleur intime. Ma queue tressaute dans sa main, à mesure que mon désir augmente.

Elle est si belle, ainsi soumise à son plaisir.

Sa tête est retombée en avant, son visage caché par la cascade de ses boucles blondes, alors que son corps, visiblement, joue un jeu qui lui est propre. Ses cuisses s'écartent, son bassin bouge de lui-même, tout son corps répond à ce que mes doigts lui font subir. Son sexe devient trempé de désir. D'un désir répondant au mien. Je les fais aller et venir sur son clitoris de plus en plus vite, jusqu'à ce qu'un début d'orgasme la ravage, puis, profitant de sa jouissance, je la soulève, pour la faire descendre sur ma queue.

C'est si fort que j'ai l'impression de manquer de souffle.

Je ferme les yeux, pour me laisser envahir par les sensations extrêmes de sa chatte autour de moi, et pour ne pas jouir trop vite. Je la laisse monter et descendre doucement, lentement, à son rythme, jusqu'à ce que son corps m'accepte complètement. Nos gémissements emplissent la chambre. Puis, n'en pouvant plus, j'augmente la cadence. Mes doigts se crispent sur ses hanches, j'accompagne chacun de ses mouvements de bassin en me plantant bien profondément en elle, en percutant durement le fond de son vagin, et putain, c'est incroyablement jouissif.

– Regarde-moi, bébé.

Elle ouvre aussitôt ses paupières, et ses iris se soudent aux miens.

J'ai encore besoin de l'entendre me le dire.

– Dis que tu es à moi, June. Rien qu'à moi.

J'intensifie mes coups.

– Je suis à toi, Charlie, pour l'éternité.

Je la fais soudain basculer sur le dos, pour l'écraser de tout mon poids, et la soumettre ; à ma passion, à mes sentiments, à mon attachement qui me brûlent la cervelle et que je dois exprimer dans la jouissance. Elle crie, me mord l'épaule, au bord de la rupture elle aussi. Je remonte ses cuisses sur sa poitrine, et m'enfonce en elle, encore et encore, jusqu'à nous faire jouir, ensemble, dans un orgasme partagé et absolu. Puis je m'effondre sur elle. Vaincu.

Après de longues minutes, je reprends vie, pour sortir doucement de son corps. Je bascule sur le dos, les bras en croix, et elle vient se loger dans le creux de mon épaule, comme elle en a l'habitude.

Elle me serre contre elle, murmure :

– Putain de merde !

Je souris aux anges.

Je n'aurais pas dit mieux.

42

June

Assise au bar, occupée à siroter un café, j'attends Charlie, qui est allé rendre visite à Kurt pour le boulot et qui doit me rejoindre pour m'emmener à l'aérodrome d'Aaron.

Je rêve…

Je rêve de mon bel amant, de ce que nous avons fait cette nuit, puis tout à l'heure… à quel point j'aime lui appartenir, et à quel point je l'aime. Cette nuit a été magique, et je crois qu'il ne m'a jamais autant prouvé qu'il tient à moi et qu'il m'aime d'un amour infini.

Un sourire étire mes lèvres.

Je sursaute en voyant Chrystal s'accouder près de moi.

– Un café, Chips, s'il te plaît.

– Viens le faire toi-même, je n'ai pas à servir les brebis ! répond ce dernier d'une voix tranchante, l'air de dire : « Pour qui tu te prends, pétasse ! »

Elle n'insiste pas et contourne le bar, tandis que je souris à Chips.

Elle se fait couler un café puis me fait face, en appuyant son dos contre le plan de travail où est posée la machine à café.

Elle me toise.

– Que peut-il bien te trouver ?

Chips en recrache sa bière et ouvre la bouche pour intervenir, mais je l'en empêche en levant la main.

J'attends la suite, m'exhortant au calme.

– Tu es si… insipide, continue-t-elle avec une grimace. Profites-en bien, parce que ça ne durera pas. Il me reviendra, je le sais.

Voyant que je ne réponds rien et que je n'ai visiblement pas envie d'entrer dans son jeu d'intimidation, elle fronce des sourcils et semble s'en étonner. Je me contente de la regarder, et les secondes s'égrènent. Chips se dandine sur place, se demandant certainement si nous allons en venir aux mains, mais qu'il se rassure, je ne m'abaisserai pas à ça.

– Tu peux toujours rêver ! dit Kate en s'installant à mes côtés. Salut, Chips. Bonjour ma belle, bien dormi ?

Elle m'embrasse, tout en ignorant la blondasse de l'autre côté du bar.

– Pas assez ! je réponds. Ton frère ne m'a quasiment pas laissé dormir.

– Je le reconnais bien là, s'esclaffe-t-elle.

Je l'attire à moi, pour lui chuchoter ce que nous avons fait, pour que l'autre s'en étouffe de jalousie. J'en fais des tonnes, savourant ma petite revanche.

Je risque un regard en direction de Chrystal, qui, rouge de colère, a le nez plongé dans sa tasse.

– Vous rigolerez moins dans quelques jours, finit-elle par dire, après m'avoir dévisagée sournoisement.

Je me fais un point d'honneur à ne pas relever, mais Kate lui répond :

– On n'en a rien à foutre de tes états d'âme, t'es qu'une brebis!

Elle accuse le coup, mais reprend rapidement de sa superbe.

– Tu rigoleras moins lorsque ton frère m'épousera.

Pardon ?

– Tu rêves ma pauvre ! Jamais Charlie…

Je mets ma main sur son bras pour qu'elle n'aille pas plus loin.

– N'entre pas dans son jeu, Kate, je t'en prie.

– Quant à toi, rétorque Chrystal, me prenant aussitôt à partie. Tu resteras comme une pauvre conne lorsqu'il te plaquera parce qu'il…

– Chrystal ! crie Charlie dans mon dos, l'interrompant.

Parce qu'il… quoi ?

Je referme mes doigts sur le plateau du bar, tandis que Charlie vient se caler dans mon dos, pour me dire à l'oreille :

– Ne fais pas attention à elle. Si tu t'adresses une nouvelle fois à June, continue-t-il en se tournant vers elle, d'une voix menaçante, je te tue !

Je ne résiste pas lorsque, visiblement en colère, il prend mon sac, ma main, et m'entraîne au pas de charge, tout en appelant Chips.

Je tourne la tête, pour voir, abasourdie, Chips se pencher sous le bar et venir vers nous, un sac de voyage à la main.

– Mais… tenté-je.

– Il t'accompagne ! C'est plus sage que tu ne sois pas seule. J'en ai discuté avec le prés' et Stan, et ils sont d'accord avec moi.

Je me pends à son cou.

– J'ai une meilleure idée, viens avec moi à sa place, minaudé-je.

Il m'enlace, me serre contre lui, et je comprends que pour lui, ce n'est pas simple de me laisser partir. En plus de la peur qu'il ressent pour moi, il a le sentiment que je l'abandonne, j'en suis persuadée, même s'il ne me l'a pas dit en ces termes. Quant à moi, je ne peux m'empêcher d'imaginer que Chrystal reviendra à la charge pour regagner ses faveurs dès que j'aurai le dos tourné.

Je me demande une nouvelle fois si j'ai vraiment raison de partir.

– Je ne peux pas, June. Je le voudrais, crois-moi, mais le club a besoin de moi ici.

Sa voix est si triste que j'ai mal.

Il glisse sa main le long de ma nuque, me faisant frissonner.

– Accepte que Chips t'accompagne, s'il te plaît. Comme ça, je pourrai dormir sur mes deux oreilles.

– D'accord, finis-je par dire, ne voulant pas ajouter à son angoisse, ni jouer les capricieuses.

Il m'embrasse, visiblement soulagé que je ne fasse pas de scène.

– Merci, bébé.

Je regarde Chrystal, qui, toujours derrière le bar, a un sourire énigmatique.

– Qu'est-ce qu'il se passe, Charlie ? demande Kate qui a fini par nous rejoindre, tandis que Chips attend bien sagement à quelques pas.

– Rien. Tout va bien, pourquoi ?

– Pour rien, répond-elle, les sourcils froncés.

Tout comme moi, Kate se pose des questions, avec ce

sixième sens typiquement féminin, surtout lorsqu'une brebis traîne dans les parages.

Il lui fait un baiser sur la joue.

– Nous devons y aller. Je te vois plus tard.

Elle acquiesce, et je l'embrasse à mon tour.

– Je t'appelle dès que je suis arrivée à Philadelphie.

– Prends soin de toi, me dit-elle.

Je lui souris, puis je reprends la main de Charlie, qui m'entraîne hors du club.

Il déverrouille à distance le pick-up, jette mon sac sur la banquette arrière, et me tient la portière pour que je m'installe, tandis que Chips prend place derrière moi.

Nous sortons de l'enceinte du club, puis il s'insère dans la circulation.

Au bout de quelques minutes, il pose sa main sur mon genou, et ce simple contact suffit à me rassurer. Je noue mes doigts aux siens, et les serre. En m'entendant soupirer, il met son clignotant et s'arrête sur le côté.

Il coupe le moteur.

– Chips, descends. Va faire un tour, mais ne t'éloigne pas trop.

Aussitôt après que Chips a quitté l'habitacle, j'enlève ma ceinture de sécurité et je grimpe sur ses genoux, pour nicher ma tête dans son cou.

Je ne veux plus partir ; je ne veux pas le laisser entre les mains de cette sangsue, qui semble prête à tout pour le récupérer. S'il se laissait piéger ? S'il craquait pour elle ? Elle est jolie, elle a des atouts, de très belles formes.

Il caresse mes cheveux, embrasse mes tempes, comme il le ferait d'un petit animal apeuré.

– Que se passe-t-il, bébé ?

– C'est… c'est Chrystal, elle a dit que… que tu finiras par lui revenir et l'épouser, et je…

Des larmes inondent mes joues.

– Elle raconte n'importe quoi. Tu n'as rien à craindre. Il n'y a que toi, June. Il n'y a toujours eu que toi.

Il se rue sur mes lèvres et englobe mes fesses, pour me plaquer contre son sexe. Il me fait onduler sur sa queue, gémit dans ma bouche.

– J'ai envie de toi, bébé. Putain, j'ai tout le temps envie de toi. Qu'est-ce que tu me fais, June ?

Moi aussi j'ai envie de lui, je le veux. Je veux le sentir dans mon corps encore une fois avant de partir et de prendre ce foutu avion.

– J'en ai besoin, moi aussi. Viens. Maintenant.

La frénésie s'empare de nous.

Je retire une chaussure, ainsi qu'une jambe de mon jean tandis qu'il extirpe son sexe du sien. Il prend un préservatif, l'enfile, puis tire sur ma culotte, alors que je l'empoigne, pour le faire entrer en moi. Il m'étire divinement, bute au fond de mon ventre, et quand il commence à bouger, à se rendre maître de mes chairs avides, je ne peux que gémir.

– Mon Dieu… encore, encore… oui…

Il me guide à un rythme infernal, me fait monter et descendre sur sa queue et lorsqu'il soude son corps au mien, s'empare de mes lèvres, et me serre contre lui à m'étouffer, un orgasme fulgurant nous emporte et balaie tout. Absolument tout. Tout ce qui n'est pas nous et cet amour qui nous lie, et nous fait nous donner l'un à l'autre. Pleinement.

Il continue de me serrer contre lui, en laissant nos

respirations revenir à la normale. Puis il prend mon visage entre ses mains, pour plonger ses magnifiques yeux noirs au fond des miens.

– Je t'aime, bébé, ne l'oublie jamais.

– Je t'aime aussi, Charlie.

Après un dernier baiser, je me détache de lui et nous nous rhabillons, en nous souriant tendrement. Puis il rappelle Chips et redémarre.

Je souris, heureuse. Mais je me promets d'envoyer un message à Kate pour qu'elle le surveille discrètement. J'ai confiance en lui, mais c'est en cette fille que je n'ai pas confiance. Je connais les brebis et je sais qu'elles sont prêtes à tout pour arriver à leurs fins. Je ne la laisserai pas faire. Je ne la laisserai pas me prendre l'homme que j'aime et que j'ai enfin retrouvé. Il n'en est pas question. Je me battrai jusqu'à la mort pour lui.

Je l'ai, je le garde.

Quand Charlie coupe le moteur du pick-up devant le hangar des Wings, à Corpus Christi, je sursaute en entendant sa voix.

– On y est, bébé.

Perdue dans mes pensées, je n'ai pas vu le temps défiler. J'entends Chips descendre, puis claquer la portière.

– Ça va aller ?

Je me secoue, alors que des doutes s'emparent de mon cerveau.

– Bien sûr. Après tout, c'est moi qui ai voulu ce voyage, non ?

Il s'empare de ma main, et la porte à ses lèvres avec un sourire en coin.

– Tu peux encore renoncer.

– Non, il le faut. Je ne peux pas reculer.

– Alors en route, le pilote t'attend.

J'aurais presque envie qu'il me retienne encore, qu'il me force à lui obéir et à rester.

Putain, qu'est-ce qui débloque chez moi ?

Je suis à l'origine de ce voyage, je dois tirer un trait sur Philadelphie, rendre mon appartement, planifier mon avenir, je ne peux pas reculer, mais je donnerai tout ce que j'ai pour ne pas partir, et ne pas le laisser seul.

Après s'être emparé de mon sac, il ouvre ma portière, m'aide à descendre, puis nous avançons vers le pilote.

– Mademoiselle Allen, messieurs. Brian Silva, enchanté.

Il me serre la main, ainsi qu'à Charlie, puis à Chips.

– Je vous confie ce que j'ai de plus cher au monde, Brian, lui dit Charlie. Je compte sur vous pour qu'il ne lui arrive rien.

Je crois que je suis devenue rouge comme une tomate. Qu'il dise devant un étranger qu'il tient à moi me rend incroyablement heureuse.

– Ne craignez rien, tout se passera bien.

Charlie se tourne vers moi, et prend mon visage en coupe. Puis il embrasse mes lèvres.

– Bon voyage, bébé, et fais attention à toi. Tu m'appelles dès ton arrivée, OK ?

– OK. Ne t'inquiète pas.

– Reviens-moi vite.

– Tu me manques déjà, murmuré-je, accrochée à ses épaules.

– Je penserai à toi chaque seconde, dit-il, de la même manière. Allez, file, avant que je change d'avis et t'attache pour t'empêcher de partir.

Nous nous embrassons fiévreusement, alors que le pilote démarre l'appareil.

Le bruit est assourdissant.

Je me rapproche pour dire à son oreille :

– Tu iras embrasser mon chien pour moi.

Il se met à rire, et mon ventre se tord : j'ai toujours aimé l'entendre rire, son visage en est transformé. Ses yeux pétillent.

– Tu l'aimes ce chien, remarque-t-il, avec un clin d'œil, en faisant semblant d'en être chagriné.

– Oui, je l'aime. Il m'a tenu compagnie avant que tu… avant que tu ne reviennes dans ma vie. Il est vieux, et il a besoin de moi. Alors, tu iras ?

– Promis, j'irai, répond-il, en m'embrassant.

– Embrasse aussi ta maman.

Ses yeux deviennent graves.

– Charlie ?

– Bien sûr, je passe la voir au moins une fois par semaine, mais ces derniers temps, elle me fout dehors.

Je mets ma main sur sa joue.

– Ça va s'arranger, je te le promets. Je lui parlerai, je m'occuperai d'elle, et je crois que nous savoir ensemble lui fera plaisir. Peut-être que nous arriverons à la réconcilier avec la vie.

– Je l'espère. Allez, bébé, c'est l'heure, dit-il, en me repoussant gentiment.

Je regarde derrière moi. Chips a déjà pris place et attend, tout comme le pilote.

Allez, June…

Je me jette de nouveau dans ses bras. Je n'arrive pas à m'éloigner. J'ai peur. Je suis terrifiée. De quoi, je ne sais pas… mais c'est le cas. Une peur sournoise rampe en moi à l'idée de m'éloigner. Pourtant, il le faut.

Je finis par me détacher, en cachant ma peine, et il ouvre la portière de l'hélicoptère pour que je m'installe à côté du pilote. Après avoir mis mon sac à mes pieds, il referme, se recule. Je me ceinture, puis le pilote se penche sur moi pour vérifier les accroches.

Charlie fronce des sourcils mais je le rassure d'un sourire. Je dessine un cœur sur la vitre, et je murmure : « Je t'aime. »

Il me répond d'un baiser.

Nos regards, soudés l'un à l'autre, ne se quittent pas, tandis que l'hélicoptère s'élève.

Je lui fais un dernier petit signe alors que sa silhouette tant aimée s'amenuise, à mesure que nous prenons de l'altitude.

43

June

Une heure plus tard, je suis installée à bord de l'avion qui m'emmènera à Philadelphie. Chips est quelque part, et nous avons convenu de nous attendre à l'endroit où l'on récupère les bagages. Ça me fait bizarre d'avoir un chaperon, même s'il est discret, et toujours souriant. J'imagine qu'en plus, il est obéissant. Il va peut-être accepter de rester à l'appartement pendant que je fais ce que j'ai à faire ; je n'ai pas envie de le traîner dans tous mes déplacements. Mais j'en doute, il doit avoir des consignes, et je ne veux pas qu'il ait des ennuis à cause de moi.

Je profite de ces quelques minutes avant de décoller pour envoyer un texto à Kate :

[Je ne sais pas ce qui
se passe avec Chrystal,
mais je n'aime pas ça.
Renseigne-toi, stp.]

Sa réponse ne tarde pas :

[Je l'aurai à l'œil. On l'a tous à l'œil,
d'ailleurs. Elliott, Kurt et Lohann
m'ont dit de me méfier d'elle.
Je pense que Kurt baise avec elle,
et ça me rend dingue. Je vais me la faire !]

Je souris malgré moi. Chrystal va passer un sale moment si Kate s'en prend à elle. Ma meilleure amie est une vraie teigne et elle a toujours aimé se battre.

Je lui envoie plein de cœurs en réponse, puis je tape un message pour Charlie.

[Je pense tout le temps
à toi. C'est grave, docteur ?]

Je m'attends à avoir une réponse rapidement, mais les minutes s'écoulent et je n'ai aucune notification m'annonçant l'arrivée d'un message. Il devrait pourtant être déjà rentré au club.

Où est-il ?

Je frotte mon visage énergiquement.

Arrête, June ! Stop ! Débranche ton cerveau !

Je suis loin, et il est maintenant trop tard pour faire marche arrière.

J'éteins mon portable avant que l'hôtesse ne vienne me le demander. J'aurai son message à mon arrivée. Mon vol ne durera qu'un peu plus de cinq heures, avec une escale à Houston d'une heure seulement. Je me cale dans mon siège, avec la ferme intention de me détendre, mais malgré mes efforts, Charlie ne quitte pas une seule seconde mes pensées.

Jusqu'à ce qu'un type vienne s'installer à ma droite, et tente une approche de drague que je court-circuite rapidement. J'éclate de rire lorsqu'il me demande si je suis mannequin. Sans doute pense-t-il me flatter.

Pff, j'ai une tête à faire du mannequinat ?

Puis il regarde mes fringues et en convient lui-même. Nous finissons par en rire, puis nous discutons de tout et de rien, ce qui me fait paraître le temps moins long.

– J'aimerais beaucoup vous revoir, dit-il, alors que nous atterrissons.

– Ça ne va pas être possible. J'ai un petit ami.

Je lui souris, avant de m'éloigner dans le couloir.

Je rallume mon portable.

J'ai un message de Charlie.

44

Charlie

Je n'arrête pas de ruminer, et ma colère augmente au fur et à mesure que les kilomètres défilent. Chrystal va m'entendre.

Qu'est-elle allée raconter, nom de Dieu ? Que j'allais l'épouser ? Elle prend ses désirs pour des réalités !

Jamais de la vie !

Pourtant, une petite sonnette d'alarme retentit quelque part dans mon cerveau. Alcool, rapport non protégé, je l'ai même avoué au doc, ainsi qu'à June… Bordel de merde ! C'est impossible, je ne peux pas être si con ! Je ne l'ai jamais baisée sans capote, je le sais, et si elle prétend le contraire, c'est qu'elle ment.

Je gare le pick-up et j'allais entrer dans le club-house, lorsque la voix de celle que j'exècre aujourd'hui par-dessus tout s'élève dans mon dos.

– Charlie, je peux te parler ?

Je me retourne.

– Qu'est-ce que tu veux ?

Putain, je pourrais l'emplafonner tellement je la déteste,

et je me demande une fois de plus comment j'ai pu être attiré par une fille comme elle. C'est vrai qu'elle est plutôt mignonne, bien foutue, mais si insignifiante comparée à June. Je remarque pourtant qu'elle lui ressemble un peu : très blonde, de grands yeux bleus. Finalement, toutes les nanas avec lesquelles je suis sorti lui ressemblaient, je viens seulement de m'en rendre compte.

– Je suis enceinte. De toi !

Putain, je le savais !

Je savais qu'elle allait me jouer un tour à la con ! J'en aurais mis ma main au feu.

Je l'ai compris à la minute même où je suis entré dans le bar ce matin, à la lueur dans ses yeux posés sur moi, et sur June, à la peur qui a rampé sous ma peau.

Tout mon corps se tend, mais si elle croit m'avoir si facilement, elle se trompe lourdement. Elle ne sait pas à qui elle a affaire !

– Comment peux-tu en être si sûre ? demandé-je froidement. Je ne suis certainement pas le seul mec avec lequel tu baises.

Elle s'empourpre de colère.

– Une femme sent ces choses. Il est de toi.

Je prends sur moi pour rester calme.

– Qu'est-ce que tu comptes faire ?

– J'aurai cet enfant et je te forcerai à assumer. Je vais te pourrir la vie, Charlie.

Je la retiens par le bras alors qu'elle s'éloigne, et je serre, la faisant grimacer.

– Tu penses pouvoir me menacer ?

– Non, je te dis simplement les choses telles qu'elles vont se passer. J'ai des droits, j'irai voir des assistantes sociales, je…

– Je ne te laisserai pas faire. Tu n'es rien, Chrystal, rien qu'une brebis. Ta vie ne vaut rien !

Elle cherche à me fuir, mais j'augmente ma prise. Elle se tortille, et commence à flipper, je le vois dans ses yeux. Je m'approche de sa bouche, comme si j'allais l'embrasser, alors qu'elle me fait gerber. Sa respiration s'accélère, et je peux voir une lueur malsaine traverser ses iris. Elle met sa main sur ma queue.

Je la repousse, et elle éclate de rire.

– C'est moi qui vais faire de ta vie un enfer, Chrystal.

– Qu'est-ce que tu vas faire ? Me tuer ?

– C'est une possibilité que je me ferai un plaisir d'envisager.

– J'ai assuré mes arrières, dit-elle, sûre d'elle en se rapprochant.

Je la repousse, avant de lui foutre la correction de sa vie.

– Si tu crois que je vais accepter cette paternité sans rien dire, tu es encore plus folle que je le pensais, ma pauvre fille. Il me faudra des preuves.

Elle se trouble.

Je profite de mon avantage pour menacer :

– Si tu m'as menti, tu me le paieras. Par un moyen ou par un autre.

– Quel… quel genre de preuves ?

– T'es trop conne pour savoir qu'il existe aujourd'hui des moyens de prouver une paternité ? Je te ferai faire un caryotype.

– Un quoi ?

– Laisse tomber ! On sait tous les deux que tu mens. Je le prouverai et tu me le paieras très cher, crois-moi !

Elle pâlit.

D'où me vient cette certitude, j'en sais foutre rien, mais je veux me persuader que c'est la vérité. Même bourré, je ne l'aurais jamais baisée sans capote. Les brebis sont en self-service et peuvent être de vrais nids à microbes, sans parler des risques de grossesse.

Mais comment en être certain ?

Bordel de merde.

Je lui tourne le dos, mais au lieu d'entrer dans le club-house, je cours vers ma bécane pour retourner voir le doc, en parler avec lui et lui demander conseil.

45

Charlie

Je pousse une fois de plus la porte du cabinet du doc du club.

Je n'ai pas rendez-vous, mais pour nous, il y a toujours une place. Lorsqu'il m'aperçoit en venant chercher une patiente, il me fait signe de le suivre, et m'invite à m'asseoir.

Il contourne son bureau pour prendre place.

– Qu'est-ce qui t'amène, Charlie ?

Je décide d'être cash ; je n'ai pas de temps à perdre avec ces conneries.

– Une des brebis du club dit être enceinte de moi.

– Laquelle ? demande le doc.

– Chrystal.

– Mmm, je vois.

– Elle est formelle.

– Je n'en doute pas si elle veut te faire chanter, mais il y a des moyens aujourd'hui pour en être sûr.

– Je sais. Elle a changé de couleur lorsque je lui en ai parlé, ce qui me laisse à penser qu'elle ment.

– Elle est enceinte de combien ?

– J'en sais rien, et je m'en branle.

– OK, alors que puis-je faire pour toi ?

Putain, j'aurais mieux fait de me casser une jambe plutôt que d'amener cette meuf au club.

J'ai fait une erreur.

Je me remémore notre rencontre, au Rider's. J'avais bu. Elle s'est assise à côté de moi, puis elle a mis sa main sur ma cuisse.

***

– Salut, beau brun, tu as l'air tout triste, je peux faire quelque chose pour toi ?

Je regarde la main, puis je longe le bras, pour tomber sur une épaule découverte, un tee-shirt échancré qui ne cache presque rien de sa poitrine nue, puis son cou fin, sa nuque, ses longs cheveux blonds ramenés en queue-de-cheval – que je me vois instantanément empoigner en la baisant sauvagement par-derrière –, son visage. Un visage de poupée. Très blonde, de grands yeux bleus ; et elle me fait penser à June. En moins belle, mais il y a de ça. Ma queue tente de relever la tête, mais je suis trop bourré.

– T'es des BlackAngels, c'est ça ?

– Ouais, poupée, c'est marqué sur mon blouson, comme tu peux le voir.

Je lui montre les inscriptions sur le côté de mon cuir.

– J'ai toujours rêvé de voir un MC, tu me ferais visiter ?

– Il n'y a rien de bien intéressant…

– On pourrait commencer par ta piaule, insiste-t-elle, en posant sa main sur ma queue.

Je secoue la tête pensivement, puis je continue de boire. Elle me sert verre sur verre, jusqu'à ce que je m'effondre sur la table.

***

Au petit matin, je me suis réveillé dans mon pieu, avec cette nana à mes côtés. Elle a dit que nous avons baisé, je n'en avais aucun souvenir, mais je m'en foutais. C'était peut-être vrai, peut-être pas ! Elle s'est installée au MC, et dans mon lit. Elle baisait avec moi, mais certainement pas qu'avec moi. Ça aussi, je m'en foutais. C'est une brebis, je n'ai aucun sentiment pour elle. Je l'ai baisée, point. Juste du sexe, hard la plupart du temps, et ça avait l'air de lui plaire. Je ne me suis posé aucune question ; elle était là, elle voulait baiser, tout le temps, à tout moment de la journée.

J'ai 29 ans, j'aime le sexe, qu'y avait-il de mal à ça ?

Seulement voilà, la donne a changé!

J'extirpe mon portable de ma poche poitrine, et je souris en découvrant que June m'a déjà écrit.

Je lis son message, le sourire aux lèvres.

[Je pense
tout le temps à toi.
C'est grave, docteur ?]

Je tape :

[J'ai développé la
même maladie,
alors on s'en fout !]

Je n'obtiens pas de réponse.

Sans doute a-t-elle décollé et éteint son portable. Elle m'a envoyé ce message il y a une heure. Son vol dure cinq heures, alors je ne pourrai pas la joindre avant seize heures cet après-midi, au moins.

Putain, j'aurais dû partir avec elle. Je n'aime pas être loin d'elle.

Cette phrase ne cesse de tourner en boucle.

Je regarde les vols sur mon portable, puis ma montre. J'ai des fourmis dans tout le corps. Il faut que je bouge. Tout en sentant le regard du doc sur moi, je regarde mon portable, comme s'il pouvait me parler, prêt à me prendre un billet, mais je me ravise au dernier moment.

Chips est avec elle, il ne peut rien lui arriver, tenté-je de me persuader.

Je regarde le doc.

– Que me conseillez-vous ?

– Sois patient, attends de voir.

Je me lève, pressé maintenant de retourner au club pour en parler avec Stan et le prés'.

– OK, je vais faire ça. Merci, doc.

Il me regarde, goguenard.

C'est vrai que putain, je ne sais plus où je tape. J'ai le sentiment de devenir dingue.

– Pas de quoi, Charlie, tiens-moi au courant, mais rassure-toi, si tu étais trop bourré pour te souvenir, tu l'étais sans doute suffisamment pour ne pas réussir à bander.

– Ouais, putain, je n'avais pas pensé à ça. Merci doc, vous me sauvez la vie.

Je quitte son cabinet, un peu rasséréné.

46

Charlie

J'entre dans le club-house, puis je prends la direction de la chapelle. Ce matin, je leur ai exposé la situation pour qu'ils permettent à Chips d'accompagner June à Philadelphie. Je leur ai parlé de Jacob, de la menace qui pèse sur elle, et certainement sur moi, ainsi que sur le club, car je crois, en mon for intérieur, que Jacob est derrière toute cette merde. Nous avons mis Kurt sur le coup et si ce connard bouge un orteil, nous le saurons.

Maintenant, je dois leur parler de Chrystal, avant que ça ne leur revienne aux oreilles ou que ça m'explose à la gueule. J'ai une demi-heure avant la réunion, c'est plus que suffisant.

Je frappe à la porte et, après avoir entendu « entrez ! », je pénètre dans la pièce.

Ils sont installés, l'un à côté de l'autre, à fumer et boire, café et bière. Des papiers sont éparpillés sur la table devant eux. Certainement les différents projets de diversification de nos affaires, ou les comptes du club. Si c'est le cas, ils m'en parleront certainement. Nous avons eu nos primes (ce qui a réjoui nos frères), les Irlandais nous ont payés, et comme nous avons raflé la part des Diamonds au passage, nous sommes riches, et nous aurons droit à une petite prime supplémentaire dans quelques jours.

Je ne sais pas si June veut vivre dans la maison où elle a ses souvenirs, ou si elle préfère la vendre, mais nous pourrions… Oui, nous pourrions envisager d'acheter une petite maison au bord de la mer, à Corpus. Il y en a plusieurs à vendre.

Je vais aller prospecter avec Kate.

Pour la première fois depuis plusieurs heures, je me surprends à faire des projets.

Je souris connement.

– Qu'est-ce qui te rend si joyeux ? demande Trav.

Je prends un siège et je m'installe de l'autre côté de la table, face à Stan, qui affiche, lui aussi, le faciès d'un homme comblé. En vérité, ils sont heureux tous les deux. Fatigués, mais heureux. Leurs femmes sont sorties de la maternité. D'après ce que je sais, elles n'ont voulu rester que peu de temps : vingt-quatre heures pour Julia, et quarante-huit heures pour Cassandra. Elles avaient hâte de retrouver leurs maris, ainsi que la tranquillité de leur maison, et les régulières des autres frères leur donnent un coup de main.

– Je pensais profiter de l'absence de June pour acheter une maison au bord de la mer, et l'aménager avant son retour. Pour que nous ayons un endroit rien qu'à nous, qui ne lui rappelle pas constamment sa famille, ceux qu'elle a perdus. Et je voudrais lui en faire la surprise.

– C'est une très bonne idée, Charlie. Tu peux même prendre quelques jours si tu veux, nous n'avons pas besoin de toi avant la prochaine livraison, me répond Trav.

Il met une main sur mon épaule.

– Nous sommes heureux pour toi, Charlie, June est une fille bien.

– Plus que bien, renchérit Stan. Je crois que j'ai toujours eu un faible pour cette fille, mais j'ai vite compris que je ne pourrai jamais rivaliser avec toi, alors j'ai laissé tomber l'affaire, se hâte-t-il d'ajouter devant mon regard noir.

Il se marre.

– C'est de l'histoire ancienne, Charlie. Nous étions tous amoureux d'elle, d'ailleurs. Pas toi, Trav ?

– Non, moi, c'était une fille de ma classe qui me faisait bander, une certaine Carrie. Jusqu'à ce que je croise le regard de Cassandra, et là, j'ai su. J'ai su qu'elle était celle que j'attendais.

– Pareil pour moi, ajoute Stan. Julia est LA femme. Ma femme, et maintenant la mère de mon enfant.

– Comment va la petite Angie, d'ailleurs ? demandé-je.

– Comme un charme. Tout comme sa maman. Putain, mes frères, je ne me lasse pas de ses seins gorgés de lait, de…

– Stop ! le reprend Trav. Je suppose que Charlie n'est pas venu nous trouver pour nous entendre parler biberons, couches et tétées.

– C'est un fait, me marré-je.

– Tu verras lorsque ce sera ton tour, se moque Stan.

– En parlant de gosse, Chrystal est enceinte et elle prétend qu'il est de moi.

– Putain…

– Merde, renchérit Trav. Qu'est-ce que tu comptes faire ?

– Rien. Il est hors de question que j'entre dans son jeu.

Stan jette des coups d'œil interrogatifs à Trav.

Je regarde mon prés', livide.

– Tu as baisé avec elle ? demandé-je, avec l'intuition de connaître la réponse.

Nom de Dieu, si c'est le cas, il l'a échappé belle, car elle aurait pu dire que l'enfant qu'elle porte est de lui !

– Pas vraiment, répond-il, en se passant une main dans les cheveux.

– Comment ça, pas vraiment ?! s'alarme Stan, en se redressant sur son fauteuil. Putain, Trav, tu peux essayer de penser à autre chose qu'à ta bite ? Tu veux foutre ton mariage en l'air ? Car laisse-moi te dire que si Cassandra l'apprend, elle te quitte.

– Tu crois que je ne le sais pas ? répond Trav, en colère.

– Tu viens d'être papa, nom de Dieu ! ajoute Stan.

– Ouais, putain, merde, j'ai merdé ! Je l'ai juste laissée me sucer, Stan. Juste une fois.

– C'est tout ?

– Je crois.

– Comment ça, tu crois ? s'énerve de nouveau Stan.

– J'étais bourré, je l'ai laissée me caresser, me tailler une pipe, elle m'a fait boire, alors ensuite, j'avoue que je ne sais plus.

Stan se passe la main dans les cheveux.

– Nom de Dieu… Qu'est-ce que vous voulez faire d'elle, maintenant qu'elle a foutu le bordel dans vos vies ?

Trav s'allume une clope et expire la fumée, perdu dans ses réflexions.

– Nous allons exiger des tests, la confondre, et ensuite nous aviserons !

– Je suis désolé, c'est ma faute.

– Tu n'y es pour rien, Charlie, c'est elle le problème, ainsi que les mecs qui ne savent pas garder leur bite dans leur froc, n'est-ce pas, mon frère ? rétorque Stan.

– Ta gueule ! s'énerve Trav.

Je lève la main pour les apaiser.

– Restons calmes, il ne sert à rien de se rejeter la faute. Tous les frères ont baisé avec elle, c'est le principe même d'une brebis, Stan, non ?

– Bien sûr, tous, mais pas mon meilleur ami, marié de surcroît.

– C'est bon, Stan, lâche l'affaire, grogne Trav. Charlie, tu me l'amènes dès la fin de la réunion. Le plus simple serait de nous débarrasser d'elle. Au plus vite.

Je n'ose imaginer ce que cela implique.

Nous interrompons notre conversation privée en voyant nos autres frères entrer dans la chapelle.

La séance peut commencer.

47

Charlie

Après deux jours de prospection, sans en parler à June pour lui en faire la surprise, j'ai enfin trouvé la maison. Kate est d'accord avec moi, elle est superbe. Comme je paie cash, les propriétaires ont bien voulu accélérer les choses, et la maison est à moi, depuis… je regarde ma montre : deux heures. Je suis l'heureux *fucking* propriétaire d'une maison du bord de mer, avec une magnifique terrasse aménagée, ainsi qu'un accès direct à la plage grâce à quelques marches d'escalier. La plus grande chambre donne également sur la mer, et le paysage est à couper le souffle : les embruns, les palmiers, le sable blanc. Un vrai nid d'amour. Si elle n'en veut pas, je la louerai, mais tout comme moi, je suis sûr qu'elle en tombera amoureuse. Elle est assez grande pour accueillir toute une ribambelle d'enfants.

Combien en voudra-t-elle ?

Est-ce que seulement elle en voudra ?

Certainement. Elle doit adorer les enfants, puisqu'elle en

a fait son métier.

J'en étais là de mes projets d'avenir, lorsque Kurt entre en trombe dans ma chambre.

– Le jet de Jacob a atterri sur un aérodrome privé près de Philadelphie, il y a une heure !

Je saute de mon lit.

– Nom de Dieu, j'appelle Aaron et les Wings. Je dois partir. Tout de suite !

– Je me charge des Wings, appelle Trav, et dis-lui de nous retrouver à Corpus.

Il est déjà hors de ma chambre, avant que je puisse lui dire quoi que ce soit d'autre.

J'appelle Chips, qui ne répond pas.

Putain !

J'envoie un texto à June :

[Appelle-moi,
c'est urgent !
Tu es en danger !]

Je tape du pied en attendant son appel.

Putain, June, bébé, appelle-moi. Réponds, réponds, nom de Dieu…

J'ai l'impression de devenir dingue et que mes pires cauchemars sont sur le point de devenir réalité.

48

June

[Appelle-moi,
c'est urgent !
Tu es en danger !]

Mon cœur manque un battement.

Quoi ? Nom de Dieu…

Sans perdre une seconde, j'appelle Charlie, et lorsqu'il décroche, je crois entendre un soupir de soulagement.

– Écoute-moi attentivement, bébé. Partez immédiatement ! Un jet de Jacob a atterri près de Philadelphie. Kurt ne sait pas s'il est à l'intérieur, mais dans le doute, quittez ton appartement pour prendre au nom de Chips une chambre dans un hôtel. Tu m'appelleras de l'hôtel, OK, tu as compris ?

Merde…

Pendant qu'il me parle, j'enfile mes vêtements à la va-vite et cours rejoindre Chips au salon, qui s'est endormi devant la télé.

– Et ensuite ?

– On vient vous chercher. Ne bougez pas de l'hôtel, sous aucun prétexte. Je peux compter sur toi, bébé ?

– Oui, je ferai ce que tu me dis, mais tu ne crois pas que tu t'affoles pour rien ? Il y a un gardien dans la résidence, Jacob ne peut pas entrer comme ça.

– Peut-être, mais barrez-vous ! Tout de suite. Tu m'entends, June ? Tout de suite !

– Il faut que l'on parte, Chips ! Je te le passe, dis-je à Charlie. Je vais préparer mes affaires.

Je tends mon portable à Chips, et je retourne dans ma chambre, pour jeter quelques vêtements dans mon sac de voyage, et je m'empare de mon sac à main. Lorsque je reviens dans le salon, Chips est prêt. Il me rend mon portable, et nous quittons mon appartement, pour courir jusqu'à l'ascenseur. J'appuie sur le bouton comme une demeurée, en regardant dans toutes les directions. Bien que Chips soit avec moi, et Charlie toujours en ligne, je ne suis pas rassurée.

– Il y a un hôtel pas très loin, il fera l'affaire.

– N'importe lequel, pourvu que vous soyez en sécurité, répond Charlie.

– Putain d'ascenseur !

– Prenez l'escalier. N'attendez pas !

– OK ! Chips, l'escalier !

Nous courons à l'autre bout du couloir.

J'ouvre la porte, et nous nous engouffrons dans la cage d'escalier.

– Tu crois que je peux appeler le gardien, pour voir s'il a vu quelqu'un ? Si la voie est libre ?

– Si tu veux, mais fais vite.

Je raccroche, pour composer le numéro du concierge, mais personne ne répond. Je rappelle Charlie.

– C'est bizarre, il ne répond pas.

– Ne descendez pas au rez-de-chaussée mais au sous-sol. Il y a un garage ?

– Oui.

– Alors, allez jusque-là !

Nous continuons de descendre les marches en courant, et je commence à perdre la notion du temps, et de l'espace, ne pensant qu'à fuir.

Plus que deux étages et nous arriverons dans les garages.

– Nous y sommes.

– Fais passer Chips devant toi. Il te protégera. N'aie pas peur.

Chips me fait signe de rester derrière la porte. Il dégaine son arme, et ouvre lentement.

Il risque un regard dans le parking, et me fait signe de le suivre.

– C'est bon, on y va, murmuré-je à Charlie.

Nous courons en direction de la porte de sortie, lorsque des voix s'élèvent derrière nous.

– Arrêtez-vous !

Chips me tire à l'abri d'une voiture, puis me dit à voix basse :

– Je vais vous couvrir. Allez-y !

– Non, Chips, il est hors de question que je te laisse seul.

– Fais ce qu'il te dit, June ! ordonne Charlie dans mon oreille.

Les pas se rapprochent.

– Maintenant ! crie Chips.

Nous nous redressons, et je cours aussi vite que possible.

Je tape le code de la lourde porte blindée.

– Chips, vite !

Il tire quelques coups de feu et se retourne pour courir dans ma direction, lorsqu'il s'écroule, touché d'une balle dans le dos.

– Mon Dieu, Chips est touché, crié-je. Charlie !

– Ne va pas le rejoindre. Sauve-toi !

– Non ! Je ne peux pas le laisser…

– Fais ce que je te dis, June, pour une fois dans ta vie, écoute-moi !

Je tire sur la porte de toutes mes forces. Je m'engouffre dans l'ouverture, puis je l'entends se verrouiller derrière moi, alors que Charlie continue de me parler.

– Nous nous occuperons de Chips. Va te réfugier dans un hôtel, et attends-moi. June ? Bébé, tu m'entends ?

Je sens qu'il panique devant mon silence.

Des larmes coulent sur mon visage, je tremble de tout mon corps, mais je ne dois pas renoncer, il y va de ma survie.

– June ?

– Je suis là, Charlie.

– Sauve-toi ! Bouge !

Je reprends enfin mes esprits et je me mets à courir le long du trottoir, en évitant les rares passants, et en jetant des coups d'œil inquiets derrière moi. J'ai rabattu ma capuche pour dissimuler mes cheveux blonds, et je marche vite, plus que je ne cours. J'entends du bruit autour de Charlie : des moteurs, des claquements de portière.

– June ? Tu es là ?

– Oui, murmuré-je, en reniflant. Oh, Charlie, j'ai si peur…

J'ai envie de me terrer dans un coin, de me coucher sur le sol et renoncer, tellement je suis terrifiée. Je ne sais pas comment je trouve encore la force de marcher.

– Tiens bon, j'arrive. Je serai bientôt près de toi, bébé, me rassure Charlie, comprenant ma détresse aux sanglots que je tente de refréner sans succès.

Mon souffle devient de plus en plus rauque. J'ai un point de côté, et j'ai l'impression d'étouffer.

– Dépêche-toi. Je t'en prie, supplié-je.

– N'aie pas peur, bébé.

Enfin un hôtel !

Après avoir jeté un ultime regard en arrière pour m'assurer que je n'ai pas été suivie, je retire ma capuche, j'essuie mes larmes, je lisse mes cheveux, et je marche d'un pas que j'espère confiant vers le réceptionniste, tout en essayant de retrouver une totale maîtrise de moi-même.

L'homme, derrière la banque d'accueil, me regarde avancer vers lui d'un air avenant.

Je lui souris.

– Bonsoir, monsieur, pourrais-je avoir une chambre, s'il vous plaît ?

– Bien sûr, mademoiselle, pour combien de nuits ?

– Deux, peut-être plus. Puis-je vous payer en espèces ?

– Oui, mademoiselle, sans aucun souci. Ça fera trois cents dollars.

Merde…

– Je n'ai que cent cinquante. Je vous donnerai le reste demain, c'est possible ?

Je lui fais mon plus beau sourire.

– Il y aura cinquante dollars pour vous si vous assurez ma sécurité, et ne dites à personne que je suis ici, sauf à monsieur Charlie Miller.

Il prend un calepin, et note : « Charlie Miller. »

– Votre nom ?

– June Miller, je suis sa femme.

Il me tend une carte magnétique.

– Je vous souhaite une bonne nuit, madame Miller.

– Merci, monsieur.

J'ai un soupir de soulagement en pénétrant dans la cabine d'ascenseur.

– Tu as entendu ?

– Oui, bébé, tu as été parfaite, je suis fier de toi. June Miller… ça me va ! June ?

– Oui ?

– Je t'aime. Je t'aime tant que j'ai envie de le crier au monde entier.

Il continue de me parler.

Sa voix agit comme un baume et calme les battements effrénés de mon cœur.

– Nous arrivons à Corpus dans quelques minutes, bébé, je vais te laisser.

Un petit dong annonce que je suis arrivée à mon étage. Je cours jusqu'à la porte cinquante-deux, introduis la carte dans la fente, et ouvre.

Je referme, et je me laisse glisser contre le battant.

– J'y suis, Charlie. Je suis dans la chambre.

– N'ouvre à personne ! Je t'appelle dès que possible. Essaye de dormir un peu.

– Tu me donneras des nouvelles de Chips ?

– Oui, bébé, on s'en occupe. Je serai avec toi dans six heures maximum.

– Je t'envoie l'adresse de l'hôtel, chambre cinquante-deux, au dix-huitième étage.

Je fonds en larmes et m'effondre après qu'il a raccroché.

49

June

Des coups résonnent contre la porte de la chambre et je me redresse, complètement désorientée. Mon téléphone sonne dans ma main.

– June, c'est moi, bébé.

Charlie… enfin…

Je me lève avec difficulté et déverrouille la porte, pour me jeter, en larmes, contre sa poitrine.

Il referme ses bras sur moi.

– Je suis là, mon amour, je suis là…

Il caresse mon visage, m'embrasse, sans cesser de me rassurer. Voyant que j'ai du mal à tenir sur mes jambes, il referme vite la porte, donne un tour de clé et me soulève pour ensuite me coucher délicatement sur le lit. Je tremble tellement que je suis incapable du moindre geste. Je suis frigorifiée, j'ai l'impression que je ne pourrai jamais me réchauffer.

Il ouvre la porte de la salle de bains, et fait couler l'eau de la douche.

– Viens, bébé, il faut te réchauffer, tu es transie, dit-il, en me prenant à bras-le-corps.

Je claque des dents, tout en pleurant silencieusement.

– Je… je m'en veux, si tu savais… c'est ma faute, tout est ma faute… Chips…

Je ne cesse de répéter cette phrase. Charlie prend mon visage entre ses mains.

– Regarde-moi ! ordonne-t-il.

J'ouvre les yeux, noyés de larmes.

– Tu n'y es pour rien, June, c'est la faute de ces types. Des salopards capables de tirer dans le dos d'un homme. Ce sont eux les monstres, bébé, tu n'as rien à te reprocher.

Je secoue la tête, sans être pour autant convaincue.

Si, c'est ma faute, je n'aurais pas dû revenir, ni entraîner Chips. J'avais le temps, je n'ai pensé qu'à moi. Après cet incident avec le rat, je voulais m'éloigner, sans penser que le danger me poursuivrait. Maintenant, à cause de moi, un homme est peut-être…

– Tu as de ses nouvelles ?

Il m'aide à retirer mes vêtements. Ses gestes sont doux, on dirait qu'il a fait ça toute sa vie.

– Trav et les autres sont partis à sa recherche. Je n'en sais pas plus pour l'instant.

– Charlie, je ne sais pas si…

– Si, viens, ça te fera du bien, je vais te réchauffer.

Je vacille.

Il me prend de nouveau contre lui. Sa chaleur, ses mains sur moi me font du bien.

Il se déshabille, puis il m'entraîne avec lui sous la douche, et reprend ses caresses. Petit à petit, je me détends, et mes larmes tarissent. La chaleur, ses mains sur mes épaules, son souffle dans mon cou, agissent enfin. Je me laisse aller contre lui. Il prend du savon et ses mains parcourent mon corps. Elles sont si douces. Il me lave, lentement, s'attarde sur les zones sensibles, faisant accélérer mon cœur. Il me retourne face à lui et prend mes lèvres. Je me presse contre lui. J'aimerais me fondre dans son corps. Aucun mot ne franchit nos lèvres, seulement de petits gémissements.

Nos souffles se fondent, deviennent erratiques, nos langues s'enroulent l'une à l'autre, nos baisers sont passionnés ; je suis prête à m'effondrer, mais cette fois-ci de bonheur. Je ne veux plus penser à rien d'autre qu'à l'homme que j'aime.

– Regarde-moi, June.

Je le regarde.

Je ne peux me détourner de lui, tant ses yeux reflètent de passion. Il a eu peur pour moi, il a eu peur de me perdre.

– Je t'aime. Je t'aime comme un fou, réitère-t-il en m'emmenant dans la chambre, soudée à lui.

Il me pose sur le lit, récupère un préservatif qu'il enfile rapidement, puis il se couche sur moi. Lorsqu'il me pénètre jusqu'à la garde, en retenant son souffle, mon sexe est déjà prêt à l'accueillir et s'ouvre pour lui.

Tout comme mon âme.

Mon âme lui appartient. *Je* lui appartiens. Je suis à lui.

– Moi aussi, je t'aime, Charlie. Je suis à toi.

Il me possède. Encore et encore. Loin. Fort. C'est divin. J'ai le sentiment que nous ne faisons qu'un, tant je suis intimement reliée à lui. Puis, soudain, il marque un temps d'arrêt, et les yeux plongés dans les miens, il continue de me faire l'amour, mais doucement cette fois. Passionnément.

Il sort presque entièrement. Revient. Recommence. Chaque coup est plus profond que le précédent. Ses gémissements se mêlent aux miens. Ses mains agrippent mes seins, les pressent. Puis il se redresse et ses coups de bassin se font plus rapides, encore plus profonds, encore plus puissants. Je crie sans discontinuer, pour libérer l'angoisse qui me ronge encore. Je crie tout en le laissant entrer dans mon âme, au plus profond de mon être. Je crie comme je l'aime. Il est si beau lorsqu'il est prêt à jouir. Sa bouche est ouverte, son front couvert de sueur.

Il sent que j'y suis presque, et accélère ses balancements.

Lorsqu'enfin l'orgasme me terrasse, il s'arrête, et m'embrasse passionnément. Je resserre mes jambes autour de sa taille, et le prends contre mon cœur.

Quand il sort de moi et se couche à mes côtés, j'ai l'impression d'avoir perdu quelque chose de précieux. J'aurais voulu le garder en moi pour l'éternité. Et soudain, je me rends compte d'une chose : il n'a pas joui. Je me soulève sur un coude, et je prends son visage pour le tourner vers moi. Ses yeux sont gorgés de larmes.

– Qu'est-ce que tu as ?

– Bébé, je…

Visiblement en proie à une vive émotion, il saisit ma nuque, et m'embrasse passionnément, tout comme il m'a fait l'amour. Il savait que j'en avais besoin, pour me ramener à la vie, pour que j'oublie ce que je viens de vivre.

Je regarde son sexe encore dressé. Il a pensé à mon plaisir. Qu'à mon plaisir, seulement à mon plaisir.

Je retire le préservatif, et je le prends à pleine main, pour le faire coulisser.

Il empoigne mes cheveux, se mord la lèvre. Nos yeux sont soudés, se font encore l'amour. Les miens se noient lorsqu'il approche du moment ultime de sa jouissance. Je le sens. Il se tend, son sexe tressaute dans ma main et gonfle, ses doigts se crispent dans mes cheveux.

– Bébé, je… Oh putain, oui… continue… gronde-t-il.

Je n'ai aucune envie d'arrêter.

J'accélère, jusqu'à ce qu'il me retienne.

– Mets-toi à quatre pattes.

Son ordre claque.

Je me positionne.

Il remet un préservatif, et entre en moi d'une poussée. Il me fait pencher en avant, et se saisit de mes cheveux, qu'il tire à lui, tout en s'enfonçant dans mon corps. Il claque l'une de mes fesses. Je suis tellement surprise que je crie et me cambre. Il recommence et je halète en attendant le coup suivant.

J'aime… putain, oui, j'aime… j'adore, même.

Le feu se répand dans mon ventre. Mon sexe se liquéfie, se gorge de cyprine. À chaque coup de bassin, elle s'en échappe, et se répand entre nous. Ma peau s'échauffe, mon ventre brûle de passion. Jamais Charlie ne m'a autant fait jouir. Lorsque son pouce vient caresser l'entrée de mon anus, pour le pénétrer, un peu, juste un tout petit peu, je rends les armes. Ma jouissance est si intense que je crois que je vais m'évanouir.

Mon plaisir déclenche le sien et il jouit à son tour en criant.

Je m'effondre à plat ventre, tandis qu'il sort de mon corps et roule sur le dos, à bout de souffle.

Je me cale contre lui, et laisse courir mes doigts sur son torse.

– Tu n'as pas répondu à ma question.

– Je sais.

– Tu peux tout me dire, bébé.

– J'ai tellement peur de te perdre…

Sa voix se casse.

Je me rapproche, le regarde intensément.

– Ça n'arrivera jamais.

Il prend ma nuque et m'embrasse.

– J'ai… j'ai imaginé ce que serait ma vie sans toi, et putain, j'étais si malheureux, que je crois que je ne pourrais survivre sans t'avoir à mes côtés.

– Tu es sûr qu'il n'y a rien d'autre ? Je ne sais pas, tu es… tu es différent. Tu m'en veux, c'est ça ?

– Viens.

Il m'attire contre lui, pour que je cale ma tête dans le creux de son épaule. Il prend ma main, qui reposait sur sa poitrine, et la serre. Je ferme les yeux, me raidis ; m'apprêtant à prendre un coup au cœur.

Il inspire.

– En fait, je… merde…

Son portable sonne.

Il saute du lit, pour s'en emparer, puis prend l'appel. Il revient s'asseoir, le dos voûté.

Oh non…

Il se passe la main dans les cheveux, et je sais, sans qu'il ait besoin de me le dire. Je sais que Chips est mort. Je me redresse, pour le prendre dans mes bras. Sa main vient caresser mon bras. Il ne m'en veut peut-être pas, mais moi, je m'en veux. Terriblement. Mon cœur s'affole en réalisant que s'il avait été avec moi, il aurait pu mourir. Il aurait pu être à la place de Chips.

– OK, Trav, je comprends. On arrive.

– Que se passe-t-il ? demandé-je, après qu'il a raccroché.

Il me prend la main et me fait monter sur ses genoux. Il est tellement tendre, tellement attentionné. Il cherche toujours à me ménager, à me protéger du reste du monde.

– Il y a eu un témoin de la fusillade. Une femme qui, malheureusement, n'a pas pu identifier le ou les tireurs, mais elle t'a vue. Elle a décrit des cheveux blonds, très clairs, ainsi que tes vêtements. Quant à Chips, il a été secouru rapidement, mais il est mort.

Je fonds en larmes. Il me serre plus fort, prend ma nuque dans sa main.

– Je te le répète, tu n'y es pour rien, bébé. Nous les retrouverons, et nous leur ferons la peau.

– Où sont les autres ?

– Au commissariat. Comme Chips a été tué par balle, il y avait des flics à l'hôpital. Ils vont pouvoir le ramener au club, mais tu dois faire une déposition. Trav pense que c'est plus sage, pour que tu n'aies pas de problèmes.

– Toi, tu en penses quoi ?

– Je suis d'accord avec lui.

Je descends de ses genoux, mais il me retient par la main.

– Tout va s'arranger, je te le promets. Dans quelque temps, tout ça ne sera plus qu'un mauvais souvenir.

Je lui souris pour ne pas ajouter à ses tourments et pour me montrer courageuse, mais je n'en suis pas si sûre.

50

June

Après nous être présentés à l'accueil du commissariat du quartier, nous sommes immédiatement conduits dans un bureau, où nous attendent Aaron, Stan, Kurt et Elliott. J'ai un sursaut, en les découvrant habillés normalement. Elliott est le premier à venir me prendre dans ses bras.

– Ça va ? demande-t-il, en me tenant à bout de bras.

Je hoche la tête, incapable d'émettre le moindre son. Je suis si heureuse de les voir. Avec eux tous, je sais que je suis en sécurité. Je dois me rendre à l'évidence et arrêter de me voiler la face, Jacob m'en veut, ou me veut, et il est prêt à tout pour m'avoir. Jusqu'à tuer un homme. Ce type est un malade.

– Charlie, elle va bien ? réitère Elliott.

– Oui, El, elle va bien.

Il me libère enfin, après m'avoir embrassée sur le front avec tout l'attachement qu'il me voue, et je le regarde avec reconnaissance.

Kurt, Stan et Aaron m'embrassent à leur tour, et le prés' me serre contre lui.

– On est là, petite sœur, on est tous là.

Petite sœur…

Ils m'appelaient comme ça lorsque nous étions enfants. Mes yeux se noient une fois de plus. Que ferais-je sans eux ? Ils sont ce que j'ai de plus cher dans la vie. Je tends la main en direction de Charlie, pour le rapprocher de moi, et il vient nouer ses doigts aux miens. Puis il se met derrière moi, et enserre ma taille. J'ai besoin de son contact, j'ai besoin de le sentir contre moi.

Nous nous retournons en entendant la porte s'ouvrir. Un type entre, habillé en civil, suivi de près par d'autres, en uniforme, qui se rangent au fond de la pièce.

Qu'est-ce que ça veut dire ?

Je regarde Charlie qui, tout comme moi, semble inquiet.

Le type me dévisage, puis nous serre la main.

– Je me présente, marshal Justin Clever. Voulez-vous bien nous laisser seuls avec Mlle Allen, messieurs ?

J'ai l'impression que mes jambes vont se dérober.

– Mais… proteste Charlie, tandis qu'Elliott fait un pas.

– Avant toute chose, j'exige que nous appelions ma femme, pour la mettre sur haut-parleur. Elle est avocate, maître Thomson-Ardankin, Louisa Thomson-Ardankin, du bureau Barnett & Leuti, d'Austin.

Le marshal se renfrogne visiblement, tout en faisant le tour du bureau pour venir s'asseoir.

– Ce ne sera pas nécessaire. Ce n'est qu'un interrogatoire de routine.

– Alors nous restons ! Tous ! June est de la famille, et

rien ni personne ne pourra nous en empêcher, ajoute Aaron.

Le marshal croise ses mains sous son menton et nous regarde à tour de rôle. Je déteste l'expression de son visage lorsque ses yeux se posent sur moi.

– J'ai fait des recherches sur vous, monsieur Travis, ainsi que sur votre MC…

– Vous n'avez rien contre nous. Nous voulons juste récupérer notre frère, et quitter la ville.

– Votre gars a été tué par balle dans ma juridiction, alors je crois qu'au contraire, ça me regarde !

Les deux hommes se toisent, et je ne sais pas ce qu'il voit en Aaron, mais il baisse les yeux. Il a compris à qui il avait affaire, et, tout marshal qu'il est, il n'a pas intérêt à se mettre le MC à dos, ou sa vie, comme celle de toute sa famille, pourrait en pâtir. Il sait qu'il risque gros, et que s'il commet la moindre erreur, Aaron ne le loupera pas. Lui aussi connaît les lois, et ses droits. Kurt me sourit, tout en pianotant sur son Smartphone. Je ne sais pas avec qui il converse, mais je me sens tout de suite plus en confiance.

– Vous êtes en sous-effectif, dit encore le marshal avec un air fourbe. Et si je veux garder Mlle Allen en garde à vue, vous ne pourrez pas m'en empêcher.

– C'est ce que nous verrons, gronde Aaron. Il est hors de question de la laisser seule avec vous.

Il sort son arme, et le met en joue.

Aussitôt les trois flics derrière nous s'affolent, mais ils se retrouvent, eux aussi, avec un flingue sur la tempe avant d'avoir pu faire un geste.

– Putain, personne n'a pensé à les désarmer ? vocifère le marshal en bondissant de son siège.

Aaron regarde Kurt et celui-ci lui fait un signe négatif de la tête. J'ai l'impression de rêver, et je regarde, muette, la scène se jouer sans moi. Je ne comprends rien à ce qui se passe.

– Je vous trouve un peu bizarre, cher monsieur. Jacob Howard, ça vous dit quelque chose ?

L'autre a un hoquet de surprise.

– Non, absolument pas !

Il ment… Je le sais, je le sens, et Aaron doit l'avoir compris lui aussi.

Il pose ses mains sur le bureau, et se penche vers le marshal.

– Si jamais vous le croisez par hasard, ironise-t-il. Dites-lui bien qu'il trouvera le MC, ainsi que tous les OutlawRiders, sur sa route. C'est également valable pour vous, monsieur Clever.

– Vous n'irez pas loin, menace ce dernier. Si vous sortez de ce bureau, je ne donne pas cher de votre peau.

– C'est notre problème, pas le vôtre ! Un conseil, ne nous suivez pas ou vous le regretterez. Je vous retrouverai, où que vous soyez…

Il ouvre la porte, et nous fait sortir, les uns après les autres, sans cesser une seule seconde de menacer Clever avec son arme.

Nous traversons le commissariat en courant, puis nous nous retrouvons dehors. Libres.

– Tu ne trouves pas étrange qu'il nous laisse partir si facilement ? s'inquiète Charlie.

Aaron regarde autour de lui, l'air anxieux.

– Ne restons pas là ! Kurt, occupe-toi de faire rapatrier le corps de Chips au MC, dit-il, en avançant sur le trottoir. On récupère les affaires de June, et on se tire d'ici.

Il se met à courir, et nous le suivons.

Ma main est toujours dans celle de Charlie, et lorsque je trébuche, il me prend contre lui.

– Je suis là, bébé, repose-toi sur moi, me rassure-t-il.

Nous continuons notre course effrénée.

Aaron, en regardant derrière nous, pousse un juron.

– Au métro ! Vite !

Il s'engouffre dans la bouche de métro la plus proche, et accélère sa course.

Nous le suivons, sans même regarder où il nous conduit, et nous avons juste le temps de sauter dans une rame avant que les portes ne se referment, que des types déboulent sur le quai.

Aaron se saisit de son portable.

– Confinement, Lohann ! Que personne ne sorte ni n'entre sans mon autorisation.

Nous n'entendons pas les réponses que lui fait Lohann, mais ses sourcils se froncent.

Il raccroche.

À nos regards interrogatifs, il répond :

– C'est bon, le club est en confinement, mais Chrystal reste toujours introuvable.

– Vous êtes sûrs que Jacob est derrière tout ça ? demandé-je, tout en me promettant de parler de Chrystal avec Charlie.

– Son jet a atterri près de Philadelphie, ce n'est pas une coïncidence, June, crois-en mon expérience, me dit Kurt.

– Où est-il maintenant ? Tu peux le savoir ?

– Hélas, non. Je n'ai aucun moyen de le pister, je ne peux voir que ses communications.

– Nous rentrons ? demandé-je encore.

– Oui, me répond Aaron. Nous enverrons des prospects pour vider ton appartement. Il est hors de question que tu reviennes dans cette ville, ce serait trop dangereux. Tu as eu le temps de faire tout ce que tu voulais ?

– Oui. J'ai démissionné et donné le congé pour mon appartement. Tu m'as parlé d'un poste à Corpus Christi, c'est toujours d'actualité ?

Il jette un petit coup d'œil discret à Charlie.

– Bien sûr, nous en reparlerons en temps voulu.

– Tu n'es pas obligée de travailler, me souffle Charlie. Je peux largement subvenir à tes besoins.

Je fronce les sourcils.

– Nous en reparlerons, décrète-t-il, en m'embrassant pour me faire taire une fois de plus.

Je n'insiste pas.

Après avoir pris plusieurs métros, nous arrivons sans encombre dans une gare de la périphérie de Philadelphie où un bus vient nous récupérer, pour nous conduire à l'aérodrome où nous attend le jet des Wings.

Je me fais la promesse de ne plus jamais m'éloigner de Kingsville, car à cause de moi, à cause de mon inconscience et de mon immaturité, un homme est mort. Et ça, je ne pourrai jamais me le pardonner.

– Essaie de dormir, me dit Charlie pour la millième fois, en embrassant mes doigts.

– Je ne peux pas, j'ai constamment l'image de Chips dans la tête. Je m'en voudrai toute ma vie.

– Je sais, bébé. Mais c'est aussi ma faute, j'aurais dû t'accompagner.

Il resserre ses bras sur moi, alors que je sanglote doucement, à bout de résistance. Il me fait monter sur ses genoux, et me berce, en me caressant le dos.

– Je suis là, tu es en sécurité, ne cesse-t-il de dire, de sa belle voix grave. Nous sommes ensemble, Blondie, et c'est tout ce qui compte. Nous allons avoir une vie merveilleuse, je te le promets.

Il sait trouver les mots pour me rassurer, et je finis par m'endormir dans ses bras, bercée par ses belles paroles.

51

Charlie

June s'est enfin endormie, et je ne peux détacher mes yeux de son magnifique visage. Un pli d'angoisse marque encore son front, même dans son sommeil. Elle s'agite par moments, mais ma voix la calme instantanément. Je lui raconte ce que sera notre vie, que j'espère en tout point merveilleuse, avec des enfants. Beaucoup d'enfants. Je veux lui faire plein de bébés. Maintenant qu'elle est dans mes bras, saine et sauve, je jure de la protéger, envers et contre tout, surtout contre elle-même. Je souris. Nous nous disputerons beaucoup, c'est sûr, elle ne voudra rien entendre et imposera son point de vue, mais du dialogue naît un terrain d'entente, non?

Kurt vient prendre place en face de moi.

– Qu'est-ce que tu comptes faire maintenant?

Je soupire:

– Je crois que nous n'avons pas le choix. Nous allons rester en confinement jusqu'à ce que l'on repère Howard ou qu'il se manifeste, puis nous l'éliminerons.

– Il a de gros moyens. Je crois que la menace est sérieuse, mon frère. Il se fera certainement oublier quelque temps pour mieux nous abattre.

– Nous resterons vigilants. Je voudrais que tu mettes un traceur dans le portable de June le plus rapidement possible.

– Pas de problème, Charlie, ce sera fait.

– Je lui dirai de te l'apporter demain et je pense qu'elle ne fera pas de difficulté. Elle a compris le message et elle a compris qu'elle est en danger en dehors du club. Putain, quelle merde !

– Comme tu dis ! On ne peut jamais être tranquilles, il y a toujours un connard qui nous veut du mal. Et la plupart du temps, c'est à cause de nos femmes.

– Putain, ouais !

– C'est pour ça que je n'aurai jamais de régulière.

Je lève un sourcil.

– Tu sais ce que l'on dit, Kurt.

– Ouais, je sais, surtout que…

– Que quoi ?

Il se passe une main dans les cheveux et c'est la première fois, depuis que je le connais, que je le vois hésiter, lui qui semble toujours si sûr de lui.

– Rien. Oublie.

– Nous n'avons pas déjà eu cette conversation, à propos de ma sœur ?

Il détourne le regard.

– Si, murmure-t-il. Kate est tellement…

Je me marre.

– Oui, mon frère, tu n'as pas choisi la plus docile.

Il se renfrogne. Ma sœur est espiègle, volage, infidèle,

dragueuse, colérique, et je souhaite bien du plaisir à l'homme qui souhaitera l'attacher. Le pauvre, s'il l'aime, il va souffrir. Quoique… l'amour transforme les plus endurcis, et les plus obtus. Je n'ai qu'à prendre ma propre expérience : je ferais n'importe quoi pour June.

– Nous arrivons, mon frère.

Je regarde par le hublot et, effectivement, je vois au loin la côte et Corpus Christi.

Je pense à ma maison. Je vais demander au prés' la permission d'aller directement chez moi. Je veux que June se réveille au bruit des vagues. Je la veux pour moi seul pendant des jours. Nous serons en confinement chez moi.

– Tu peux demander à Trav de venir me rejoindre, s'il te plaît, il faut que je lui parle.

Il hoche la tête, et se lève. Quelques minutes plus tard, alors que nous descendons doucement en direction de la terre ferme, Trav vient prendre la place de Kurt face à moi.

– Je t'écoute.

– Je voudrais emmener June chez moi, pour me retrouver seul avec elle, j'en ai besoin, loin de toute… de toute cette agitation.

– Tu ne lui as toujours rien dit à propos de Chrystal ?

– Non, murmuré-je, en jetant un œil anxieux sur son visage. Mais je vais le faire, c'est plus sage, avant que ça me saute à la gueule.

– Cette histoire de grossesse n'était sans doute que des conneries. Les brebis sont des habituées de ce genre de subterfuges.

– Peut-être, mais peut-être pas. Je ne veux pas mettre June devant le fait accompli, je préfère anticiper, pas toi ?

– Non. Ces filles n'ont aucune importance, et Cassie sait à quoi s'en tenir, tout comme June. Nous finirons par la retrouver, Charlie, et elle ne posera plus aucun problème.

– Je n'ai pas envie de perdre ce que j'ai de plus précieux au monde, prés', ajouté-je, la gorge serrée.

– Tu ne perdras pas June, je te le promets. Laisse-moi régler cette histoire de brebis, et profite de ta femme sans arrière-pensées.

Je mets la main dans ma poche, et je tripote le bijou que je lui avais acheté pour son anniversaire, il y a dix ans. Je lui donnerai en arrivant chez moi.

– Je ferai installer un système d'alarme si ça peut te rassurer.

Il se met à rire.

– Tu es assez grand pour savoir ce que tu fais, Charlie, mais je t'enverrai quelques prospects, et je demanderai à Kurt de surveiller ta maison, comme il l'a fait pour les nôtres.

Je le remercie d'un grand sourire. Je n'en attendais pas moins de lui, Aaron est un prés' juste, droit, et compréhensif.

– Merci, prés'.

– Je te donne une semaine de congé pour t'installer, mais après vous rentrez au bercail, compris ?

– Compris. Si tu as besoin de moi, je répondrai présent. Putain, je vais faire des jaloux.

– Nous avons tous eu cette nécessité, c'est normal que ce soit ton tour. J'espère que tu ne nous abandonneras pas pour une vie pépère.

– Aucun risque, prés'. Je vous aime trop.

– Oui, mais tu aimes June encore plus. Que ferais-tu, si, comme toutes les régulières, elle te demandait de quitter le MC ?

Je me passe une main dans les cheveux, plus perturbé que je ne devrais l'être.

– J'en sais rien, prés'. Honnêtement.

June a déjà tellement souffert que je suis prêt à faire beaucoup de sacrifices pour la protéger, et peut-être même celui-ci.

Pourrais-je vivre sans mon club ? Sans mes potes ? Sans ces doses d'adrénaline qui me font me sentir vivant, comme jamais je ne l'ai été jusqu'à présent ?

Pour June, pour ma belle June, pour la femme que j'aime… sans aucun doute.

Il se lève, et pose une main sur mon épaule.

– Tu es libre, Charlie, je ne te retiendrai jamais. Te perdre serait un déchirement, mais je comprendrais. Tu vois… j'en ai assez moi aussi… parfois…

Il se détourne avant que je puisse lui répondre.

Il tiendra, il se battra pour survivre, et pour continuer, je le sais, pour nos frères, pour tous ceux qui comptent sur lui.

J'embrasse June doucement sur les lèvres, alors que le jet se pose sur le tarmac.

– Nous arrivons, bébé.

Elle grogne, s'étire, et resserre ses bras autour de moi. Je sens sa poitrine à travers mon tee-shirt, sa chaleur, et soudain j'ai peur. Peur qu'elle me rejette lorsqu'elle saura, peur qu'elle refuse de vivre avec moi dans la maison du bord de plage que je viens d'acheter.

Le jour se lève, le paysage sera magnifique, elle ne peut qu'adorer.

Je vais croiser les doigts, et prier pour qu'il en soit ainsi.

52

Charlie

– Où allons-nous ? Est-ce bien raisonnable de ne pas aller au club ? On est en confinement, non ?

À chaque question, je réponds d'un sourire énigmatique et d'un baiser sur ses phalanges, que je n'ai pas lâchées depuis que nous sommes partis de l'aéroport des Wings.

– Tu m'énerves !

– Je sais, ricané-je. Et tu n'es pas au bout de tes surprises !

– Allez, dis-moi, supplie-t-elle. Dis-moi ou…

– Ou ?

– Je fais la grève du sexe.

Je ricane d'autant plus.

– Ça m'étonnerait, tu es encore plus accro que moi.

– Tu n'es pas drôle !

– Oh que si ! Et lorsque tu verras ma surprise, tu… mais je ne t'en dis pas plus.

Elle s'attaque à la ceinture de mon jean, et le déboutonne. Je fais une embardée lorsqu'elle se saisit de ma queue.

– Putain, June, on va avoir un accident !

– Mais non, fais comme si je n'étais pas là.

Elle me branle.

Je n'en peux déjà plus. Je voudrais déjà être en elle, m'enfouir dans sa chatte, au creux de notre nouveau lit, dans notre nouveau chez-nous que Kate a aménagé hier. Elle m'a envoyé quelques photos, mais le mystère reste entier. Je me demande ce que ma chère sœur a concocté et j'ai hâte de le découvrir. Je conduis d'une main, tandis que l'autre malaxe le fessier de June. Je glisse des doigts impatients le long de sa fente, et appuie à travers son jean, la faisant gémir.

– June, arrête !

– Comment ça ?

Elle se redresse, surprise, échevelée, les joues rouges. Elle est si drôle, avec cette mimique adorable, cette bouille en colère, que je fonds. Elle est tellement belle.

– Je veux être en toi, June, je veux jouir dans ta chatte ! D'ailleurs, nous arrivons !

– Ah bon, où ça ?

Elle regarde partout alors que je gare le pick-up sur un parking privatif situé juste devant la maison, qu'une grande haie dissimule aux regards curieux. Un portillon donnant sur une allée gravillonnée mène à la porte d'entrée.

– Ici.

– À qui est cette maison ? demande-t-elle encore.

– Donne-moi ta main et ferme les yeux.

Elle s'exécute, joueuse.

J'aime ce côté de sa personnalité : même si elle a peur, elle ne le montre pas et se prête au jeu. Je l'emmène devant la maison, et j'ouvre la porte. Elle pousse un petit cri lorsque je la prends sous les genoux pour lui en faire franchir le seuil.

– Tu peux ouvrir les yeux.

Elle obéit, et je la repose doucement. Elle porte une main à sa bouche, tourne sur elle-même, émerveillée. Ses yeux brillent.

– Dois-je comprendre que… ?

Je l'enlace.

– Je sais que je te prends au dépourvu, et que peut-être j'aurais dû t'en parler avant, mais…

Je m'arrête, la bouche sèche.

Elle pose sa main sur ma joue.

– Oh, mon amour, j'adore. C'est chez nous ? C'est vraiment chez nous ?

– Oui, bébé, c'est chez nous, je réponds, en souriant comme un benêt. Viens. Allons visiter.

Je l'entraîne à travers toute la maison, sans cesser de parler tellement je suis excité. Kate s'est surpassée : elle a fait de cette maison un lieu magique. Des grands canapés, des consoles, des lampes, des tapis… C'est moderne, et en même temps très chaleureux. Un escalier en bois mène à une mezzanine que nous aménagerons en bureau, ainsi qu'à d'autres chambres.

Mais avant ça…

J'ouvre une porte.

– Notre chambre. Madame, je vous en prie…

Elle entre, et là encore ses yeux brillent.

– Évidemment, si quelque chose ne te plaît pas, tu peux changer, ou ajouter, ou même enlever, tu as carte blanche. Cette maison est à toi, Blondie. À nous.

Elle me saute dans les bras.

– Elle est merveilleuse. Je l'aime beaucoup !

– Tu n'es pas fâchée ?

– Pas du tout ! Je vais me sentir bien ici, j'en suis sûre.

– J'ai encore des choses à te montrer.

Elle noue ses jambes autour de mon bassin, et je traverse l'espace de vie, pour me rendre sur la terrasse. J'ouvre la baie vitrée, je fais quelques pas, puis je m'arrête. C'est ce qui m'a conquis : la vue sur la mer, et l'accès à la plage par un petit escalier de bois blanc.

À nous les balades au clair de lune, les bains de minuit à poil, l'amour sur la plage, le vent dans les cheveux de June, sa peau hâlée qui sentira bon le sable chaud… Je crois qu'un sourire extatique ne quitte plus mon visage.

– Waouh !

– Ouais, c'est ce que je pense aussi.

Je la laisse glisser le long de mon corps, et je la tiens dos à moi, tout contre moi. J'embrasse sa nuque.

C'est le moment…

– J'ai aussi ça pour toi…

Joignant le geste à la parole, je noue le petit pendentif en forme de cœur autour de son cou. Un cœur, orné d'une petite pierre bleue, de la couleur de ses yeux. Oh, pas bien gros, je n'avais pas trop les moyens à l'époque, mais ce cœur est mon cœur. Celui que j'avais décidé de lui donner, avant que la vie en décide autrement.

Les mains tremblantes, elle touche le bijou du bout des doigts, découvre le cœur, la pierre.

– Je voulais te le donner, ce jour-là, le jour de ton anniversaire, il y a dix ans.

Elle éclate en sanglots et se retourne pour m'enlacer.

– Je te demande pardon, mon amour, je ne savais pas, je ne pensais pas que… je…

Je caresse son visage, essuie ses larmes avec mes pouces, puis j'embrasse ses lèvres humides de larmes.

– Je sais. Je t'ai pardonné et j'espère que toi aussi.

– Oui, moi aussi, je t'ai pardonné. Je t'aime, Charlie.

– Je t'aime aussi, bébé.

Nous nous embrassons et je l'entraîne dans la maison au pas de charge. Je ferme la baie, verrouille la porte d'entrée.

– Alors ? On étrenne notre lit ?

Elle me saute dans les bras et noue ses jambes autour de mon bassin.

– Plutôt deux fois qu'une…

Délaissant mes bras, elle commence à se déshabiller et à jeter ses habits à travers la chambre. Mon regard ne la quitte pas une seconde. Puis elle s'élance nue sur le lit et me fait signe, avec l'index, de la rejoindre. Je prends tout mon temps. Je récupère un préservatif avant de laisser tomber mon jean, et, totalement nu moi aussi, je m'empoigne, pour ensuite enfiler ma seconde peau. Elle me regarde faire, les yeux écarquillés, le souffle un peu altéré. Je grimpe sur le lit, lentement, et lorsque je pose mes lèvres sur son sexe brûlant, je ne peux déjà plus refréner la passion qui m'envahit. Je m'exhorte au calme, pour que notre plaisir n'en soit que meilleur, mais, n'y tenant plus, je me couche sur elle, et je la pénètre. Jusqu'à la garde, d'un grand coup de reins.

Nom de Dieu…

J'en chialerais tellement c'est intense, et bon, et chaud, et si… puissant.

Je prends ses poignets, les élève au-dessus de sa tête, pour l'écraser de tout mon poids, et la remplir, encore et encore. Chacun de mes coups lui arrache un cri, qui met encore plus le feu à ma bite et résonne au creux de mes reins.

Je gronde, déjà proche de la jouissance.

– Regarde-moi, bébé. Je veux voir tes yeux lorsque tu jouiras sous mes coups de reins.

– Oh oui, Charlie, gémit-elle. Encore, encore… fort…

Je vais et je viens sans m'arrêter, de plus en plus vite ; le plaisir monte et nous soumet, nous envahit, nous soude l'un à l'autre, dans une jouissance absolue. Je crie en éjaculant, et elle en fait de même, au même instant, son magnifique regard soudé au mien. Son plaisir est si intense que des larmes glissent le long de ses joues.

Mon cœur se serre.

– Je t'ai fait mal ?

Elle caresse ma joue.

– Non, pas du tout, je suis heureuse, tout simplement. Je suis heureuse dans tes bras, lorsque tu es en moi, je ne connais rien de meilleur.

– Moi non plus, Blondie.

Je m'effondre près d'elle, puis retire la capote que je noue et pose sur le chevet.

C'est le moment des confessions… Je prends une grande inspiration.

– June ?

– Mmm ?

– Il faut que je t'avoue un truc.

Elle se redresse, et me regarde. Elle veut me voir, voir mes yeux, comprendre mes expressions, voir si je mens, si je simule ou dissimule.

Je caresse son visage, ses lèvres.

Putain, je suis mort de trouille…

– Tu sais que je t'aime, bébé. Je te veux dans ma vie, je te veux comme régulière, je n'ai jamais rien voulu d'aussi fort, et très bientôt je te demanderai de devenir ma femme. Ne m'interromps pas, s'il te plaît.

Elle referme la bouche, alors que ses yeux brillent.

Mon Dieu, je vais lui faire du mal… J'en suis malade d'avance.

– Promets-moi de ne pas te fâcher.

Elle hoche la tête.

Bien…

– Chrystal…

Je me racle la gorge. Je plonge dans ses yeux, et loin de me donner du courage, je me sens vidé de toute substance.

Allez, merde, Charlie… un peu de courage !

– Hum… Chrystal prétend être enceinte de moi, mais…

Des larmes s'échappent aussitôt de ses paupières, silencieuses, et ça me fait si mal que j'ai un gémissement.

– Pleure pas, bébé. Je t'en prie…

Elle roule sur le dos, et se cache les yeux, secouée de sanglots.

Je suis impuissant, je ne sais pas quoi faire, alors je me contente de la prendre contre moi, et de la serrer contre ma poitrine, sans qu'elle me repousse, alors tout n'est pas perdu.

– Elle ment, je suis sûr qu'elle ment, et c'était avant toi, June. Je ne l'ai pas touchée depuis que nous sommes ensemble, je te le jure.

Je mets un temps infini à la consoler, mais au bout de longues minutes qui me paraissent interminables, elle me regarde enfin, avec tant d'amour que mon cœur fait une embardée.

– Je t'aime Charlie, dit-elle d'une voix encore gorgée de larmes. Tu m'as donné tellement de marques d'amour que je ne peux pas douter de toi. Je ne veux plus jamais douter, je veux te faire confiance, et avoir confiance en nous, en notre histoire, et en la vie, alors…

Elle reprend sa respiration et se mouche bruyamment dans le mouchoir en papier que je lui tends.

Elle est échevelée, son nez coule, ses yeux sont rouges, mais elle est la plus merveilleuse femme que j'ai jamais connue, et bon Dieu, comme je l'aime !

– Alors si ce bébé est vraiment de toi, je l'accepterai.

Je l'embrasse à perdre haleine, puis je plonge dans son cou, au bord des larmes moi aussi, car je m'en veux de lui faire autant de mal.

– Tu ne peux pas savoir comme je suis soulagé, bébé, je n'étais pas sûr que tu comprennes, ni que tu acceptes.

Je me couche sur elle et elle prend mon visage entre ses mains.

– Je te l'ai dit, je ne t'abandonnerai jamais, mon amour. Je veux devenir ta régulière.

– Ma femme ?

– Oui, Charlie, ta femme ! Oh que oui, crie-t-elle, je veux être ta femme. Pour l'éternité ! Je t'aime tellement. Rien ni personne ne me fera renoncer à toi, ni Chrystal, ni un bébé, ni le diable lui-même.

– J'ai encore envie de toi, dis-je, en mordillant son cou.

– Mon corps est à toi, mon amour, fais de moi ce que tu veux, gémit-elle.

Une fois de plus, notre passion nous emporte.

53

June

Lorsque je fais mon entrée au MC, une semaine après notre retour de Philadelphie, je suis aux anges. Heureuse comme ce n'est pas permis, et encore plus amoureuse qu'au premier jour. Charlie me comble, de toutes les manières, et qu'il veuille faire de moi sa régulière devant tout le club m'excite au plus haut point.

Plus rien ne se dresse entre nous : Chrystal a disparu de la circulation sans laisser de traces mais Kurt veille toujours au grain ; Jacob n'a pas redonné signe de vie, et j'en viens presque à douter de son implication dans les derniers évènements.

Mais alors, si ce n'est lui, qui donc cherche à nous détruire ?

Je refuse de me torturer la tête.

Je ne veux que profiter, profiter, et encore profiter.

De mon mec, et de la superbe maison qu'il m'a achetée. Nous avons passé une semaine à faire l'amour, à parler, et à nager. À manger aussi, un peu, bien que Charlie aime les bonnes choses et soit un fin gourmet. Ce qu'il aime par-dessus tout, c'est faire les marchés, acheter des produits frais, des poissons tout juste sortis de la mer, et les cuisiner à la plancha. Tous les matins, nous allions faire un tour de moto pour acheter ce dont nous avions besoin, ou nous balader sur le port et prendre un petit café, puis affamés, à peine la porte d'entrée franchie, nous nous jetions l'un sur l'autre. Je crois que nous avons testé toutes les surfaces de la maison, de la table de la cuisine à l'escalier, en passant par les canapés, fauteuils et, évidemment, sur les tapis disposés devant la cheminée. Charlie est insatiable, et je le suis aussi. J'ai tout le temps envie de lui, et plus il m'aime, plus il me comble, plus je deviens accro.

Je l'étais déjà, je le suis encore plus ; une vraie droguée.

Oui, ma vie est idyllique, en tout point conforme à mes rêves, et j'ai presque le sentiment que nous sommes un couple normal, si ce n'est la surveillance quotidienne par les prospects, le système d'alarme, le traceur dans mon téléphone, et la puce en permanence accrochée à mon soutien-gorge.

J'ai ri lorsque Charlie l'a attachée à ma lingerie.

***

– Tu me puces ? Tu as peur que je m'enfuie ?

– C'est pour ta sécurité, bébé. Ne l'enlève sous aucun prétexte. Enfin, en dehors de la maison, s'esclaffe-t-il.

– Parce que tu as peur que je me mette à poil devant le premier beau mec venu ?

Son regard devient noir.

– Il passerait un sale quart d'heure, et toi aussi.

***

Et, cerise sur le gâteau, j'ai récupéré mon chien, qui ne me quitte plus.

– Tu es prête ? demande Charlie, en m'embrassant dans le cou, me faisant glousser.

Je me tourne pour l'enlacer, tandis que les filles, avec lesquelles je discutais, se marrent.

– Ça sent l'annonce ! rit Louisa. Je me souviens quand Elliott m'a demandé devant tout le club, j'étais dans un tel état que j'ai bien cru que j'allais m'écrouler.

– Et moi donc ! renchérit Julia. J'étais à la fois excitée et morte de trouille.

– Tu verras, c'est un grand moment. Tu penseras être sur le point de t'évanouir, ajoute Cassandra. Voir notre beau biker, le biker de notre cœur à genoux, ça n'a pas de prix.

Euh… merci les filles… je me sens beaucoup mieux d'un coup.

Bordel de merde…

– Si je te dis non, ça change quelque chose ?

– Non !

Il prend ma main, embrasse mes doigts et vrille ses magnifiques iris aux miens.

– Je t'aime.

– Je t'aime aussi, mon amour, je réponds, la gorge serrée devant le sérieux de son expression.

Il approche et souffle à mon oreille, en posant sa main sur ma nuque.

– Bientôt, je te ferai un bébé. Dès que le doc nous donnera le feu vert.

Je minaude.

– D'ici là rien ne nous empêche de nous entraîner comme des fous.

– Parfaitement ! Je ne demande pas mieux.

Charlie m'a accompagnée à la maternité, pour qu'une sage-femme retire mon stérilet.

Quand je vois Jacky et Angelina, je craque. Ce sont deux poupons adorables, souriants, j'en suis dingue, et dès que je le peux, je les prends dans mes bras pour les câliner. Cassie et Julia me laissent faire, heureuses de respirer quelques minutes. Je pense que je vais même me proposer pour les garder de temps en temps, si elles veulent prendre du bon temps : faire du shopping, aller déjeuner ou à la piscine, ou se faire masser, que sais-je.

Plongée dans mes pensées, je laisse Charlie m'entraîner au bar.

Il fait un clin d'œil discret à Elliott, qui tape sur sa bière.

– Mes frères, un peu de silence, s'il vous plaît…

– Vos gueules ! renchérit Lohann, alors que Kate vient me prendre la main, excitée comme une puce.

Je suis heureuse, mais Kate l'est encore plus que moi !

Je fais un petit signe de la main à Sue, qui me regarde, de loin, le sourire aux lèvres. Elle a accepté de participer à la liesse générale ; elle a même daigné discuter avec Charlie, et avec Aaron, en début de soirée, ce qui me laisse à penser que petit à petit, elle se fait à l'idée que Charlie aime cette vie, et qu'il n'en changerait pour rien au monde.

Je sais que ça s'arrangera entre eux ; j'y veillerai.

– Mes frères… continue Elliott. Je connais June et Charlie depuis dix ans, et ce n'est un secret pour personne qu'ils s'aiment depuis toujours, et qu'ils sont faits l'un pour l'autre.

Il y a eu des larmes, des disputes, de l'éloignement, comme dans beaucoup d'histoires d'amour, mais les années n'ont rien changé à leur attachement, et je ne crois pas me tromper en disant qu'ils s'aiment aujourd'hui encore plus. Alors du fond du cœur, June, Charlie, nous vous souhaitons le meilleur, et tout le bonheur du monde. Charlie, mon frère, je te donne la parole, termine-t-il en l'enlaçant.

Les applaudissements et les cris d'enthousiasme résonnent autour de nous. Marquis réagit à sa manière en batifolant autour de moi et en aboyant, faisant rire l'assemblée. Je me penche pour lui gratter le cou ; mon chien comprend tout.

Je regarde mon homme avec amour, tandis qu'il répond à l'accolade d'Elliott, et mon cœur s'envole, tant je suis soulagée qu'ils s'entendent si bien, et semblent avoir oublié leurs griefs et leur rancœur.

Sous les encouragements de toutes sortes, Charlie prend ma main, et embrasse mes doigts, sans me quitter du regard. Puis il pose un genou au sol.

Mon Dieu...

Je comprends soudain ce que les filles voulaient dire. Des larmes de bonheur inondent mes joues et ma main tremble dans la sienne. Il la recouvre de son autre main et s'éclaircit la voix :

– June... ce qu'a dit Elliott est vrai, je t'aime depuis toujours, même si, au début, je ne l'ai pas compris. J'étais tellement con ! Un vrai connard...

– C'est rien de le dire, ajoute Aaron en riant, alors que Cassie lui met un petit coup de coude pour le faire taire.

– Mon prés' n'était pas mieux à l'époque, ni Stan d'ailleurs, enfin... peut-être un peu moins connard, encore que...

Il s'esclaffe lorsque Stan remonte ses manches comme s'il

se préparait pour venir lui casser la figure. *Quelle démonstration de virilité…*

Les rires s'élèvent, lorsque soudain, un cri déchirant perce le brouhaha.

Sue montre d'un doigt tremblant l'entrée du bar, et je tourne la tête, tandis que d'autres cris se font entendre, des cris d'épouvante et de stupeur, suivis par un silence de mort que viennent seulement troubler les aboiements de mon chien.

Chrystal entre dans le bar, avec le bébé d'Aaron et Cassie dans les bras, qui dormait bien sagement dans l'une des chambres.

Nous sommes en confinement, qui aurait pu se douter une seule seconde qu'elle puisse entrer sans se faire repérer et kidnapper le petit Jacky ?

Je hurle, en même temps que nombre d'entre nous lorsqu'elle sort un revolver de sa poche arrière pour le poser sur la tête du bébé, et je mets la main devant ma bouche pour étouffer mes plaintes.

Cassandra fait un pas dans sa direction, en larmes, les bras tendus, tandis que quelques cris de colère fusent çà et là. Je regarde autour de moi, pour voir les mêmes expressions de douleur et d'incrédulité sur chacun des visages des membres du club. Nous nous apprêtions à faire la fête, nous étions heureux, et maintenant, nous sombrons dans l'horreur.

– Non, pitié, mon bébé… S'il te plaît, Chrystal, ne fais pas de mal à mon bébé. Je te donnerai tout ce que tu veux, mais donne-moi mon bébé, s'il te plaît… je t'en supplie…

Elle fait un pas de plus, les bras toujours tendus devant elle, et j'admire son courage.

Je suis comme statufiée, privée d'air et d'énergie, horrifiée par le spectacle qui se joue sous mes yeux. J'aimerais dire quelque chose pour aider Cassie, et ramener Chrystal à la raison, mais comment ?

Que dire ?

Je me sens impuissante, et surtout j'ai peur d'envenimer les choses, sachant la haine que Chrystal me porte. Tout mon corps tremble et je recule contre Charlie, qui referme aussitôt ses bras sur moi pour me protéger. Je le regarde ; ses mâchoires sont serrées, ses yeux bougent, jaugent la situation, comme s'il évaluait les chances de nous sortir de là.

Chrystal a un rire de démente.

– Bouge pas ! Restez où vous êtes ! crie-t-elle à Aaron et Stan qui s'étaient avancés, eux aussi. Tu te souviens de Lilly, prés' ?

Aaron a un regard perdu en direction de sa femme, qui s'écroule dans les bras de Louisa, en proie à une violente crise de larmes, tandis qu'une fois de plus, des cris horrifiés s'élèvent.

Il fait lui aussi un pas.

– Chrystal, écoute-moi ! dit-il, d'une voix apaisante.

– Non ! hurle-t-elle de nouveau.

Ses traits se déforment.

– J'étais enceinte de toi, connard, crache-t-elle. Tu m'as mise enceinte, mais… j'ai… j'ai fait une fausse couche, j'ai perdu mon bébé, alors je suis venue prendre le vôtre !

Aaron regarde sa femme, les mâchoires serrées, puis Charlie.

– Je sais ce que vous vous dites, tous les deux, continue-t-elle. Oui, j'ai dit que cet enfant était de Charlie parce que je suis tombée amoureuse de lui. Je voulais qu'il m'épouse, qu'il fasse de moi sa régulière, pour rester au club, parce que toi, tu n'aurais jamais voulu de moi, et maintenant… Aaron Travis, je veux te détruire, comme tu as détruit ma sœur ! Lilly était ma sœur, t'entends ! Elle ne méritait pas de mourir, elle t'aimait, espèce d'ordure, mais toi… toi, tu l'as tuée !

Les sanglots de Cassie me crèvent le cœur, et je me retiens à Charlie dont je sens la respiration s'altérer, pour ne pas vaciller.

Comme toutes les femmes présentes, je suis atterrée et paralysée par le drame. Je ne suis pas encore mère, mais je peux imaginer ce que ressent Cassandra en ce moment même : la révolte, l'impuissance, l'injustice… en plus du choc causé par la trahison de son mari.

Chrystal dirige alors son arme dans ma direction, et j'ai un mouvement de recul incontrôlé, même si je préfère être le réceptacle de sa haine plutôt qu'elle s'en prenne au bébé, ou à Cassie.

Charlie resserre sa prise autour de mon corps, tandis qu'elle continue, tout en me visant.

– Et toi ! Toi, la pétasse blonde ! Il a fallu que tu reviennes dans la vie de Charlie pour qu'il me vire comme une moins que rien. Toi aussi, je vais te buter. Pourquoi t'es pas repartie ? Pourquoi t'as pas compris le message ?

Elle parle du rat…

Une fois de plus, je suis incapable de faire le moindre geste, complètement paralysée par la haine dont je suis l'objet. Une haine que ma présence et mon retour dans la vie de Charlie ont attisée et nourrie, et je m'en veux. Je n'y suis pour rien, mais je me sens quand même responsable, et je m'effondre. Des larmes inondent mes yeux, et je… j'aimerais lui faire comprendre que je ne lui voulais aucun mal, que c'était malgré moi.

Je tente de capter son regard, pour dire, d'une voix douce.

– Je suis désolée, Chrystal, pour ce qui t'est arrivé, pour ce que tu as vécu, je ne savais pas, je…

– Ta gueule ! hurle-t-elle. Je ne veux pas de ta pitié !

– Chrystal, je… tenté-je de nouveau.

Des voix s'élèvent pour la ramener à la raison, mais son masque de haine s'intensifie, et je sursaute et pousse un cri lorsqu'elle tire dans le plafond.

– Vos gueules ! Fermez tous vos gueules, ou la prochaine fois, je descends l'un d'entre vous.

Des cris d'horreur lui répondent, puis le silence règne de nouveau.

Je vois Aaron chercher désespérément une issue en regardant Stan, mais comme nous tous, son VP est impuissant à canaliser la haine de Chrystal contre Aaron et le MC.

Elle n'a plus aucune retenue, ses yeux flambent ; elle est comme possédée, et je comprends qu'il en faudrait peu pour que la situation dérape et échappe à tout contrôle.

Soudain, à la surprise de tous, Sue s'avance.

Elle pose une main sur le bras de Chrystal tandis que Charlie me fait passer derrière lui pour faire écran de son corps et me protéger. Mon chien, sentant la menace sur ma personne grogne et jappe de plus belle. Le temps a suspendu son envol et tout le MC retient son souffle, a peur d'intervenir, ou que le moindre son, le moindre mot, ne mette le feu aux poudres.

La voix de Sue s'élève, douce et compatissante.

– J'aimais beaucoup Lilly, et je…

– Dégage ! crie Chrystal en la repoussant. Ta gentillesse n'est qu'un mensonge. T'es une salope, comme toutes les régulières !

Sue résiste.

Je pousse un hurlement déchirant lorsque Charlie s'élance, suivi de Kate et de Marquis.

De surprise, Chrystal fait feu, et Sue s'écroule, touchée à bout portant à l'abdomen.

NON !

Un cri d'horreur s'échappe de mes lèvres.

Non… pitié…

Profitant de la diversion, Chrystal se dirige vers la sortie en criant qu'elle tuera le premier qui se mettra en travers de son chemin, tandis que, en pleurs, je cours vers Sue, que Charlie a retenue dans sa chute. Il la maintient contre lui, une main sur son thorax, tandis que de l'autre, il lui caresse les cheveux, en lui demandant de s'accrocher, en larmes lui aussi.

– Sue, tiens bon, la supplié-je, alors que j'ai l'impression que mon cœur va s'arrêter de battre tellement j'ai mal. Accroche-toi.

Des larmes ruissellent sur mes joues, mes doigts tremblent alors que je retire le foulard que j'ai autour du cou, pour le lui poser sur le ventre et tenter d'endiguer l'hémorragie, tout en lui demandant de s'accrocher, de ne rien lâcher, pour ses enfants, pour moi…

Elle pose sa main sur la mienne, retient mon geste.

– Non… June… non… laisse… laisse-moi… mourir…

Elle a à peine terminé sa phrase que sa tête retombe sur le côté.

– Maman ! crie Kate.

Elle aussi la supplie de rester en vie, ne cessant de lui répéter que les secours arrivent, mais elle semble déjà loin.

Sue lève la main en direction du visage de Charlie, qui continue de la bercer contre son cœur, ravagé par les larmes lui aussi. Elle ne semble ne voir que lui. Il incline la tête pour qu'elle puisse toucher sa joue, et il ferme les yeux en retenant son souffle.

Je mets mon poing dans ma bouche pour ne pas hurler. Je suis au supplice. Pour lui. Pour l'homme que j'aime, dont l'infinie souffrance, que je lis sur son visage, me fait affreusement mal et me coupe le souffle.

– Mon fils… mon… bébé… je… t'aime… par… don…

– Maman ! NON !

Il crie de désespoir lorsque, dans un dernier soubresaut, elle se fige.

Je mets mon visage dans mes mains, incapable de retenir mes sanglots. Je hoquette de douleur, le cœur traversé de mille pieux mortels. Elle est partie, et s'en est allée rejoindre son mari qu'elle aimait tant et qui lui manquait. Plus jamais nous n'entendrons son rire, plus jamais elle ne nous prendra contre elle pour nous câliner ; elle ne connaîtra pas ses petits-enfants ; elle ne nous verra pas nous marier, ni sa fille être heureuse.

Charlie se redresse et regarde autour de lui, complètement perdu. Son regard s'arrête sur Chrystal qui s'éloigne dans la cour en courant, le bébé dans ses bras. Ses mâchoires se serrent, et je sais ce qu'il s'apprête à faire ; je le retiens, de toutes mes forces.

Je prends son visage, et je soude mes yeux aux siens, pour le supplier, alors que les larmes m'empêchent quasiment de respirer.

– Elle a le bébé, Charlie, elle est dangereuse. Ne bouge pas, je t'en prie. Pour moi, pour nous. Laisse Aaron gérer ça. S'il te plaît, mon amour, regarde-moi ! Charlie…

Semblant enfin m'écouter, il pose son front contre le mien, et me serre dans ses bras, tandis que des sanglots secouent sa poitrine.

Aaron pousse alors un cri inhumain lorsque Chrystal franchit l'enceinte du club, en emmenant son fils.

Il court prendre sa femme dans ses bras, qui, après avoir bourré sa poitrine de coups de poing, s'effondre contre lui, en proie à une véritable crise d'hystérie.

– Je suis désolé, bébé. Kurt ! appelle-t-il.

Kurt pianote sur son smart.

– J'y suis, prés'. Je l'ai.

– Elle monte dans une voiture, prés'. Elle a des complices, intervient Elliott en regardant par la baie vitrée.

– Putain, qui l'a fait entrer dans le club ? hurle à nouveau Aaron. Qui, putain ? Qui m'a trahi ? Bébé, je te jure que je vais retrouver notre fils.

Cassandra, n'en pouvant plus, se détache de lui, les yeux douloureux, pour se réfugier dans les bras de Louisa, sa meilleure amie.

– Je te le ramènerai, bébé, je te le jure, lui dit encore Aaron, visiblement au supplice, tandis que Stan ainsi que d'autres membres à part entière, s'approchent de lui pour l'assurer de leur soutien.

Comme un fou, il tourne sur lui-même pour nous regarder, les uns après les autres, et tenter de trouver le traître, lorsque l'un des nouveaux prospects se jette par terre en pleurant.

– C'est pas ma faute, prés', elle… elle m'a dit qu'elle m'aimait, qu'elle voulait être avec moi. Je l'ai fait entrer. Je savais pas. Je savais pas, je vous le jure…

Aaron s'approche de lui, sort son arme et lui loge une balle dans la tête.

Un silence de mort emplit l'espace.

– Occupez-vous du corps ! ordonne-t-il aux autres

prospects qui se sont terrés dans un coin. On décolle ! Partons récupérer mon fils !

– J'y vais, me dit Charlie en m'embrassant fiévreusement.

Je pleure, tout en m'accrochant à lui et en le suppliant de rester, je n'arrive pas à le laisser partir, mais c'est peine perdue, je sais qu'il joue son rôle et qu'il doit être près de son prés'.

Il s'arrache à mes bras et après m'avoir regardée intensément pour s'excuser, il s'enfuit pour retrouver ses frères.

Kate se réfugie contre moi, et ensemble, le cœur à l'agonie, nous les regardons monter dans un pick-up et sortir de l'enceinte du club à toute vitesse, pour prendre Chrystal en chasse.

Elle n'ira pas loin, qu'elle ait des complices ou non.

Pauvre fille. Je la plains.

Je ne peux pas cautionner ce qu'elle a fait, ce qu'elle nous a fait, elle a tué Sue, kidnappé le bébé ; elle voulait foutre nos vies en l'air, et je lui en veux.

Bon Dieu oui, je lui en veux !

Pour en arriver à de telles extrémités, elle a certainement beaucoup souffert, et souffre encore. D'une certaine façon, elle me fait pitié.

Pourquoi faut-il toujours que des filles gravitent au club, autour de nos hommes ? Voilà où ça nous mène. À toujours plus de morts, plus de drames, plus de larmes.

Je pleure encore toutes les larmes de mon corps, lorsque, quelques minutes plus tard, le corps de Sue est hissé sur une civière, tandis que d'autres médecins prennent Cassandra en charge. Le médecin-chef appelle la police lorsque Cassie lui raconte le kidnapping de son enfant, mais elle ne dit rien sur son mari et ses frères qui sont aux trousses des ravisseurs, et qui feront certainement justice eux-mêmes. Elle donne le signalement de Chrystal, de son bébé, soutenue par Louisa qui répond à sa place à certaines questions, lorsque sa meilleure amie trop choquée ne le peut pas.

Quelques minutes plus tard, nous regardons, Kate et moi, l'ambulance emmener sa mère, mais alors que nous allions retourner au club-house, un bruit d'enfer nous fait nous retourner.

Alors que les portes sont pulvérisées par un énorme Hummer, je pousse ma meilleure amie en avant, en lui criant de se mettre à l'abri, et j'allais en faire de même, lorsque j'en suis empêchée par des types qui sautent de l'engin, et m'encerclent.

Encore une fois, tout se passe si vite que je n'ai pas le temps de réagir ; ils me jettent un sac en toile sur la tête et m'emmènent à l'intérieur du fourgon.

J'entends soudain des aboiements, des grognements, puis un coup de feu claque, et des gémissements de douleurs arrivent jusqu'à moi.

Marquis... non...

Je hurle.

Je hurle et me débats, de toutes mes forces, en pleurant mon chien, car je suis sûre qu'ils l'ont abattu, ces salauds. Je donne des coups de pied, je me démène comme une furie, mais un violent coup derrière la tête me fait perdre connaissance.

54

Charlie

– Droit devant, Elliott, crie Kurt, accroché à la poignée de la porte du pick-up d'une main et pianotant de l'autre. Ils sortent de Kingsville en direction de Corpus.

– Reste à distance. Ne te fais pas repérer, ajoute le prés'.

Elliott hoche la tête sans un mot, concentré sur sa route, tandis que nous roulons à vive allure à la poursuite de la voiture emmenant cette salope de Chrystal vers une destination inconnue.

Tout comme June, qui porte une puce dans son sous-vêtement, Jacky a un implant dans le bras, que le doc lui a posé dès ses premières heures de vie, sur l'ordre d'Aaron.

Sage décision.

Nous allons pouvoir les suivre à la trace, et savoir où elle le conduit.

Je ne réalise toujours pas ce que cette traînée nous a fait.

Elle va me le payer. Je vais la buter.

Je m'empare de mon portable lorsque je le sens vibrer dans ma poche.

– Oui, Kate. Arrête de pleurer, je ne comprends rien…

J'agrippe le dossier du siège devant moi de toutes mes forces.

– Comment ça, enlevée ?

Bordel de merde…

– C'est June ! crié-je, en raccrochant. El, arrête-toi ! Il faut que je prenne une autre bagnole pour partir à sa recherche.

– Je la vois sur mon écran, me répond Kurt, alors qu'Elliott se gare dans un parking.

J'étais prêt à sauter du pick-up, pour aller piquer une caisse, lorsqu'il me retient.

– Attends ! Ils vont dans la même direction. J'en suis sûr. Ils l'emmènent au même endroit, reprend-il après quelques secondes de silence.

– Que t'a dit Kate exactement ? demande Aaron, alors qu'Elliott repart sur les chapeaux de roues.

– Un Hummer a défoncé les portes. June a protégé Kate et n'a pas eu le temps de fuir.

– Le premier véhicule s'est arrêté à une usine désaffectée de la périphérie de Corpus, commente Kurt. Ils descendent, et entrent dans le bâtiment. J'ai les images, prés'. L'autre véhicule est… putain, ils sont derrière nous. À seulement trois kilomètres.

– Gare-toi au bord de la route, El, on va les accueillir, ordonne Aaron.

Elliott pile, et s'arrête, dans un nuage de poussière.

– On descend et on les attend. El, apprête-toi à leur couper la route. Ça va aller ?

– Ouais, prés', pas de souci.

– Espérons qu'il n'y aura pas trop de voitures à ce moment-là.

On y va, les mecs.

Nous descendons du pick-up, et sortons nos flingues.

– Ils ne sont plus très loin, dit Kurt, avant de fermer les portes.

Elliott ne cesse de regarder dans son rétroviseur et je risque un coup d'œil en arrière.

Ils arrivent.

– Tenez-vous prêts, hurle Kurt.

– Maintenant, Elliott ! crie Aaron.

Elliott accélère comme un fou, pour se placer juste devant le Hummer, qui n'a d'autre choix que de piler, mais, lancé à pleine vitesse, la collision est inévitable. L'avant de l'engin vient s'encastrer dans l'arrière de notre pick-up, le faisant tourner sur lui-même.

Sans attendre une seule seconde, je cours en direction de la portière passager, que j'ouvre.

Je descends les gars de plusieurs balles, tandis que le prés' et Stan ouvrent les portes latérales, de chaque côté, empêchant les autres mecs de se tirer. L'un est descendu par Stan, tandis qu'Aaron entraîne l'autre dans les fourrés près de la route.

Je saute à mon tour à l'arrière, pour prendre June dans mes bras, inconsciente.

Je repousse ses cheveux de son visage, embrasse ses lèvres tendrement, alors que mon cœur bat encore à mille à l'heure. J'ai failli devenir fou : d'abord ma mère, puis June. Je ne sais pas ce que je serais devenu si elle m'avait été ôtée pour toujours.

Si, je le sais, je serais vraiment devenu fou.

– Elle va bien, elle n'est pas blessée ? demande Elliott.

J'essuie les larmes qui avaient coulé malgré moi le long de mes joues, sous le regard compatissant de mon frère.

– Je ne crois pas. Et toi, pas trop de bobos ?

– Ça va, j'ai connu pire.

– On n'a rien pu en tirer, tonne le prés' en revenant vers nous.

– C'est pas grave, nous savons où ils sont, dit Kurt. Ils n'ont pas bougé.

– On y va, ordonne Aaron, en montant devant. El, au volant.

Les autres montent à leur tour dans le Hummer, derrière avec moi, et je prends June sur mes genoux pour leur faire de la place. Elle s'agite, gémit et se débat. Je la maintiens fermement, et je lui parle aussi doucement que possible pour ne pas l'effrayer.

– Je suis là, bébé, c'est moi, tu es sauvée, tu n'as plus rien à craindre.

Ses yeux papillonnent.

– Charlie… oh, mon amour… j'ai eu si peur…

Je la serre contre moi.

– Ils ont tué mon chien, Charlie…

Elle pleure et je me contente de la serrer un peu plus fort, pour la réconforter avec des mots d'amour. Elle se détend enfin, puis s'endort, les bras autour de mon cou.

Je serre les dents.

Quoi que nous trouvions là-bas, qui que ce soit, ils vont me le payer. Très cher ! Il faut qu'ils payent pour tout ça. Pour tout ce mal !

Aaron a baissé la vitre de séparation, pour nous permettre de communiquer.

Soudain, le cellulaire du Hummer se met à sonner, nous prenant par surprise.

Aaron décroche en interposant un mouchoir en papier, tout

en mettant le haut-parleur.

– Vous avez la fille ? demande la voix.

– Oui, répond Aaron.

– Bien. Vous serez là dans combien de temps ?

– Quelques minutes.

– Parfait. On vous attend.

– Tu ne seras pas déçu du voyage, connard, dit Aaron, après avoir raccroché.

– Nous y sommes, dit Kurt en nous désignant un bâtiment du doigt.

– Gare-toi à proximité, El, mais pas trop prêt, ordonne Aaron.

Elliott gare le véhicule à quelques mètres, et je secoue doucement June pour la réveiller.

Après lui avoir expliqué la situation, je lui demande de se mettre au volant.

– Tu ne sors pas de ce véhicule, d'accord ! Sous aucun prétexte.

Elle hoche la tête en signe d'assentiment.

– Je peux te faire confiance ?

– Oui, répond-elle. Je ne bouge pas. Promis.

– Enferme-toi, et si tu as le moindre doute, le moindre problème, tu te tires, tu entends ?

– OK. File ! Ils t'attendent.

Je referme la portière du Hummer, et je cours rejoindre mes frères qui m'attendent à quelques pas, cachés à l'angle du mur de l'usine.

Dans quelques minutes, ce merdier sera fini, et nous serons débarrassés de ces salopards une bonne fois pour toutes.

55

Charlie

Nous nous plaquons contre le mur, lorsque la porte de l'usine désaffectée s'ouvre brutalement.

Deux types font un pas dehors et l'un des deux prend son portable.

– Qu'est-ce qu'ils foutent, ces brêles ? Ils devraient déjà être là !

– J'en sais rien, patron. Ils ne répondent pas, dit l'autre.

– Ils vont m'entendre, dit le premier. J'espère qu'ils n'ont pas touché à June, ou je les bute.

Tapis dans l'angle, nous ne perdons pas une miette de leur conversation.

Je reconnais cette voix !

C'est Jacob !

Je le savais, putain, il est derrière toute cette merde. Il veut ma régulière, l'enfoiré !

Ils font demi-tour, mais avant qu'ils ne nous échappent, nous nous élançons.

Je pousse la porte violemment, l'envoyant valdinguer contre le mur, prenant les deux types par surprise. Aussitôt, sans perdre une seconde, ni leur laisser le temps de se défendre ou de riposter, je choppe Jacob par le cou, et je mets mon flingue sur sa tempe, tandis qu'Elliott s'occupe de l'autre type et qu'Aaron et les autres partent à la recherche de Chrystal et du bébé.

– Comme on se retrouve, connard ! éructé-je dans son oreille.

– Relâche-moi, Charlie, et je te laisserai la vie sauve !

Je me marre.

– Parce que tu penses avoir le dessus ? T'es mort, mec ! Ce n'était de toute façon qu'une question de jours pour que je te fasse la peau.

– Tu n'es pas de taille à lutter contre moi, continue-t-il, espérant m'impressionner.

– C'est ce qu'on verra. Maintenant, ta gueule !

– June est à moi. Elle a toujours été à moi !

– Dans tes rêves ! grondé-je le plus bas possible. Où est cette salope de Chrystal ? demandé-je, tout en l'entraînant vers l'intérieur de l'usine, et en regardant tout autour de moi. C'est elle que je veux ! Je m'occuperai de toi après !

Le type, dans les bras d'Elliott, ne cesse de se débattre en cherchant à s'échapper.

– Mais il ne va pas se calmer, le pitbull, là ! grogne-t-il.

Il se prend un coup de coude dans l'œil ; excédé, El range son flingue, prend son couteau, et tranche la gorge du type d'une oreille à l'autre, mais discrètement, pour ne pas donner l'alarme. Il le retient fermement contre lui pendant qu'il se vide de son sang, puis laisse retomber le corps sans vie à ses pieds.

– Voilà ! Un de moins.

Je lui balance Jacob dans les bras.

– Occupe-toi de lui ! Attache-le, je vais voir où en sont les autres. Mais ne le tue pas, il est à moi ! lancé-je, avant de m'éloigner.

Tandis que Jacob se rebelle, j'entends Elliott lui foutre une mandale pour l'assommer, et je retiens un sourire.

Lui aussi a des comptes à régler : venger June.

J'avance lentement, sans faire de bruit, après avoir sorti mon couteau. J'entends la voix d'Aaron. Il parlemente avec Chrystal pour qu'elle lui rende son enfant. Le bébé pleure. Ses cris écorchent mes oreilles, et très certainement celles de tous mes frères.

Aaron semble à bout de patience.

Je fais quelques pas, et risque un regard : Chrystal est à quelques mètres de moi. Je ne prends pas le temps de réfléchir, ni de tergiverser, je m'élance vers elle, et je lui plante mon couteau dans les reins, en traître, mais j'en ai rien à foutre. Elle ne mérite pas une belle mort. Elle ne mérite rien !

Elle s'en est prise à ma famille, elle a tué ma mère, je veux qu'elle crève.

Point.

Je la retiens contre moi tandis qu'elle s'affaisse, dans un souffle. Elle ouvre les bras, et Aaron a juste le temps de récupérer son fils avant qu'elle ne le laisse tomber. Aussitôt, il s'éloigne avec le bébé et s'empare de son téléphone pour certainement appeler sa femme et la rassurer.

Je pousse un soupir.

June est saine et sauve, le petit Jacky aussi, l'heure de la vengeance a sonné.

Chrystal lève des yeux suppliants dans ma direction, mais il est hors de question que je me laisse attendrir.

– Charlie… je…

« Je » quoi ?

Je ne le saurai jamais.

Aaron, revenu vers nous, lui plante son poignard dans le cœur, la tuant net.

Il fallait qu'il le fasse. Il en avait besoin et je le comprends, j'en aurais fait de même.

Je la laisse tomber au sol, puis j'appelle Elliott.

Maintenant, occupons-nous de ce Jacob.

Mais avant ça, j'ai besoin de June.

J'ai besoin de la sentir près de moi.

56

June

Je sursaute et pousse un cri en entendant frapper contre ma vitre, mais en reconnaissant Charlie, je déverrouille la portière pour lui sauter dans les bras. Il s'empare de mes lèvres, me pousse contre la voiture, et je sens à son excitation que s'il l'avait pu, il m'aurait prise, là, maintenant, tout de suite ; il m'aurait fait l'amour avec passion.

Une passion qui répond à la mienne.

J'ai envie de lui. Tellement que le souffle me manque.

Il arrête de m'embrasser et il a un sourire diabolique.

– Patience, bébé. J'ai un truc à faire avant. Viens.

Il m'entraîne vers le bâtiment.

– Vous avez retrouvé le bébé ?

Il embrasse mes doigts.

– Oui. Et c'est fini pour Chrystal.

Oh… tant mieux…

Je ne dis rien.

– Qui étaient ses complices ? demandé-je, alors que nous

entrons dans une immense salle.

Tout en posant la question, j'embrasse la scène du regard : le corps de Chrystal baignant dans une mare de sang, le petit Jacky, endormi, dans les bras de Stan.

J'ai un soupir de soulagement, et Aaron me sourit.

Il lève alors la tête d'un type, en le prenant par les cheveux, et me répond :

– Lui !

Bien que défiguré par les coups, il est facilement reconnaissable.

– Ainsi c'était lui, depuis le début ? demandé-je.

– Certainement, bébé. Vous l'avez interrogé ? demande Charlie à son tour, en s'avançant vers Jacob.

Je m'approche également, tout en restant un peu en retrait.

Une bouffée de haine pour ce type me fait frissonner. C'est à cause de lui que Charlie m'a ignorée après notre première nuit, à cause de lui que je l'ai haï de tout mon cœur. Haï à la mesure de mon amour ; avec violence et acharnement. Il m'a gâché tant d'années. Il a tout gâché ! Et surtout mon histoire d'amour avec le garçon que j'aimais le plus au monde. J'ai été si malheureuse par sa faute ; je ne pensais plus jamais être heureuse de toute ma vie, car elle s'est arrêtée cette nuit-là.

Perdue dans mes pensées, j'entends à peine les paroles d'Elliott.

– Nous l'avons quelque peu… malmené, comme vous pouvez le constater. Il nous a dit pour Rick et raconté sa rencontre avec Chrystal à la prison, sans trop se faire prier, mais pour le reste, nous t'attendions, mon frère.

Je redescends sur terre en entendant le prénom de mon frère.

– Qu'a-t-il dit pour mon frère ? demandé-je soudain, surprise.

Car pour ce qui est de Chrystal, je m'en moque, elle a payé pour ce qu'elle nous a fait. Mais pourquoi parler de Rick ?

Le regard d'Elliott se voile.

– Visiblement, ce taré était obsédé par toi, June, et ton frère l'a découvert. Après que Rick a découvert des photos dans sa chambre, Jacob l'a éliminé pour garder son secret. Je suis désolé.

Je mets les mains sur ma bouche, et des larmes inondent mes yeux à la pensée que mon frère est mort à cause de moi. Une fois de plus, la culpabilité m'étouffe et des sanglots s'échappent de mes lèvres.

Que de morts par ma faute…

J'ai envie de fuir. Fuir ce monde cruel. Fuir loin. Très loin.

Sentant mon désarroi et ma détresse, Charlie prend ma main.

Il soulève mon menton.

– Ne le laisse pas t'atteindre. C'est lui, le monstre. Tu n'y es pour rien, mon amour.

Il me prend contre lui pour me rassurer. Sa voix pénètre ma conscience. Je sens ses mains sur moi, son souffle dans mon cou, son corps pressé contre le mien, et une bouffée d'amour pur cette fois-ci m'enveloppe tout entière ; je me réchauffe à la seule présence de l'homme que j'aime. Il est là, avec moi. Il m'aime. Et je remercie le ciel de nous donner une seconde chance d'être ensemble, et de nous aimer.

J'enroule mes bras autour de son cou.

– Je t'aime, Charlie.

– Je t'aime aussi, Blondie.

Qu'il le dise avec autant de conviction me rend incroyablement heureuse.

Oui, nous nous sommes retrouvés, et c'est là l'important.

Nous tournons la tête en même temps en entendant des gémissements. Jacob a repris connaissance. Ses paupières se soulèvent, et il a un hoquet de surprise en me reconnaissant.

– June…

Charlie s'interpose, et Jacob se met alors à rire comme un dément.

– Elle t'a avoué, Charlie, qu'on a baisé cette nuit-là ?

Je reste abasourdie.

– Pardon ?

– Allons, ne nie pas, June. Raconte-lui ce qu'il s'est vraiment passé.

Sans que Jacob ait le temps de poursuivre, Charlie lui décoche une bonne droite.

– Ça, c'est pour June, connard…

Puis une autre.

– Et ça, c'est pour moi !

Et encore une autre. Son poing s'écrase contre la face de Jacob, faisant gicler le sang qui macule ses vêtements. Il frappe encore et encore, une quantité de fois, de plus en plus fort, jusqu'à ce que le visage de Jacob ne soit plus qu'une immonde bouillie.

Mon beau brun doit culpabiliser de l'avoir accepté dans son cercle d'amis, de lui avoir fait confiance, de s'être laissé berner et manipuler par cette enflure. Il a passé des nuits entières avec le meurtrier de son meilleur ami, il y a de quoi péter les plombs et je suis sûre que c'est ce qu'il pense ; je le vois dans son regard torturé.

Au bout d'un long moment, Charlie se recule, à bout de souffle, et me prend par la taille pour me faire un baiser sur ma tempe.

Il appuie ses lèvres sur ma peau, me serre contre lui.

– Ne t'inquiète pas, j'ai confiance en toi, murmure-t-il.

Le cœur battant, je sonde son regard, et je sais qu'il me dit la vérité.

– Quel charmant tableau, se gausse Jacob.

Son rire de dément s'élève à nouveau, me faisant frémir. Je me recule, horrifiée. Il me regarde, il ne me quitte pas du regard ; la vision est cauchemardesque lorsque ses lèvres éclatées s'étirent dans un rictus effrayant.

Aaron le frappe à son tour.

– Ta gueule !

Jacob le toise ; ses yeux ne cillent pas.

J'aimerais maintenant en finir, et pouvoir rentrer chez moi. Sortir de ce cauchemar.

– Qu'allez-vous faire de lui ? demandé-je.

– C'est à toi de décider, me dit Aaron. Il a tué ton frère, June.

Je les regarde à tour de rôle : Aaron, Elliott, Stan, Kurt. Puis Charlie. Tandis que Jacob ne me quitte toujours pas des yeux, en s'agitant sur sa chaise.

– June, dis-leur de me relâcher. Je te donnerai tout ce que j'ai et tu n'entendras plus jamais parler de moi, je sortirai de vos vies… J'ai fait tout ça pour toi, pour te rendre heureuse…

Je fais un pas dans sa direction.

– Je ne t'ai jamais rien demandé, Jacob, je ne te connais même pas.

– Tu mens, tu avais envie de moi au Rider's, tu n'arrêtais pas de me regarder, tu me souriais, je te plaisais.

– C'est faux et tu le sais. Je t'ai dit, lorsque tu m'as raccompagnée, que si tu me touchais, si tu me faisais du mal, le MC de mon père te tuerait. Mes frères te tueraient. Ma famille te tuerait, car s'en prendre à l'un de nous, c'est s'en prendre à tous. Tu as tué mon frère, tu m'as fait du mal, tu t'en es pris à l'homme que j'aime, au club, à un innocent bébé. Tu dois mourir pour ça !

Je regarde Aaron, qui hoche la tête, puis Charlie, qui me répond d'un sourire magnifique.

Ça suffit ! Fin de l'histoire.

Il doit mourir.

Dans un parfait ensemble, Charlie, Aaron, Stan, Kurt et Elliott dégainent leurs armes, et font feu.

Je ne détourne pas le regard lorsque les balles font tressauter le corps de Jacob.

Au contraire, je le regarde mourir.

ÉPILOGUE

June
Trois mois plus tard

Nous avons pansé nos blessures, enterré nos morts. Comme après chaque événement dramatique, le club se relève tout doucement, plus fort que jamais. Les liens se renforcent dans l'adversité ; c'est notre cas.

La vie continue.

Cassandra a pardonné à son mari, et Elliott et Louisa nous ont annoncé qu'ils allaient avoir un enfant.

Oui, la vie continue…

Malgré les drames, les larmes, et le chagrin : Sue me manque, mon chien me manque… et pas un seul jour ne passe sans que je pense à eux.

En entendant mon prénom, je me retourne, pour voir Charlie avancer vers moi, avec une boule de poils dans les bras.

Un chien !

Mon Dieu, il m'a acheté un chien.

– C'est pour moi ?

Il me le colle dans les bras.

– Marquise, je te présente ta maîtresse.

– Oh, c'est une fille !

Charlie rit, lorsque la petite chienne me donne un grand coup de langue sur la joue.

– Je crois qu'elle t'a adoptée.

– Elle est magnifique, mon amour. Merci, dis-je en l'enlaçant.

– Allons nous préparer. J'ai organisé un barbecue, nous avons un événement à fêter.

Il noue ses doigts aux miens et m'entraîne vers la maison.

Je m'arrête pour lui faire face.

– Ne me dis pas que tu as prévu une fête parce que tu vas pouvoir me baiser sans capote ?

Il a un sourire en coin.

Il me rend folle !

Je suis folle de cet homme.

Il m'enlace et m'embrasse passionnément, tout en me serrant contre lui et en frottant son entrejambe contre mon pubis.

– Toi, moi, plus rien entre nous…

Il parsème mon visage de baisers, et rit en entendant Marquise gronder.

– Rentrons ! Je veux m'enfoncer dans ta chatte.

– Dit comme ça, je ne peux pas refuser, monsieur Miller.

Soudain, ses yeux deviennent graves.

– Tu veux m'épouser ?

Il prend mon visage entre ses mains, et je vois qu'il commence à paniquer parce que je ne réponds pas.

– Blondie ?

– Bien sûr, mon amour ! Rien ne me ferait plus plaisir. Je suis à toi, Charlie, tu le sais.

Il me prend dans ses bras, et me fait tourner.

– Madame Miller, je vous aime !

– Je vous aime aussi, monsieur Miller, je réponds en riant.

– Les gars vont être fous de joie, et ça nous fera une autre bonne raison de faire la fête.

Il m'entraîne en courant vers la maison.

À peine la baie vitrée franchie, je pose Marquise sur un fauteuil et, sans quitter mon beau brun du regard, je retire mes vêtements, un à un. Lentement. Il s'installe sur le canapé, et me regarde m'effeuiller en se mordant la lèvre.

Je veux le sentir. Là, maintenant, tout de suite. En moi. Sans rien d'autre que nos peaux l'une contre l'autre. Moi aussi j'en ai besoin. Je veux sa semence en moi. Je veux le sentir éjaculer, se libérer dans mon ventre, prendre du plaisir à me posséder.

Tout comme j'en prends à le posséder.

Lorsque je me retrouve entièrement nue, il baisse son pantalon, son boxer, et s'empoigne. Nos yeux ne se quittent pas. Se soudent pour s'aimer, avant nos corps, avant nos peaux. L'impatience me fait trembler. Nous avons attendu ce moment pendant des mois, nous frustrant, nous mettant au supplice, mais maintenant, plus rien ne nous empêche de nous unir librement, sans plus aucune retenue, plus aucune peur : ni la maladie, ni une éventuelle grossesse, car je veux des bébés de mon Charlie.

Je le veux plus que tout.

Je m'avance, puis je l'enjambe. Il redresse son sexe. Je m'en saisis, le fais glisser le long de ma fente déjà trempée, puis je le fais entrer dans mon intimité, millimètre après millimètre, lentement, en retenant mon souffle, pour sentir chaque infime parcelle de sa peau. Je le ressens, sur toute sa longueur, avec une incroyable jouissance. Il agrippe une bonne poignée de mes cheveux, baisse mon visage vers lui pour prendre ma bouche voracement, puis il bouge. Tout doucement d'abord, puis de plus en plus vite, en perdant toute notion de temps.

– Putain, bébé, c'est bon… je… oh, bon Dieu…

Il se lève, me porte pour m'emmener contre la baie vitrée. Je pousse un cri en sentant le froid contre mon dos mais je n'ai pas le temps de souffler, qu'il reprend ses mouvements de bassin enfiévrés. Sa queue entre en moi, ressort, et me pénètre de nouveau dans de grands va-et-vient. Il me malmène, me possède avec toute la passion qu'il me voue, et j'en veux encore. Je ne veux pas qu'il arrête. Jamais. Je crie en sentant l'orgasme m'éblouir, je crie en le sentant, lui, en sentant sa chair contre la mienne, sur la mienne, dans la mienne, et la puissance de ses coups de reins m'arrache des larmes de félicité.

Lui, moi, sans rien entre nous.

Lui, moi, et notre passion partagée.

Nous mêlons nos larmes, nos sueurs, nos fluides, tandis qu'un orgasme fulgurant, incroyablement puissant, nous emporte. Aussi intense et immense que notre attachement l'un pour l'autre. Charlie me serre contre lui, fort, à la mesure de son amour, et nous nous promettons de nous aimer toute notre vie.

J'ai passé ma vie à le vouloir, à le désirer, à rêver qu'il soit à moi, tout comme j'étais à lui, et il est là, et je suis là. Dans ses bras. J'ai retrouvé mon havre de paix, mon chez-moi, là où est ma place. Nous sommes passés par de durs moments, par des désespoirs, mais il le fallait, pour grandir, et pour apprendre. Peut-être également pour nous mériter, et pour comprendre que notre amour est unique, et qu'un amour comme le nôtre est rare, précieux et que nous devons en prendre soin, et le nourrir.

Aujourd'hui, comme hier, je sais qu'il n'y aura jamais que lui.

Lui et le MC, car ils sont indissociables.

La seule famille qu'il me reste, et la seule que je veux aujourd'hui.

Jusqu'à mon dernier souffle.

Fin

REMERCIEMENTS

Une fois de plus, je remercie mon mari pour ses bons conseils, sa patience, son pragmatisme ainsi que sa disponibilité, car il est toujours prêt à m'emmener faire un tour de moto lorsque l'inspiration me fuit.

À mes enfants, encore et toujours ; ma plus grande réussite, ma fierté.

Merci à mes fidèles lectrices, mes patientes, les membres de mon groupe auteur, les blogueuses, toutes ces personnes qui donnent de leur temps pour notre passion commune : les livres.

Merci aux Éditions Addictives, à Maud et à Marianne, de continuer de croire en moi et de faire d'un merveilleux rêve une réalité.

Et merci à vous, chère lectrice, cher lecteur, d'être là, car sans vous, rien ne serait possible. J'écris pour moi, mais j'écris également pour vous, pour vous faire plaisir, pour vous rendre heureux, et j'espère qu'avec ce tome, j'y suis parvenue.

Les aventures chez les beaux bikers des OutlawRiders du Texas continuent, avec l'histoire d'un autre membre du MC ; saurez-vous deviner lequel ?

Réponse très vite, et j'ose espérer que vous serez au rendez-vous.

À très bientôt.

Ana

Vous avez aimé l'histoire de Charlie et June ?
Découvrez celle d'Elliott et Louisa,
dans *Vicious Ride* !

Extrait

VICIOUS RIDE

Ana Scott

PROLOGUE

Elliott

Qu'est-ce que la vie, sinon une succession de merdes qu'il nous faut assumer ?

Car renoncer et baisser les bras, c'est mourir à petit feu.

Je ne suis pas né dans la bonne famille, je n'ai pas eu les bons parents. Alors un jour, j'ai tout plaqué et je me suis barré.

J'avais 16 ans.

J'étais un gamin turbulent, puis un ado révolté, je le reconnais, limite ingérable. Un inadapté, comme disaient mes profs de l'époque. J'étais juste un peu trop… sensible, intelligent, curieux de tout. Violent. Qu'est-ce que j'aurais dû faire ? Laisser mon père me détruire et me frapper, sans rien dire, jusqu'à en perdre la raison ? Comme si je n'étais qu'un putain de punching-ball ?

Certainement pas.

J'ai pris mon destin en main, et un matin, je suis parti pour l'école, pour ne plus jamais revenir.

Je suis devenu Elliott Smith.

Un mec banal, avec un nom banal.

Je dormais la journée et je marchais la nuit, j'ai volé de quoi me nourrir dans des jardins du bord de la route. J'étais seul, livré à moi-même, mais incroyablement heureux, car j'étais enfin libre : de rire, de penser, de vivre tout simplement, sans que l'on me reproche sans cesse le simple fait d'exister.

J'ai marché, et marché encore. J'ai marché pendant des jours.

Je voulais voir la mer.

Je l'ai trouvée magnifique. Si belle que je n'ai pu m'en éloigner. Je suis tombé amoureux, comme j'aurais pu l'être d'une femme.

J'aurais pu devenir marin pour sentir les embruns sur ma peau, l'iode, sentir le vent du large dans mes cheveux. Si j'avais vécu à une autre époque, j'aurais aimé être corsaire ou flibustier, ou encore pirate, et partir à l'aventure. Avoir une vie où aucun jour ne ressemble au précédent. Une vie où rien n'est acquis, ni prévisible, ni immuable. Une vie sans attaches, sans pression, sans obligations, sauf celles que je m'impose. Pour vivre au jour le jour, en ne prenant que le meilleur, en n'en retenant que l'important, le principal, le primordial.

L'essentiel.

Oui, j'aurais pu devenir marin.

Je suis devenu biker.

1

Elliott

Lohann se fend la gueule et me met un coup dans l'épaule.

– Hé, mon frère, ferme la bouche, tu vas finir par gober une mouche.

Je laisse échapper un raclement de gorge, douloureux, désagréable, avec l'impression dérangeante que des milliers d'épingles se sont plantées dans ma trachée.

– Putain, elle est sacrément canon !

Je lui désigne la meuf qui vient de faire son entrée dans la cour du MC. À peine les moteurs arrêtés, elle a jailli d'une Mustang Eleanor – mon rêve de gosse – pour enlacer Cassie, qui trépignait d'impatience depuis des heures.

Une sacrée belle bagnole. Une bagnole de bourge.

Une putain de belle fille : métisse, grande, élancée, une crinière bouclée qui accroche la lumière, et dans laquelle j'ai instantanément l'envie de glisser mes doigts. Une gazelle. Une liane. Une déesse païenne.

– C'est rien de le dire, mec. Mais si tu regardes bien, elle n'est pas venue seule.

Effectivement. Un grand black s'extirpe de la voiture pour se diriger vers les filles.

Putain.

Mes dents grincent.

– Alors, c'est elle, Louisa ?

– Faut croire.

– Que sais-tu d'elle, mon frère ?

– Pas grand-chose. Seulement qu'elle vient d'une famille friquée d'Austin. Son père possède un cabinet d'avocats réputé, et elle est fiancée à…

– Ce gorille. Ouais, putain, je vois.

Je le vois surtout passer un bras protecteur autour de sa taille, et je retiens un sourire en remarquant qu'elle se tend et esquisse un mouvement de côté.

Tiens, tiens, y aurait-il de l'eau dans le gaz ?

Putain, laisse-lui de l'espace, Donkey Kong, laisse-la respirer, elle va pas se barrer !

Je me fais violence pour ne pas me jeter sur lui et lui apprendre les bonnes manières. Je n'aime pas sa façon de la regarder. Je n'aime pas la voir baisser les yeux et accepter sans rien dire qu'il la plaque contre lui.

Lohann me claque le dos en s'esclaffant.

– Tu feras pas le poids, mec.

– Fais pas chier ! T'as pas plutôt une brebis à sauter ?

– Hé… le mariage va commencer, et je ne voudrais louper ça pour rien au monde. Le prés' et Trav vont avoir la corde au cou, et je veux être là pour me foutre de leurs gueules, même si leurs régulières sont canon et que quelque part, je les envie. Pas toi ?

– Jusqu'à maintenant, non.

Mais en voyant Louisa, nom de Dieu, ouais ! Cette fille me tente plus que de raison, et pour la deuxième fois de ma vie, je voudrais compter pour quelqu'un et qu'une femme compte pour moi.

Lohann allume sa clope et demande :
– Tu sais où est Stan ?
– Au chalet. Il ne devrait pas tarder.
– Tu es sûr qu'il viendra ?
– Certain. Il est d'ailleurs attendu.

Je reporte mon attention sur Julia qui, non loin de là, discute avec Angela. Mais sans cesse, son regard dévie vers l'entrée de la cour. Je sais qu'il viendra. Stan avait besoin de faire le point, de réfléchir, mais il est amoureux d'elle. Et elle, de lui. Depuis un bon bout de temps déjà. Pourtant, ils passent leur temps à jouer au chat et à la souris.

Qu'est-ce qu'il attend, bordel, pour la charger sur son épaule et la jeter sur un lit ? Je le lui ai dit, c'est ce que je ferais à sa place. Mais je ne suis pas à sa place. Moi, mon cœur est vide.

Depuis des années.

Depuis June.

La première meuf de ma vie.

Lorsqu'elle m'est apparue dans la lumière du soir, tel un ange venu pour me sauver, lorsqu'elle est entrée dans la maison abandonnée que je squattais depuis plusieurs jours et qu'elle m'a parlé, j'ai cru à un mirage : blonde comme les blés, la peau diaphane, d'immenses yeux bleus.

Je n'avais jamais vu une fille aussi belle.

Extrait

KISS, KILL & RIDE

Gaëlle Sage

PROLOGUE

Amy
Dix ans auparavant

Il fait toujours nuit lorsque je sors de la maison par la fenêtre de ma chambre. La pluie s'est arrêtée, laissant place à un air frais et humide. Un dernier regard pour le seul foyer que j'aie jamais connu, celui qui m'a vue grandir et où ma famille est en train de dormir paisiblement.

Comment ma vie a-t-elle pu prendre un tournant pareil ? Il y a encore quelques heures, j'étais une adolescente normale de 15 ans, mais maintenant, que suis-je ?

J'ai voulu goûter à un semblant de liberté, braver l'interdiction de mon père, mais j'en ai payé le prix fort. J'ai été trahie, brisée par une personne en qui j'avais confiance et alors que j'avais déjà un genou à terre, ma propre famille m'a porté le coup de grâce.

Je passe le doigt sur ma lèvre encore meurtrie qui me rappelle que tout ceci est bien réel, qu'il n'y a plus rien pour moi dans cette maison. La gentille Amy, celle que tout le monde connaît, est morte ce soir.

Je remonte ma capuche et pars en direction de la seule personne qu'il me reste, ma toute dernière chance de disparaître pour de bon. J'espère seulement que lui ne sera pas un bourreau de plus, sinon, que Dieu ait pitié de mon âme.

1

Amy

– Amy !

10, 11, 12…

– Amy !

13, 14, 15…

– Merde, Amy, tu pourrais répondre quand je t'appelle ! Le boss veut te voir, il t'attend dans son bureau.

Je lâche la barre de traction et me retourne pile au moment où Karl m'envoie une serviette.

– Tu pues, mais pas le temps de prendre une douche, princesse, ça a l'air important.

Ma mâchoire se crispe au mot « princesse ». Dans ma vie antérieure, c'est ainsi qu'on m'appelait. Mais elle est très loin, l'époque de l'innocente princesse.

– Le boss a l'air tendu et je ne pense pas que ce soit dû à une « *fulguro turista* », plaisante Karl pour essayer de détendre l'atmosphère.

– Ça dépend, est-ce que Janis s'est encore essayée à la cuisine mexicaine ? dis-je sur le ton de l'humour tout en suivant Karl dans les couloirs.

Janis, sa femme, s'est lancée dans la cuisine, et le résultat n'est pas très concluant. Mais il préfère cela à son ancienne passion : la sculpture au chalumeau (oui, au chalumeau) car elle avait littéralement mis le feu à la maison. Rien que d'évoquer son prénom, Karl a le sourire. Personne d'extérieur à notre cercle ne pourrait penser que ce grand gaillard de deux mètres, ancien boxeur, puisse devenir une vraie guimauve en présence de sa femme. Il n'empêche que le dernier exploit culinaire de Janis s'est soldé par une pénurie de papier toilette dans tout le domaine… Juste en y repensant, j'ai le sourire. Heureusement pour moi, ce soir-là, j'étais au boulot !

– Rigole, AJ, mais je te sauverai pas les miches la prochaine fois qu'elle aura besoin de volontaires pour tester ses pâtisseries. T'es la seule à avoir encore toutes tes dents d'origine !

Ce commentaire me fait sourire, je lance un clin d'œil à Karl et ouvre le bureau de Gio.

Tout le monde ici l'appelle « boss » sauf Achille, son fils, et moi. Gio est le frère de ma mère et accessoirement le chef de la mafia sicilienne, ici, à Tucson, Arizona. J'ai quitté un club de motards pour la mafia mais il y a dix ans, mes options se limitaient à deux choix : Gio ou la rue. Est-ce que j'aurais fait les choses autrement si j'en avais eu l'opportunité ? Abso-lu-ment pas ! Avec l'aide de mon oncle et de sa famille, j'ai pu me construire l'avenir que j'ai choisi. Je suis devenue une femme indépendante, forte physiquement et mentalement. Rares sont les personnes qui me font chier, je suis très sanguine et je ne fais pas dans la demi-mesure.

– Karl m'a dit que tu me cherchais ? lancé-je en refermant la porte derrière moi.

– Amy, assieds-toi, s'il te plaît, j'ai quelque chose à te dire.

Cinq petits mots qui, chaque fois qu'ils sont prononcés, annoncent une mauvaise nouvelle. Je prends donc place face à mon oncle, confortablement assis derrière son bureau, un subtil mélange de bois et d'acier. Ce qui le représente tout à fait : il peut se montrer tour à tour docile et inflexible.

– Je t'écoute.

– Je ne vais pas y aller par quatre chemins. Ton père veut te rencontrer. Enfin, il veut rencontrer AJ, la personne qui exécute ses contrats depuis près de cinq ans.

Gio cesse de parler et je le vois scruter mon visage à la recherche de la moindre expression, mais rien, j'ai revêtu mon masque, celui que j'ai façonné il y a dix ans et qui ne laisse rien transparaître. Je ne peux pas me permettre de montrer à mon oncle que cette nouvelle m'affecte. Car oui, bien malgré moi, l'organe dans ma poitrine se contracte à la pensée que mon géniteur souhaite me rencontrer. À moins que ma véritable identité n'ait été révélée, il ne sait pas que je suis AJ, et je suis parcourue par tout un flot d'émotions. La nervosité se mêle à l'impatience, la colère à l'excitation. Sans vouloir le reconnaître à haute voix, j'attends ce moment depuis des années.

AJ, ce sont les initiales d'Amy Jackson, mon véritable nom, connu uniquement de quelques personnes pour qui je pourrais donner ma vie et vice versa. Quand je suis arrivée cette nuit-là chez mon oncle, je n'ai pas supporté qu'il m'appelle Amy. Trop de mauvais souvenirs. Plus tard, il m'a appelée AJ et c'est resté, pour ma famille et mes collègues comme pour mes clients. Sans compter que tout le monde pense, avec ce surnom, que je suis un mec, et ça me sert bien dans mon métier. Ça crée la surprise dans le regard de ceux qui connaissent ma réputation, et quand ils comprennent qui est AJ, c'est déjà trop tard pour eux.

– Il t'a dit pourquoi ? demandé-je, ancrant mon regard dans le sien.

– Non. Seulement qu'il voulait te rencontrer, physiquement.

– Tu penses que quelqu'un nous a trahis ?

Mon oncle recule dans son fauteuil, croise les bras et m'observe, le regard dur. Je sais qu'il n'apprécie pas que je pose cette question, mais elle est tout à fait légitime, même si j'ai une confiance absolue dans ma famille d'aujourd'hui.

– Tu sais que ton identité n'est connue que d'une poignée de personnes et toutes ces personnes te sont fidèles, te respectent. Alors, pour répondre à ta question, non, je ne pense pas que quelqu'un ait divulgué ton identité, mais toujours est-il que si tu acceptes de le voir, il faudra te méfier et rester sur tes gardes tant qu'on ne connaît pas vraiment le but de cette réunion. Garde à l'esprit que s'ils font appel à tes services pour certaines cibles, ça ne fait pas pour autant d'eux des enfants de chœur. Ils pourraient très bien vouloir nous doubler et nous éliminer ou nous proposer une alliance.

Face à mon silence, mon oncle ajoute :

– Je ne t'oblige à rien car tu ne lui dois rien. Si tu ne veux pas de cette réunion, je lui dis d'aller se faire foutre. Des contrats comme les siens, j'en reçois toutes les heures, tu…

– C'est OK pour un rendez-vous. Tiens-moi au courant des détails techniques.

Gio ne cherche pas à épiloguer, il me connaît trop bien. Quand je décide quelque chose, ce n'est pas la peine d'essayer de me faire changer d'avis. Il m'observe encore quelques secondes sans rien ajouter puis il prend son téléphone, mettant fin à notre conversation. Je regagne mes appartements sans un regard ni une parole pour les gens que je croise.

Mes appartements sont situés dans l'aile réservée du domaine. Ce que j'appelle « le domaine » est en réalité une immense bâtisse en L à quatre étages, entourée d'hectares de jardins, le tout protégé par un mur immense équipé de caméras et de détecteurs infrarouges. Toute une partie est destinée aux salles communes, c'est-à-dire trois salles de sport entièrement équipées d'appareils modernes, une salle d'entraînement avec deux rings au centre, une immense cuisine pour les hommes de mon oncle. Il y a également une piscine et une salle de projection. Mon oncle ne lésine pas sur les moyens, il dit toujours qu'un employé heureux au travail est un employé qui met du cœur à l'ouvrage. Quant au bureau de mon oncle, il est situé au dernier étage de cette partie-là de la bâtisse. Une porte dissimulée lui permet d'aller et venir entre ce bureau et ses appartements.

Dans la seconde partie, au dernier étage, on retrouve les appartements privés de Gio. Ceux d'Achille sont au troisième, les miens au deuxième et ceux d'Alessio et de Karl, quand il a besoin d'une pause avec Janis, au premier. Au rez-de-chaussée, un immense salon où Gio se plaît à organiser des soirées familiales. Chaque étage dispose de sa cuisine, de sa salle de bains et de ses toilettes mais, bien souvent, nous nous retrouvons tous à partager notre repas dans la cuisine attenante au grand séjour.

Évidemment, le sous-sol du domaine est également aménagé avec un grand garage souterrain, un bunker antiatomique et surtout une salle d'armes dans laquelle je passe beaucoup de temps. Le calme de la pièce, son sérieux m'aident à me concentrer, sans compter que nettoyer mes armes a le don de m'apaiser. Cette pièce n'est accessible qu'à très peu de personnes. Tout au fond du jardin se trouve également ce qui ressemble à un gymnase, de l'extérieur, mais qui en fait est mon espace de jeu. Mon oncle a fait installer un parcours de tir avec des cibles fixes et d'autres en mouvement. Nous pouvons aussi être dans le noir, comme en pleine nuit, avec de la fumée. Il y a des enceintes à tous les angles de murs afin de reproduire des sons tels que des cris, une fusillade, une explosion, etc. En somme, tout ce qui peut être source de déconcentration.

Je me déshabille et file sous la douche. Je pose les mains sur le carrelage froid et ferme les yeux. Les premiers jets d'eau bouillante sont comme des coups de fouet sur ma peau, me ramenant douloureusement dix ans en arrière. Mon estomac se tord au rappel de la jeune fille fragile et naïve que j'étais à cette époque-là.

addictives

Romans déjà parus et à paraître

Rose Becker
Le Bébé, mon milliardaire et moi (aussi en poche)
Torride, sexy & dangereux
Forever You – saisons 1 et 2
Dangerous

Phoebe Campbell
Tes ordres sont mes désirs – poche
Lui résister… ou pas – l'intégrale
You Again
Single Daddy. Try Me if You Can

Mia Carre
Bad for You
Teach Me Everything
Charmant connard !

Mélodie Chavin
Campus Rules

Olivia Dean
À lui, corps et âme – volumes 1 et 2 – poche

Ann Fox
Spring Break – l'intégrale

Emma Green
Toi + Moi : L'un contre l'autre (aussi en poche)
Toi + Moi : Envers et contre tout (aussi en poche)
Toi + Moi : Seuls contre tous (aussi en poche)
Call Me Baby – volumes 1 et 2
Call Me Bitch
Love Me if You Can
Kiss Me if You Can
Bliss. Le faux journal d'une vraie romantique – volumes 1 et 2
Jeux interdits
Jeux insolents
Jeux imprudents

Une toute dernière fois
Fallait pas me chercher ! – volumes 1 et 2
Corps impatients (aussi en poche)
Cœurs insoumis (aussi en poche)
Âmes indociles
Cent facettes de Mr Diamonds – l'intégrale
Bliss. Le faux journal d'une vraie romantique – l'intégrale
(Im)parfait
Love Me if You Can – l'intégrale
Kiss Me if You Can – l'intégrale
It's Raining Love !
The Boy Next Room
Call Me Baby – l'intégrale
Call Me Bitch – l'intégrale
PS : Oublie-moi !
Fallait pas me chercher ! – l'intégrale
Recherche coloc : emmerdeurs, râleurs, lovers... s'abstenir !
10 bonnes raisons de te détester !
Just 17
Love & Lies on Campus

Kim Grey
Insolent Bastard

Megan Harold
Sublime-moi ! – poche
Breaking the Rules
Initiation with my Boss

Amy Hopper
Gone Boy
Le Coloc

Julie Huleux
Alpha Player

Kate Jacobson
Révèle-moi – volumes 1 et 2

Charlie Lazlo
Mon insupportable boss

Sienna Lloyd
Mords-moi !

Caroline Mongas
Mariage forcé. Un contrat indécent

June Moore
Étreinte –volumes 1 à 3

Zoé Murat
Stepbrother Love
Boss Me Around

Clara Oz
Arrogant
Te séduire, te trahir

Lise Robin
Infiltrée. Sex, Drugs & Danger
Love Scandal
Forbidden Stepbrother – poche

Alex Roussel
The Casting

Gaëlle Sage
Kiss, Kill & Ride

Ana Scott
Dark Ride
Last Ride
Vicious Ride
The Dominant
Evil Ride

Camilla Simon
Le voisin parfait est un enfoiré
Initiation with my Enemy

Ève Souliac
Sexy Mistake

Liv Stone
Love Lessons

Lisa Swann
Adore-moi ! – l'intégrale

Louise Valmont
Toi & moi, c'est compliqué !
Mine Again

Chloe Wilkox
Ordonne-moi ! – l'intégrale
Extreme Lover – l'intégrale
Immoral
Your Game, My Rules – poche
Dominant Boss. Apprends-moi
The Virgin's Price

Luv

Romans déjà parus et à paraître

Ana K. Anderson
Indompté
Scottish Bastard

Sophie Auger
Be with Me

Laura Black
Dark Initiation
Games of Desire
H.A.R.D. Hot, Arrogant, Rebelle, Déterminé

Margot D. Bortoli
Too Young

Juliette Brunel
Delicious

Anne Cantore
On the Road with You
Promets-moi. Louise et Marco

Sarina Cassint
Avec toi… peut-être
Insolent Boss

Mary Ann Davis
Coach Me Love !

Nora Davy
Absolute Boss
Don't Resist

Gwen Delmas
Noël, toi & moi
Perfect Boss
Sex friends. Pas de contraintes, que du plaisir !

Cléa Dorian & Ninon Vars
Dark Love

Laurie Eschard
Love Naked

Lil Evans
Savage Rider
Crash & Burn
Boss Affair

Lou Garance
Can You Keep a Secret?

Alexandra Gonzalez
Shades of You

Erin Graham
Teach Me Love
The Boss
Secret Stepbrother
Strong Addiction

Joh Harper
Crazy Love

Marie Hayle
Under Control

Iris Julliard
Prends-moi contre toi
Catch & Shoot

Lucie F. June
Fight with Darkness

Sara June
Rider in the Dark
Sexy Wild Rider

Lena Jung
Mon coloc, mes désirs & moi

Emily Jurius
Love to Hate You

Allie Krown
High School Challenge

Pauline Libersart
Tiger. Entre ses griffes

Ella Lores
Mariée par accident à un connard arrogant rencontré la veille…

Jessica Lumbroso
Emma X. Secrète et insoumise

Mila Marelli
Dark Man in Love

Mag Maury
Fast Games
No Love, No Limits
My Hipster Christmas

Jeanne Pears
Insupportable coloc
Colocs & Sex Friends

Jeanne Périlhac
Only You… & Me

Alexia Perkins
Arrogant Fake Lover

Sophie S. Pierucci
L'Inconnu de l'ascenseur & Moi (aussi en poche)
My Stepbrother. L'initiation

Silvia Reed
Darkest. La dernière heure
Too Close

Anita Rigins
No Rules
My Rules

Avril Rose
Coffee, Sex & Law

Jana Rouze
Effet de vague – saisons 1, 2 et 3

Wendy Roy
Une seule fois (ou presque)

Ana Scott
À corps brisés

Léana Soal
Fight & Hope

Cara Solak
Perfect Obsession

Liv Stone
Initie-moi. Mes jours contre tes nuits

Lena K. Summers
Perfect Bad Boy

Kaly Swann
Austin. Breathe with Me

Alexane Tolley
The Boss Rules – poche

Lily Tortay
Dance for Me

Flore Valier
Ta peau contre la mienne

Anna Wendell
Arrogant Bad Boy
Apprends-moi le désir

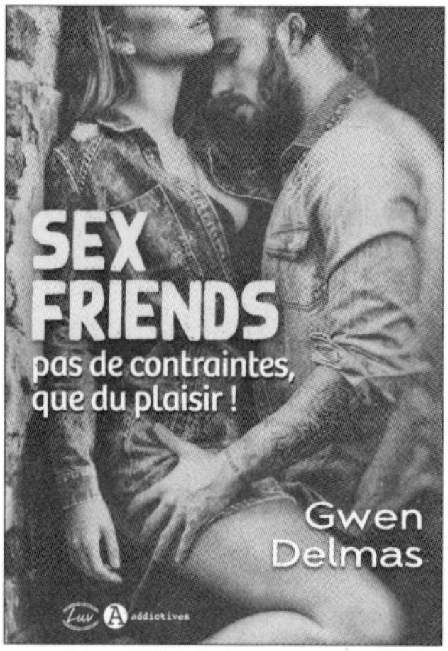

Sex Friends,
pas de contraintes,
que du plaisir !
Gwen Delmas

Petits arrangements entre sex friends...

Robin est tatoueur, mystérieux et décidé à ne plus jamais se laisser avoir par l'amour.
L'arrivée d'Aurore, qui déboule dans sa vie comme une tornade, va faire vaciller ses résolutions.
Elle est bourrée de contradictions, lumineuse, blessée… et complètement irrésistible.
Alors un contrat de sex friends, c'est parfait pour céder au désir sans complications !

Sans complications, vraiment ?